中国作家研究

第

叶　炜　赵思运　主编

时代出版传媒股份有限公司
安徽文艺出版社

图书在版编目（CIP）数据

中国作家研究. 第二辑/叶炜, 赵思运主编. —合肥：安徽文艺出版社, 2024.5

ISBN 978-7-5396-7879-5

Ⅰ. ①中… Ⅱ. ①叶… ②赵… Ⅲ. ①中国文学—当代文学—文学研究—文集 Ⅳ. ①I206.7-53

中国国家版本馆 CIP 数据核字(2023)第 216945 号

出 版 人：姚　巍　　策　　划：韩　露
责任编辑：周　丽　　装帧设计：马德龙

出版发行：安徽文艺出版社　www.awpub.com
地　　址：合肥市翡翠路 1118 号　邮政编码：230071
营 销 部：(0551)63533889
印　　制：安徽联众印刷有限公司　(0551)65661327

开本：710×1010　1/16　印张：16.25　字数：280 千字
版次：2024 年 5 月第 1 版
印次：2024 年 5 月第 1 次印刷
定价：69.00 元

主 编

叶 炜，真名刘业伟。中国首位创意写作文学博士，浙江传媒学院文学院教授、硕士生导师，兼职博导。中国作家协会会员，中国报告文学学会会员，中国当代文学研究会理事，中国小说学会理事，中国写作学会理事，世界华文创意写作协会副会长，浙江网络文学院执行院长。

出版长篇小说《富矿》《后土》《福地》（乡土中国三部曲）等 26 部，发表核心学术论文 20 余篇。另在《长篇小说选刊》《小说月报》等期刊发表长、中、短篇小说及其他文字 300 余万字。曾获第三届茅盾文学新人奖等。

赵思运，山东郓城人，文学博士，中国作家协会会员，浙江传媒学院文学院教授，兼任中国诗歌学会学术委员会委员，中国茅盾研究会副会长，浙江省中国现代文学研究会副会长。出版诗集《一本正经》、学术著作《中国大陆当代汉诗的文化镜像》《百年汉诗史案研究》《何其芳人格解码》等。

编委会

指　导：中国当代文学研究会

浙江传媒学院

浙江省作家协会

主　办：浙江网络文学院

桐乡市文化和广电旅游体育局

承　办：浙江传媒学院创意写作中心

浙江传媒学院茅盾研究中心

目　录

第一编：茅盾研究

第二编：批评新视野

第三编：高校创意写作联展

第四编：里下河青年作家评论专辑

第一编

茅盾研究

《霜叶红似二月花》的续写始末

陈　杰　浙江省桐乡市茅盾纪念馆

茅盾的小说《霜叶红似二月花》创作于抗战时期。小说以“五四”前夕的江南村镇为背景，描写新兴资本家和豪绅地主的争斗、倾轧，以及他们与农民的尖锐矛盾，中间穿插着几对青年男女的感情纠葛，广泛地反映了那个时代的社会生活。此书布局严谨，场面宏大，情节复杂，语言典雅，是一部富有民族风格的佳作。但故事只开展了前一半，主要人物的命运也还没有交代，是一部未完成的长篇小说。“文革”时期，赋闲在家的茅盾，在1973年下半年他的所谓叛徒问题排除后，心情也开朗起来，与家人闲谈的时间明显多起来，特别是谈论文学创作时那种眉飞色舞的样子，让家人萌发了一个念头：动员茅盾在家悄悄地“重操旧业”——续写他几部未完成的小说，也许这是一帖最有效的祛病健身良方。

一天，在儿子韦韬的试探性建议下，茅盾居然有了续写的心意。茅盾打开话匣子，罗列了他未完成的《第一阶段的故事》《虹》《霜叶红似二月花》和《锻炼》这几部作品，并一一做了分析。权衡之后，认为其他三部由于各种原因不具备续写的条件，《霜叶红似二月花》则可以纳入续写计划。茅盾同意续写这部长篇小说的原因，一方面是对已发表部分比较满意，它继承了中国古典文学的传统；另一方面从题材上讲，离当时的“文革”时期现实最远，政治风险也最小。茅盾在开始写续篇前，先取来《霜叶红似二月花》的单行本仔细地阅读，毕竟时间相隔得太久了，一些细节也模糊了，小说的风格也需要回顾并重新把握，以便续写时能够自然衔接。

从此以后,茅盾一有空就坐到卧室中靠窗的那张二屉桌前,这里成了他续写《霜叶红似二月花》的工作台。这部长篇小说的主要场景是在一个县城,所以茅盾在续写前,先画出一张此县城的场景示意图,画出几个重要人物的宅第,以及县署、警察局、善堂、轮船公司、城隍庙等,还有街道、城墙,通往钱家庄的河道和城外的桑林、稻田等。茅盾说:“有了这张图,小说中的一些细节描写就有了依据,不至于产生矛盾。”

茅盾创作长篇小说有一个习惯,就是先写出详细大纲,然后依据大纲,一气呵成。由于许多重要的情节乃至一些细节的描写,在写大纲时已经反复推敲过,胸有成竹,所以一口气写下来的原稿很少涂改,十分整洁。

这次茅盾续写《霜叶红似二月花》,约占了 1974 年半年的时间。在续篇大纲中,茅盾着重刻画了正面人物,如张婉卿、钱良材等,以及一位新出场的女主角张今觉。这位张女士最终成为钱良材的终身伴侣,在续篇中大展风采。对于反面人物,大纲中着墨较少,显然茅盾尚未顾及对他们细加推敲,仅仅留下了不少可以展开这些反面人物活动的线索,如北伐军入城前后的活动,以及“四一二”反革命政变后他们对革命力量的反扑等。

续篇的故事梗概如下:北伐战争前夕,钱良材离家去上海等地游历,寻访真理;张婉卿则在家为丈夫黄和光戒烟忙碌,同时帮助朱行健对付曾百行的排挤。北伐开始后,东路军直逼县城,一支孙传芳的败兵逃入城内。钱良材潜回家乡,乘机收缴乡间溃兵的枪支并组织民团;张婉卿则一面设计请商会出面稳住向地方勒索巨款的孙军溃兵,一面联络北伐军攻城。孙军溃逃。北伐军进城,赵守义等乘乱组织各种“民众团体”,并诬告钱良材是乡间土豪劣绅,拥有武装,又诬陷黄和光为同党。驻军负责人为师政治部主任严无忌,其与夫人张今觉都是国民党左派,张今觉的父亲乃国民党元老,被暗杀而亡。严无忌与黄和光原是同学,通过黄和光结识了钱良材,于是严无忌、张今觉与黄和光、张婉卿、钱良材结为知己。钱良材参加了国民党,并被严无忌委任为县党部筹备主任,赵守义闻风逃走。不久,蒋介石在上海反共,形势突变,严无忌奉调南昌,赵守义等反水,诬陷钱良材为“赤党”。钱良材被迫隐匿于张婉卿家。这时张今觉也暂住张婉卿家,将转道上海去南昌,约张婉卿夫妇同行。张婉卿乃设计让钱良材化装成女佣,四人同赴上海。抵达上海后,张今觉赴南昌,张婉卿陪黄和光去日本治病,钱良材同行。三个月后,黄和光的病治愈了,张婉卿终于怀孕。此时忽然接到张今觉来信,说严无忌在南昌被蒋介石所杀,她死里逃生,孑然一身,欲寻张婉卿相依。于是四人又在上海相聚。今觉欲赴北京寻弟,钱良材挺身护送。到北京后未找到弟弟,却发现暗杀父亲的仇人,张今觉决心报仇。钱良材协助张今觉杀了仇人,张今觉负伤。伤愈后,两人乃结秦晋之好,且决意归隐田园。

茅盾对《霜叶红似二月花》这部小说书名的含义曾有过如下解释:这部书是写一群具有民主主义思想的青年知识分子,他们有反封建的斗争性和坚决性,但不是彻底的革命者,他们只是霜叶而不是红花。续篇大纲中钱良材、张婉卿、张今觉等人物的结局也证明了这一点:他们是中国民主革命运动早期的佼佼者,是一群可敬可爱的人,但当革命继续向前时,他们悄悄地退出了。不过,我们可以相信,十年以后,他们一定会重新站到抗日救亡和争取民主自由的行列中来。

遗憾的是,茅盾没有把续篇完成,续篇的后半部只留下了提要。客观来说,那时茅盾身体已经比较虚弱,常常头昏腿软,爬楼困难,急于搬往平房。从看房、修房、准备搬迁到迁入新居,前后忙乱了数月之久。搬家后先忙于别的事,后又有外地亲戚长住,就把《霜叶红似二月花》的续写之事耽搁了。主观上讲,上篇和续篇写作时间相隔太久——三十多年,要重新找回当年创作上篇时的激情和状态相当困难,特别是在“文革”这样的环境中。茅盾的写作态度一贯严谨认真,他认为续篇必须保持上篇的风格,前后必须浑然一体,要做到这一点就要有充分的准备,慢慢地“磨合”,不能草率行事。所以,茅盾不想急于求成,凡有其他事要办,总是把续写的事搁下,为别的事让路。

1981 年 3 月 27 日,茅盾辞别人世,续写完成《霜叶红似二月花》的美好愿望终究未了。

斯洛伐克汉学家高利克的两次茅盾故乡行

王士杰　桐乡市名人与地方文化研究会

斯洛伐克汉学家马立安·高利克教授,1958 年 9 月—1960 年 7 月留学于北京大学,学习、研究中国现代文学。留学期间曾多次拜访茅盾,并于 1959 年 6 月专程赴茅盾故乡乌镇考察访问,成为第一位寻访茅盾故居的外国人。他归国后一直致力于中国现代文学和中西文化史研究,成就卓著。1996 年 7 月,他故地重游,再次访问乌镇。本文基于高利克访问乌镇的老照片和相关史料,以及笔者向高利克先生的直接通信请教,从茅盾研究史、茅盾故居接待史、茅盾故乡乌镇对外交流史的视角,再现了高利克先生 60 年的"茅盾缘·中国情"。

桐乡乌镇是茅盾的故乡。《乌镇志》(2001 年)"大事记"的 1957 年条目下有这样一段文字:"是年,捷克斯洛伐克学者高利克,为研究茅盾及其文学创作来乌镇考察,寻访茅盾故居。这是访问茅盾故居的第一位外国朋友。"①

这条"大事记"值得关注,因为 60 年前从欧洲远道而来的这位客人,作为茅盾故居最初的异国寻访者,其人其事在茅盾故乡对外交流史上占有重要地位。同时可以想象,在 20 世纪 50 年代的江南小镇,人们对这位外国人的到来一定是惊喜激动,场面热烈。可惜,除了镇志上这一小段文字,一时未见到更多的史料,当年的具体情形不得其详。

① 汪家荣:《乌镇志》,上海书店出版社,2001 年。

一、"遇见"高利克

关于高利克,可以查到他的简要介绍——

马立安·高利克(Marián Gálik)教授,斯洛伐克籍,生于1933年,国际著名的汉学家和比较文学家。他于1953—1958年在布拉格查尔斯大学学习远东史和汉学。1958—1960年,他作为捷克斯洛伐克的研究生在北京大学学习研究中国文学。1960年回国后,高利克教授在捷克斯洛伐克科学研究院东方研究所研究中国文学。在半个多世纪的学术生涯中,高利克专于中西文化史、思想史,对中国现代文学尤有深研且论著甚多,出版了十多部学术著作,发表了两百多篇论文,将茅盾、老舍等人的作品翻译成斯洛伐克语并出版。①

进一步地发现,则在2019年5月上旬的某日,于乌镇历史文化研究会顾问吴荣荣先生家中,我惊喜地见到了他收藏的两幅老照片——当年高利克访问乌镇时的留影。

这是两张尺寸不大、画面不甚清晰的黑白照片。

一张(图1)是四人合影,其中的外国小伙即为高利克。照片背面用钢笔写着"1959年6月捷克作家高利克访问茅盾家乡时在乌镇老轮船码头摄"。

图1 高利克首访乌镇(1960年秋)

① 王勇:《汉学大师高利克》,《国际人才交流》,2009年第10期。

另一张(图 2)画面比较模糊,是高利克在人们的陪同下走向某处。照片的背面用钢笔写着“1960 年秋捷克斯洛伐克留学生高利克来桐乡访问茅盾故居时,提出要好好保留故居”。

图 2　高利克首访乌镇(1959 年 6 月)

这两张照片是何时从何处得之?收藏者吴荣荣已记不清楚,据他辨认,图 1 的四个人中,左起第二个人他认识,叫倪长庚,另外两位陪同者不认识。图 2 中只认识一个人,就是那位女同志,她叫吴珊,是当时县委宣传部的干部,其余人都不认得。

随后的一段时日,我围绕这两张照片进行多方探询,可惜没有找到当年的亲历者,但总算弄清了图 1 四人合影中各人的姓名和身份:自左至右第一位是姚炳权,时任桐乡县广播站站长(现已离世);第二位是倪长庚,时任桐乡县文教局副局长(现已离世);第三位是高利克;第四位是张颂南,时任杭州大学中文系助教(近况不详)。另一张照片(图 2)中,除吴珊和高利克外,未弄清其他人的姓名和身份。

这是目前我所见的 60 年前高利克寻访茅盾故乡的影像记录,虽多方寻觅,尚未发现更多照片。

那么,问题就来了:《乌镇志》“大事记”所记、老照片 1 和老照片 2 背面所书,出现了三个不同的时间表述——“1957 年”“1959 年 6 月”“1960 年秋”,高利克究竟是何年何月到访乌镇的?

经往桐乡市档案馆查询,检索到仅有的两份相关资料[1]:

第一份,北京大学致浙江省教育厅的函(留办59第37号),由省教育厅转发给桐乡县人民委员会办公室。第二份,杭州大学致桐乡县人民委员会办公室的函(59校办字第143号)。两封公函都是请桐乡县对北大留学生高利克的来访给予接待和帮助,预告的到达日期为1959年6月10日左右。

由此可知,《乌镇志》大事记之谓“1957年”,第二张老照片之谓“1960年秋”均为误记。

二、联系高利克

找不到亲历者,查不到更多档案资料,当年的情形何以探知?困惑中,一个想法油然而生,何不尝试直接致信高利克先生请教相关问题?于是,在女儿的帮助下,我从互联网搜寻到高利克先生的电子邮箱地址。抱着试试的心态,我写了一封信,内容除了自我介绍、礼节性言辞、附发两张老照片外,主要表达了我想知道当年更多细节的期盼。这封信,由我女儿译成英文并以电子邮件形式发出。

令我喜出望外的是,信发出后的次日,我就收到了高利克先生的回信。内容译成中文如下——

亲爱的王士杰先生:

感谢你的关于我寻访茅盾出生地乌镇的长长来信,也感谢你发来两张1959年的老照片。我也觉得很奇怪,除了2001年版《乌镇志》中的“大事记”以外,乌镇当地的档案里并没有我的那趟访问的记录。

如果你对我的初访乌镇之旅感兴趣,想了解更多,可以参考我在《捷克和斯洛伐克汉学研究》一书中《茅盾与我》一文。此外,在著

---

① 桐乡市档案馆藏,档案号:J036—002—411—031。

名茅盾研究者叶子铭[1]教授的妻子汤淑敏教授家中也许还有更多相关照片。

我现在已经是个86岁的老人了,没法再去中国旅行了。

我希望你收集资料一切顺利。呈上我最诚挚的祝福。

高利克

2019年5月9日

在信中,高利克先生提供了一条路径,让我可以循此而了解当年他访问茅盾故乡的一些细节,真可谓“山重水复疑无路,柳暗花明又一村”。

三、初访茅盾故乡

按照信中所示,我从“孔夫子旧书网”购入了高利克先生所著《捷克和斯洛伐克汉学研究》一书,重点细读该书中的《茅盾与我》[2]一文,并参阅《叶子铭和我》[3]一文,据此梳理出了高利克先生1959年6月访问茅盾故乡的时间表:

1959年5月29日从北京出发,6月1日抵达上海。

6月6日午后离开上海,下午6时抵达杭州。在杭州期间抽时间先后赴绍兴、富阳参观。

6月10日,从杭州乘火车至嘉兴,转乘长途汽车到桐乡,在桐乡过夜。

6月11日,乘汽艇从桐乡到达乌镇,当晚住宿乌镇旅馆。

6月12日,离开乌镇,返回杭州。

至此,终于确知高利克先生访问乌镇的具体日子是1959年6月11日至12日。[4]

关于当年桐乡乌镇之行的情形,高利克先生在文中有比较具体的叙述,

① 叶子铭(1935—2005),南京大学教授,专注于中国现代文学,尤长于茅盾研究,高利克在北京大学留学期间与其结识,相互交流并成为好友。

② 高利克:《捷克和斯洛伐克汉学研究》,学苑出版社,2009年,第101—122页。

③ 高利克:《捷克和斯洛伐克汉学研究》,学苑出版社,2009年,第122—133页。

④ 返回杭州后,高利克接着去了广州、桂林、武汉、安阳等地。

直接相关的文字摘录如下：

> 我的陪同是浙江大学[①]的助教张颂南……我们早晨5时起身，乘汽车到杭州火车站，从那里上火车到嘉兴。抵达嘉兴后，我们是搭乘公共汽车到桐乡的最后一批人……
>
> 到桐乡时，我们受到了多么盛大的欢迎！我们受到了桐乡区委[②]四名代表及两名携有捷克相机的摄影记者的接待。我们享用了一顿丰富的美餐及杨梅酒。他们带我们乘了汽艇，有几个陪同，还送了许多卷捆在一起的一套书籍。书是《乌青镇志》……
>
> 在运河网——我在茅盾短篇小说的描述里对此已有所闻——行驶了一个半小时后，我们登岸到了乌镇。在这里的接待甚至更隆重，我们收到了一束束鲜花。首先参观当地镇委，然后，经过简短交谈、介绍情况，我们就出发参观1951年前称为青镇的那部分乌镇，这就是茅盾的出生地。这是一对像豌豆的两瓣的孪生小镇，相互接壤，仅为我们刚刚游览的那条运河所隔。当地陪同（在狭窄的街道上，我们被人围观）领着我们参观了以下一些地方：一家当铺，在这家当铺可能发生过茅盾的《当铺前》（在墙上的“当”字仍清晰可辨）中描写的故事；立志院[③]，实际上这是茅盾与他四叔——名叫沈季豪，比茅盾略大一些——一起上学的小学；属于茅盾夫人家族的已荒芜的庸园；在那时已用作一所中学校舍的土地庙和城隍庙。计划的重点是参观茅盾在观前街的老屋。它有三间大房，其中之一用作茅盾的书房，内有书柜、书桌和柳条靠椅。据说长在院子里的牡丹是茅盾母亲栽的。我拍了四张照，但现在已一无所剩……
>
> 饱餐了一顿后，我们回到了沈家故居，在那里开始进行一次交谈，参加者除张颂南与我，还有当地的几名工作人员、沈季豪及其在公社工作的儿子，以及一位邻居（他记得茅盾30年代的几次回乡情

① 王按：当时应为杭州大学。

② 王按：应为桐乡县委。

③ 王按：立志书院。

况)。沈季豪老人谙熟沈家及以往几十年的乌镇历史,他向我提供了最令人感兴趣的情况。对我来说,这完全是一些新的内容,虽然有些情况可以在乌镇青镇的地方志里找到,今天还可从茅盾的自传《我走过的道路》知道得更多,因此我不在这里赘述了。我们在当地旅馆过了夜。

从乌镇回去的路上,我看到了前述茅盾短篇小说中所描写的水草。我拍了一些照片,嗣后还写了一篇关于这次游历的文章,题为"在鱼米之乡",用斯洛伐克文发表在 1964 年 4 月 18 日出版的《新东方》杂志上。我们仍乘原来的游艇,连陪同也没有变。

在时隔 60 年的今天,在找不到亲历者和更多档案资料的情况下,高利克先生的这段文字帮我们还原了当年的大致情形,留下珍贵的史料。

四、再访茅盾故乡

时隔 37 年之后,1996 年 7 月,正值茅盾 100 周年诞辰之际,高利克先生应邀赴中国参加"纪念茅盾诞辰 100 周年国际学术研讨会"及相关活动。第一阶段的会议与活动于 7 月 4 日至 8 日在北京举行,7 月 9 日至 11 日移师浙江乌镇继续进行。得此机缘,高利克先生再次来到茅盾故乡。他在后来的回忆文章中写道:

北京会议之后,我有幸与子铭及许多其他与会者一起参观了茅盾的出生地乌镇。其实我早在 1959 年 6 月 11 日至 12 日就访问过茅盾的故乡和他父母的住所,这在研究茅盾的中外学者中是比较早的。那里还有人记得我当年的访问!跟那时相比,乌镇发生了很大的变化。茅盾的住处被翻修过了,但是没有重建,观前街和其后的隧道①仍保持原样。唯一让我遗憾的是院子角落里长着的一株小芍药不见了……

① 王按:应为弄堂或过道。

那株小芍药是当年茅盾的母亲陈爱珠亲手种下的。①

出于探究之心,我还想了解更多细节,于是特意从我供职的桐乡市文化局的档案室里查阅到了当时那次会议和活动的相关记录。可惜内容不多,仅3页纸,其一是日程安排,其二是北京来宾名单,其三是乌镇子夜大酒店住宿安排表。由日程安排中可知,除了参加纪念座谈会和参观茅盾故居,当时高利克先生还跟大家一起参观了乌镇公园茅盾诗碑、乌镇西栅一条街、桐乡君匋艺术院、桐乡博物馆、巨石集团与桐乡经济开发区。由住宿安排表可知7月9日晚上高利克先生就下榻在乌镇子夜大酒店的403房间。

更让人兴奋的是,在桐乡市文联老领导叶瑜荪先生(1996年时任桐乡市文联副主席,全程参与了高利克先生的接待工作)家中,我看到了他珍藏的两张高利克先生的照片——在子夜大酒店聚餐时高利克先生正在引吭高歌(见图3)。据叶瑜荪先生回忆,那次会议内容丰富、规格高,茅盾亲属、中外茅盾研究学者济济一堂,除了高利克先生,还有来自俄罗斯、法国、日本、韩国等国的8位朋友出席,都是知名的茅盾研究学者。于高利克先生而言,从一位年轻学子到著名学者,从初识茅盾到茅盾研究的资深专家,时隔近40年重访茅盾故乡,想必他也是心潮起伏,高歌一曲乃情之所至。

图3 高利克再访乌镇,在子夜大酒店(1996年7月9日)

① 高利克:《捷克和斯洛伐克汉学研究》,学苑出版社,2009年,第122—133页。

五、与茅盾的交往

从1958年9月15日抵达北京，到1960年6月下旬回国，在近2年的时间里，高利克在北京大学留学，师从著名文学史家吴组缃教授，并得到王力、王瑶等教授的指导和帮助。此前，在布拉格的查理斯大学，高利克就在他的老师、著名汉学家普实克的影响和指导下，接触茅盾文学作品并有志于深入研究。

到北京后的第十天，高利克就带着普实克的推荐信，第一次拜会了茅盾。那是1958年9月25日下午，在文化部办公室，高利克向茅盾介绍了自己的研究方向，双方讨论了高利克翻译茅盾短篇小说的篇目选择，茅盾谈了对自己短篇小说的评价等。

与茅盾的第二次会面是1959年5月8日，两人在捷克斯洛伐克驻华大使馆举行的国庆招待会上相遇并交谈，地点是北京饭店。茅盾询问了高利克的学习情况和研究短篇小说的进展及进一步打算，高利克谈到走访乌镇等地的计划，茅盾对此表示赞同。

第三次拜访茅盾是在1960年6月12日上午，于北京东四头条胡同5号1号小楼茅盾寓所。这次谈的主要是高利克所写的关于茅盾生平与作品的论文，茅盾将已做注释和答疑的论文手稿交还高利克；同时，茅盾讲述了他过去的故乡之行与近亲远亲的情况，还说起了他未来的小说创作构想，询问了高利克回国后的计划，并答应为高利克所译的茅盾短篇小说集写序。

除了直接会面，双方还以通信形式保持联系，《茅盾全集》收录了四封致高利克的信，从中可以了解他们交流的情况。

第一封信①写于1960年3月3日，表述了四层意思。一是已读过高利克寄来的《茅盾笔名考》一文，并在原稿上答复了所提的问题，现将原稿寄还。二是表示肯定："说实在的，我已经记不起我曾经用过那么多的笔名。您的工作十分细致，我很钦佩。"三是对高利克《关于茅盾短篇小说》论文（英文稿）表

① 茅盾：《茅盾全集》第38卷，黄山书社，2014年，第25—26页。

示没有意见,并鼓励他提出自己的不同看法。四是感谢高利克所寄赠的他在乌镇拍的照片,并愿意在高利克回国前会一次面。

第二封信[①]写于1960年6月6日,告知暂定本月10日下午请高利克到家中会面。

第三封信[②]写于1960年6月8日,告知因临时有事,将会面时间改为本月12日下午。

第四封信[③]写于1960年7月8日,其时高利克已离开北京回国,此信的主要事由是寄出为高利克所译《〈林家铺子〉及其他短篇小说》而写的序。信中茅盾写道:“想来您早已平安到家。已经结婚了没有?祝您和您的夫人新婚快乐,我为您俩祝福!”“兹随函附上我的短篇小说集的序言,聊当祝贺新婚的薄礼。”

在《茅盾全集》所收日记中,有1960年6月9日、6月10日、7月8日三处提及为高利克校读文稿和撰写序言之事。[④]

在《斯洛伐克文版〈林家铺子〉及其他短篇小说》的序中,茅盾写道:“由于这些短篇的背景都在所谓‘江南鱼米之乡’,洋溢着地方色彩,会给翻译者带来困难。然而我相信高利克同志是能够愉快胜任的,因为他在中国的时期不但访问过这些短篇小说的背景所在地,而且还住过一个时期……因而高利克同志的亲身访问对他的翻译工作将有所帮助。”“我愿趁此机会,对高利克同志在中捷文化交流工作中所做的贡献,表示崇高的敬意和由衷的感谢。”[⑤]

就这样,一位是对中国文化情有独钟、以茅盾文学创作为研学主攻方向的外国学子,一位是公务繁忙的中国文化部部长、阅读写作不辍的文学巨匠,高利克和茅盾因文学而交往,因文化交流而建立友谊,成就了一段感人的佳话。对此,高利克先生在给笔者的第二封复信中,做了简洁而深情的表达,译为中文如下:

---

① 茅盾:《茅盾全集》第38卷,黄山书社,2014年,第34—35页。

② 茅盾:《茅盾全集》第38卷,黄山书社,2014年,第35页。

③ 茅盾:《茅盾全集》第38卷,黄山书社,2014年,第36页。

④ 茅盾:《茅盾全集》第40卷,黄山书社,2014年,第99页、113页。

⑤ 茅盾:《茅盾全集》第26卷,黄山书社,2014年,第54—56页。

亲爱的朋友：

我很高兴我的文章帮助你更好地了解我和茅盾的关系。我在中国期间，茅盾对我一贯很友好，也给我很多帮助；在我返回捷克斯洛伐克之后亦是如此。如果你阅读他的全集，也许能找到更多资料。

衷心祝福！

高利克(2019 年 5 月 15 日)

高利克先生是茅盾研究领域著名的西方学者，同时他在汉学(中国学)的更广领域内建树颇丰、成就卓著，对梁启超、王国维、鲁迅、瞿秋白、郭沫若、冰心、巴金、老舍、曹禺、洪深、冯乃超等文学大师的创作、思想和艺术有深入研究，著有《中西文学关系的里程碑》《现代中国文学批评发生史》《中国现代思想史研究》《茅盾与中国现代文学批评》等一系列专著和学术论文，在国际汉学界有着广泛影响，得到一致肯定。在数十年的汉学研究岁月中，高利克先生对中欧文化交流做出了杰出贡献，他是中国人民的老朋友。

笔者作为土生土长的乌镇人，从茅盾研究史、茅盾故居接待史、茅盾故乡乌镇对外交流史的视角，有缘“遇见”、关注并走近高利克先生，在寻觅的过程中回眸往昔、丰满细节，成为他跨越 60 年“茅盾缘 · 中国情”的分享者和述说者，其间还得到高利克先生两次亲切复信和热心指点，真是十分荣幸。茅盾故乡的人们在阅读了本文之后，一定会更加了解并记住高利克先生这位外国朋友，对他表示深深的敬意，送上诚挚的祝福！

第二编

批评新视野

江南风度,一语成诗

——《江南风度:21 世纪杭嘉湖诗选》读札

尤　佑　嘉兴一中实验经开学校

在城市高度现代化的进程中,江南的地域特点日趋平面。玻璃幕墙上映照着都市人斑斓的生活和忧郁的脸庞。江南风景旧曾谙,好在水系仍发达,以“运河”“西湖”“太湖”“南湖”为坐标的杭嘉湖地区,仍彰显着江南的智慧与风度。

近期,由赵思运、卢山、李俊杰编选的《江南风度:21 世纪杭嘉湖诗选》(以下简称《江南风度》)顺利出版。该书的编选、出版过程可谓艰辛。历时 3 年,几经易稿,辗转几家出版社,终由山西出版传媒集团北岳文艺出版社出版。《江南风度》一书,较全面地反映了 21 世纪以来杭嘉湖地区诗人的创作风貌,具有一定的文献价值。

从选稿范围来看,该诗选改变了一般年选的做法。没有全国撒网,而是集中面向杭州、嘉兴、湖州三地诗人。杭嘉湖地处浙江西北部,与上海、江苏等地毗邻,气候温润,物产丰饶,水网密布,风景如画。杭州,集山水静美、现代智慧于一身,湖山吸引了诸多文人墨客吟诗作赋;嘉兴与湖州,像两朵并蒂莲,为典型的温婉水乡。历史上,朱彝尊、毛先舒、查慎行、穆旦、徐志摩等诗人在江南富庶的平原上放歌。而今,杭嘉湖平原已然是长江经济带的核心要地。极速运转的现代生活,既消解诗意,又驱使新诗的现代性生长。

诗歌作为语言实践活动,既是语言运用的本身,也是诗人进入现代生活的方式。地处平原的诗人,其创作未必如高原诗歌那般奇崛,也不像海洋诗歌那样神秘而广阔;其诗性更像是积蕴在地底下的原始文明,汹涌而神秘,恒久且忍耐。

《江南风度》一书,以百年新诗的诗学名词为纲,致敬新诗发展所取得的成就,分列“九叶集”“新青年”“创造”“太阳”“新月”“学人”“人间世”“白话”“凤凰湖”“少年中国”“诗江南”11 辑。该书在作品遴选方面,遵循了兼容性、现代性、阶段性、代表性、生长性的原则,较全面地呈现入选诗人的创作面貌。

翻阅这本厚达五百页、装帧素雅的诗选,感受到三大特色:一、致敬新诗与对话社团;二、智性思辨与理性表达;三、青年力量与创意表达。

虽然浙江省文学创作的主体是小说,但诗歌仍然是文学的先锋样式。值得注意的是,杭嘉湖地区的民间诗歌社团活动,让新诗创作的根基相当稳固。新诗的出现,是中国诗歌历史上的一次伟大变革,先后产生过众多的艺术流派,淬炼出各具风姿的诗人。从世俗的角度考量,诗歌确是无用之物,但总有一些可爱的人把“无用事”当作“无限事”来做,并影响着一批人。譬如《九叶集》中的辛笛、郑敏、穆旦等人忠诚于自己对时代的观察和感受。赓续前辈之精神,张德强从“我们诗社”中走来,伊甸、晓弦、邹汉明等人从“远方诗社”中走出,梁晓明等人从“北回归线”先锋诗群中脱颖而出。他们身上带着 20 世纪 80 年代诗歌的热情与光辉。改革开放以来,杭嘉湖诗人群落中,先后出现过“我们”“北回归线”“远方诗社”“野外”“诗建设”“新湖畔诗选”“凤凰湖”等社团。不难看出,“九叶集”用于致敬 20 世纪 40 年代九叶诗派,集中展示了九位成绩较为突出的诗人。其中,柯平作为前一届浙江诗歌创委会主任,他对浙江诗歌(尤其是湖州诗歌)的发展有着引领的作用。他兼诗歌创作与评论,对新诗的创作方向把握得非常准确。事实上,柯平、沈苇、沈健、汪剑钊、潘维等人对湖州的诗歌创作起到积极的作用。近些年,李浔支边回城,石人的归来及赵俊、小雅、伏枥斋、小书等新生力量的成长,都离不开湖州诗群的良好氛围。在我看来,那样的诗歌生态就像是“湖州多湿地”的自然生态一般,葱茏而繁盛,具有“野蛮生长”的力量。

当然,诗歌是创造的艺术。无论是从审美观念,还是从语言技巧来说,诗歌的革新力量与多元并包的特点是鲜明的。

较之于诗歌怪圈中的“占山为王”现象,杭嘉湖地区的诗歌生态有“合抱之势”，以著名的西湖、太湖、南湖等为中心，大运河流经之地，水网密布，灌溉条件优越，交通便利。这让位于这片平原之上的青年人始终涌动着诗歌热血。近年来，“野外”“诗建设”“诗青年”“新湖畔”“凤凰湖”等社团，会聚了江离、胡人、泉子、飞廉、卢山、北鱼、楼河、方石英、袁行安、双木、敖运涛等创作力旺盛的青年诗人。

论及杭嘉湖地区诗人的创作风格，显然不能以“地域性”概括，亦没有所谓的“平原诗学”。诗歌创作的主体，仍是诗人对人性与现实的开掘，绝不能以“诗”覆“人”，以“诗江南”替代“江南诗”。况且，诗人的创作具有丰富性、差异性、多元化的特点，因为“统一”就意味着“死亡”。

倘若真要总体谈谈《江南风度》一书的诗学特色，我只能从诗人创作的表现形式上做个归纳：智性思辨与理性表达。

“落日里的拱宸桥太富有了/抛出了三枚连体的金戒子/戴在大运河的三根手指上/三根转眼汇成一根，笔直地，指向京城——”在《甲午春，观看拱宸桥的十五种方式》中，诗人邹汉明将“落日里的拱宸桥”写得具体可感，金戒子与桥洞，运河与手指，抽象与具象，完美融合在联想之境。

青年诗人袁行安在《风波恶——致 Z 师》中写道：“压印与污泥，堆积/在你的袍子上：天赐的众生相/（生动，淌着涎水与失控的表情）进入琥珀/混入集中营的哈姆雷特/手持舞台，练习危险的反讽/犬吠冰雪，担忧你委身度过冬天的耳朵。”这首 6 行短诗，几乎是将悲愤、反讽、抵抗进行“碾压式”融合，回答了默然忍受命运的暴虐的毒箭，或是挺身反抗人世的无涯的苦难，通过斗争把它们扫清，这两种行为，哪一种更高贵？

诗人泉子自 1997 年写出组诗《潮湿的细节》之后，他的写作注定与西湖的山水分不开。他与诗人、自我、湖山进行一次次对话，最终选择了“箴言体”写作。比如，“那不断用手中的权柄去交换利益的人获得了谀辞/而你是否愿意用这个人世全部的羞辱/去换得一颗历经沧桑后的赤子之心/一行为千年后读者所辨认的诗？”一句反问，启迪思考，既暗含自我抉择，又规劝世人做出正确选择。

在“白话”一辑中，口语诗人将新诗的“语言革命”进行到底。他们追求更自由、个性、一语中的的表达。智性表达是口语诗人的特色。起子的《捷克和斯洛伐克》,以“足球赛”折射“捷克斯洛伐克”的政治演变;阿斐的《我的狮子》,则向内发问,探寻自我精神的成长;赵思运的《一个人在南京》,是一列“思念”绿皮火车,拟声词“况且”的反复,既直白又意境饱满。

1995年出生的南来,以“一束”短诗闯入我的视野。他将“诗解时空”的功能发挥到极致,常有惊人的神来之笔。大小并举、远近互抵、虚实相生、见微知著,尽显智性思辨。比如,“茶杯大的东海冰糖大的水晶宫鱼龙混杂/是怎样的小金匙搅起这旋涡和泡沫。”(《哪吒》)“我可能舔到了西瓜的灵魂/出窍的甜味横冲直撞带出洪水。”毋庸赘言,这不是简单的夸张,也不是狂想,而是贯通。南来的“观物”姿态与智性表达,不失为一种真正的诗性。

与之异曲同工的,还有李利忠的《晒盐》:“人们修筑盐田,纳潮制卤/谁能想象,眼前一肚子苦水的大海/会吐出这么多细碎的骨头来?”此诗,令人过目不忘——铺垫精准、形象可观、味道可品,真可谓现代绝句的佳作。李利忠是一位古体诗作者,他的这种表达让我想到,中国的古体诗词,其实更倾向于智性表达,追求在短兵相接中凸显意蕴。

反之,在诸多诗人身上,带有鲜明的西方诗歌的印迹。他们在新诗的探索之路上,追求理性表达,尤其注意语言的细节,力求以精细的言辞表达丰富的内涵。正如蒋立波在诗中写道:“谈到古典诗歌,不可避免要谈到杜甫和白居易/被伞柄所鞭策的驴子,给我们快递/一筐终南山的炭或‘互文之雪’。”诗人蒋立波追求温婉而细腻的表达,对日常怀有敬畏之心,并鞭辟入里地将生活的细节再现于诗中,让我们感受到汉语的力量。

研习哲学出身的江离,显然是这本书中的理性诗歌的代表性人物。他的《老妇人的钟表》可视为代表性作品。人们对时间的测度,正是通过心灵仪器进行的,而他(时间本体)“说出的每个词语都经过了小小的弯曲”。对于追求理性表达的诗人来说,语言是工具,意旨常隐匿其中。值得一提的是帕瓦龙的《夜鹭》。我认为这是一首致敬之作,用沃尔科特的《白鹭》之形式写就。密集的意象、丰富的知识、深沉的步韵,让人读来印象深刻。当然,列在“创造”“新月”两辑的诗人,正是富有创作实绩的中坚力量,他们一面从中国古典诗歌中汲取智慧,一面又吸收西方诗歌的写作技巧。无论是芦苇岸、李郁葱、苏建平、李浔,还是卢文丽、胡澄、舒羽,他们的创作都达到了一定的艺术水准。

尤其是李浔的《擦玻璃的人》，此诗靠整体推进诗意，每一句看似平淡无奇，但一句一波，意境开阔。读者可用生吞式读法，将自己代入“擦玻璃的人”，摹其状，入其境，会其意。一颗渴望透亮的心灵，拭去的除了烟尘迷雾外，还有“零乱的行人”及俗世意识，以保持“没言语，没有聆听”的孤独。诗人选择的及物（擦玻璃）、及态势（观行人），反唯美（不是抚摸）、反固化（不可触摸）的姿态，令人耳目一新。

该书的第六辑收录了24位学者身份的诗人的作品。学人一辑，亦是理性写作的集中地。电影理论家南野、翻译家汪剑钊、数学家蔡天新、诗评家沈健等人在诗歌创作中投来了批评辨识的眼光，将学识与洞见融入其中，亦创作出具有别样风格的好诗。

或许，偏向口语诗的主编赵思运，也没预想到此诗集能如此丰富。事实上，这正是兼容并包的“江南风度”。无论是智性的，还是理性的，甚至是知识性的，诸多表达构成的多元诗意，正是诗兴不止的根源所在。

阅读《江南风度》一书，除了与那些已识的有趣的灵魂相遇之外，我还见识了许多富有创见的青年力量。该书的“新青年”“少年中国”集中展示了“80后”“90后”乃至“00后”的诗人作品，推出了一批新锐诗人和校园诗人。

卢山、袁行安、北鱼、双木、尤佑等人是“新湖畔”的代表诗人，他们主张“开自由之风，向湖山致敬”，他们的诗像盛满语言之水的器皿，呈现出柔软而凌厉的风格。那种身居都市且心向自然的气息，毫无造作之感，一定程度上代表了当下杭嘉湖地区“生态诗歌”的发展状态。尤其是卢山的诗歌，刚柔并济，率性且及物。他围绕着“湖山精神”建立了中年硬汉写作的“柔软之心”。湖山、怀乡、血缘及纯粹的理想主义构成其诗歌的古典写意；现代、都市、体制及归尘的日常生活又反制抒情传统，由此产生泥沙与磐石、螺丝钉与骨头、爱情与担当……他在胸口“磨刀”，在笔下磨“词语”，以开拓自己的诗歌疆域。

诗歌的革新永远在路上。新锐诗人和校园诗人，作为杭嘉湖地区的新生力量，未来可期。尤其是“少年中国”一辑中的南来、侯倩、周永旺等人，他们不拘泥于传统的诗歌形式，或抒情或叙事，或长句或断章，且把生活本身的诗意呈现在简朴的语言中。他们的诗歌创作简朴且有力量。

依书名观，《江南风度》是一部地域性很强的诗选，但选稿的区域并不代表诗歌创作风格的一致性。我们所说的“江南风度”,远不是莺歌燕舞、小桥流水、灰墙黛瓦,而是自由、多元、自然、现代并蓄的“现代江南”。正如沈苇所说:“从地域出发的诗,恰恰是从心灵和困境出发的。语言是唯一的现实和可能的未来。”这部诗选里的作者,有一大部分是如今生活在杭嘉湖地区的外省人,他们的地域性诗写,常常带有故乡与他乡的观照与碰撞,唯有时间可以明证——21 世纪以来,有这样一群可爱的诗人,在杭嘉湖平原的诗歌领域勤耕细作。他们开创并引领新的“江南风度”。

对社会言情小说研究的进一步推进

——《中国现代社会言情小说创作特征及其成因研究》序

钱振纲　北京师范大学文学院

本书的作者张艳丽在北京师范大学文学院攻读中国现当代文学专业的博士学位期间,我是她的导师。她的博士学位毕业论文题目是《中国现代社会言情小说创作特征研究》。从2013年毕业至今,她又阅读了大量资料,扩充了研究内容,经多次修改,现在书即将由知识产权出版社出版。艳丽索序于我。乐见她大作完成,我愿意从命。

中华民国时期,文坛存在着两大类小说。这两大类小说各有自己的作者群、刊物群和读者群。几乎不需要我们去人为划分,它们已是两个自然形成的小说部落。一类是"五四"文学革命后出现的思想和形式与中国传统小说区别很大,担负着思想启蒙、社会干预等社会责任,为新派知识分子所看重的小说。这类小说或被称为新派小说、精英小说或者严肃小说。另一类是辛亥革命前后出现的、思想与形式变化缓慢的、为一般市民所习惯接受的小说。这类小说过去被称为鸳鸯蝴蝶派小说、礼拜六派小说、民国旧派小说,现在被称为通俗小说。我则以为,称之为商业小说更为恰当。那么将这两类小说称为严肃小说和商业小说的理论依据是什么呢?在现代文化市场中,小说作品既是作者与读者进行审美交流的媒介,也是用来进行等价交换的商品。从作者对待小说的审美品格和商品属性的不同态度并因之采取不同的创作原则的角度,可以将小说划分为严肃小说和商业小说两大类。严肃小说是指作者更为重视小说的审美品格,从而在创作中努力真实地表达自己的审美意识的小说。商业小说是指作者更为重视小说的商品属性,从而在创作中不惜为了销售效果而迎合读者审美趣味的小说。严肃小说作者也将自己的作品作为商品销售,或者也以卖文为生,但他们不肯为了销售效果而改变自己所要表达的思想情感和艺术形式。商业小说作者也会在作品中表达自己真实的审美意识,但他们首先关注的是市场的需求和作品的销售效果。严肃小说作者之所以更为重视与读者的真实交流,是因为他们对内心审美意识的珍视或者有强烈的社会责任感。因此其作品一般思想性和探索性较强。而商业小说的作者之所以更为重视作品的商品属性,是因为他们已经被市场法则所规训,以为作者通过满足读者的娱乐需求以换取养家糊口的报酬天经地义。因此他们特别重视小说的消遣功能,其作品的思想性和探索性一般较弱,艺术品位除受作者水平制约外,也间接受制于读者。

自"五四"文学革命到20世纪80年代,新文学阵营的批评者和中国大陆的文学史研究者,基本上是把中华民国时期出现的商业小说视为文学逆流加以批判,而没有将其视为中国现代文学的组成部分进行考察。这一点从20世纪30年代到80年代出版的中国现代文学史著作中也可以看出来,当时的文学史著作很少正面介绍这类作品。早期新文学阵营与商业文学阵营争夺市场,新文学阵营严厉批评这类商业小说是有其必要性和合理性的。但商业小说是一种重要的文学史现象,在当时文坛上所占比重也不小,被文学史研究者长期忽视是不应该的。20世纪80年代以后,随着学术环境变得宽松和受国外大众文化理论的影响,民国时期的商业小说开始受到学术界的重视。范伯群先生是这方面的一位先行者。他将这类文学称为通俗文学,将之与精英文学对举,并认为通俗文学与精英文学是中国现代文学的双翼。他和他带领的学术团队在整理研究这类文学方面做出了突出成就。2000年4月,江苏教育出版社出版了他主编的《中国近现代通俗文学史》上、下卷。2007年1月,北京大学出版社又出版了他独立完成的《中国现代通俗文学史》。对中华民国时期的商业文学由简单的批判转为全面的研究,无疑是学术的进步。

中华民国时期的商业文学以小说为主体。这类小说又可以划分为世态人情小说、武侠小说、侦探小说和历史演义四大类别。而世态人情小说又可细分为社会言情小说、社会小说、言情小说、狭邪小说、社会狭邪小说、讽刺小说、滑稽小说等不同类型。不同类型的小说各有特点,各有功用。但社会言情小说无疑是其中非常重要的一种小说形态。这类小说反映生活深广,思想内涵丰富,有影响的作品也多,很有研究价值。其中许多作品以往学界也有所关注,但社会言情小说作为一种小说类型的总体特征和价值,却没有引起足够重视。在这种情况下,艳丽选择了这类小说作为研究对象,是很有学术眼光的。对于社会言情小说进行深入研究,不仅可以了解这类小说本身的特征、成就、缺憾及其形成原因,还有助于对商业小说总特点的把握,甚至有助于对中国现代文学整个生态结构的认识。

艳丽在对既有研究成果认真辨析的基础上,选择22部社会言情小说的代表作作为研究样本,并在与中国古代小说和中国现代严肃小说的比较中去把握中华民国时期社会言情小说的思想特征、题材特征、艺术特征、形成这些特征的成因,以及所取得的成就和所留下的缺憾。她的研究方法是规范的,视野是开阔的,同时也可以看出是花了工夫、费了心血的。不仅如此,我认为这部著作的优点还在于作者的研究态度和独特的研究视角。作者没有以藐视的态度去观照自己的研究对象,也没有抱着为之翻案的目的去观照自己的研究对象。持这两种态度的批评和研究此前已经有过,历史使命也已经完成,艳丽采取的是客观冷静的态度。由于采取客观冷静的态度,加之已有的理论素养,她找到了自己独特的研究视角。从商业小说的特点出发,考察这类小说的作者如何既有些由衷,同时也不乏迎合地适应着文化转型时代中国市民不断演进的阅读需求而形成一系列写作特征,以及怎样的生活轨迹促使这些作者自觉地接受文化市场法则规约,是这部著作的独特研究视角。由于有了这样一个视角,作者提出了一系列独到的学术见解。这些学术见解对社会言情小说的研究是一种不小的推进。

艳丽在《后记》中说,此书是作者之前十年学术生涯的总结。我从这个总结中看到了作者的辛苦和成长。希望艳丽再接再厉,继续有新的成果贡献出来!

文学是如何为“公共文化服务”的？

——就文学的公共文化服务属性问题与葛红兵教授商榷

赵秦仪　上海大学文学院

一、由关于创意写作学的发展探索创意写作新属性

葛红兵教授的《创意写作学理论》一书不仅是中国创意写作学科理论研究的奠基之作，更是为中国的创意写作学科发展提供了概念体系和论域框架。该书首先更新了文学、写作的本质界定，论述了作为教学法的创意写作学科内部问题，同时还讨论了外部问题，如“公共文化服务”“创意城市基因”等。这些无疑是葛红兵教授为构建中国化创意写作所做出的贡献与努力，不过《创意写作学理论》同时也引发了我们的思考：创意写作学科视域下，中国公共文化服务究竟应该怎样建构？本文特提出此问题，与葛红兵教授商榷。我们认为，文化创意写作相较于科学技术对生产力的推动，其作用同样重要，应该将文学纳入公共文化服务体系，并且认可创意写作对提高城市的原创力和居民文化认同感具有重要的意义。

长久以来，人们对“写作”的认识相对固化，自学科领头人葛红兵教授在2004年外出访学接触了创意写作，回国后于2009年创立了“文学与写作中心”以来，“创意写作”在中国取得了显著的成果，创意写作学科的兴起拓宽了“创作”的范畴，正如葛红兵教授在《创意写作学理论》一书中指出，创意写作

学把“创意思维”的养成看作主要目标,而把“写作能力”的养成看作实现上述目标的主要手段。① 在创意写作学科视域下,作为一门从“艺术批评”和“创意艺术”中独立出来的学科,教师们为避免抑制学生的创作,相对于写作技巧而言,更注重学生的创意思维。

这就要求人们重新理解和构建写作的属性。只有明晰了中国化的创意写作体系下的写作属性,才能从根本上转变人们文学的思维方式,明确文学活动的实质。就目前关于创意写作的探讨来讲,学者们对创意写作的定义有以下几个方面:其一,写作是奠基于人的本性实践之上的审美实践活动,打破了传统写作学的束缚;其二,以多萝西娅为代表的作家认为,作家是比普通人更具有创意、创造性的人,创意写作是突出创造性、新颖性和特别性的写作;其三,创意写作学认为写作是以创造性思维为主导,以文字、符号等作品为实现形式的创造性活动。② 第三种观点是对创意写作作为发展事物的重申,该观点以创意为本位,认可创意的优先性和构成其产业活动的基础性、重要性,推动了国人在最本真的意义上创造文学的产业化之维。

在未弄清楚创意写作的概念和基本内涵的情况下直接探讨产业化,犹如不建设根基便直接修建高楼大厦。因此,梳理创意写作和创意写作学仍是不可忽略的工作。根据写作所指向的受众群体不同,可将写作分为三层。

1. 技能层:写作是一项基本技能,不一定要求写作者创作出极富有深度和内涵的作品,人们只需要在生活和工作中具备这项技能并使用即可。

2. 精神层:人作为富有知觉、情感、思维的生物,在自然界能够将自然人化,写作作为以语言文字为载体的表达自我的活动,能够在创作中反映自身的情感与思想。

3. 交互层:写作不仅仅指向具体的作品创作之中,同时还要指向构思、创作、交互这一完整的过程,即创作具有目的性、指向性。

那么,如何挖掘写作的作用?在创意经济时代如何在创意写作学科视域下更好地建设“创意中国”呢?这就要求我们将目光投射到文学活动和公共

① 葛红兵:《创意写作学理论》,高等教育出版社,2020 年,第 83 页。

② 许道军:《创意写作研究的学术科目视野及中国经验》,《湘潭大学学报》(哲学社会科学版),2020 年第 2 期。

文化资源的研究之中。

二、承担公共文化服务角色的创意写作

《创意写作学理论》一书首先梳理了当今三种公共文化服务的模式,并且强调文学活动的实质是公共文化活动的一部分,“纯粹属于私人的文学、纯粹局限于私人领域的文学活动是很少见的”[①]。第一种是“政府主导型”,以日本和法国为代表。该模式强调政府在公共文化服务中的角色与作用,尤其是关于政策制定和资金把控方面。第二种是“市场分散式”“民间主导式”,以美国和加拿大为代表。即政府的主要职能是营造良好的环境、服务于公共文化的发展。第三种是“一臂之距”,以英国、澳大利亚等为代表。该模式下,政府不直接插手具体的文化事务,只对其进行宏观把控,具体分配文化资源和文化事务管理的是民间组织,两者是“一臂之距”的伙伴关系。

西北大学文学院副教授陈晓辉在《中国化的创意写作学科体系猜想》一文中强调,在中国化的创意写作学科体系的建构中,应该将创意培养与产业孵化置于同等重要的位置,使思维培养、作品生产、成果转化和推广应用能够协同运作,系统化发展。[②] 简而言之,产、学、研、用互相结合的道路才是中国创意写作发展的必由之路。但遗憾的是,目前在我国,“创意实践活动”还没有制度性地成为公共文化体系中的一部分。在《创意写作的兴起:战后美国文学的“系统时代”》一书中,作者马克·麦克格尔提到:教育改革者声称每个人都具有天生的艺术家气质,只需要从诸多限制中解脱。战后创意写作系统是建立在艺术家可以通过解放的机制化创造力培养而脱胎于这个假设的。所谓创意实践,相对来说,便是持续通过外部激发聚集内在的天赋才能。[③] 在创意经济时代下,写作生态环境已经逐步发展变化,创意理应成为一个国家

---

① 葛红兵:《创意写作学理论》,高等教育出版社,2020 年,第 119 页。

② 陈晓辉:《中国化的创意写作学科体系猜想》,《湘潭大学学报》(哲学社会科学版),2016 年第 1 期。

③ 马克·麦克格尔:《创意写作的兴起:战后美国文学的“系统时代”》,葛红兵、郑周明、朱喆译,广西师范大学出版社,2012 年,第 85 页。

的核心推动力之一。

强调和维护创意性文学实践活动无疑是非常重要的。葛红兵教授指出,如今文学作为弱势艺术的样式存在,不赚钱,甚至小众化。这一点笔者持有不同意见,我认为纸媒虽然发展势头不如从前,但是文学仍然具有力量。在我们看来,国家应该从制度性的角度维护创意性文学及其实践活动。

文学的本质即创意,这是创意写作一以贯之的观点。从创意第一性的观点出发,到学科体系思维的构建,创意写作学一直努力地将创意思维—创意实践—创意产业结合起来,以此呈现创意文学教育、文化创新实践、创意文化产业三种典型发展模式。葛红兵教授从文学创作者的角度将创意追寻到内核层,认为创意的核心不仅作为文学创作的内部规律出现,更是"产业化",尤其是其跨媒介、跨区域和跨业态的转化模式,促进了文学创意的涌现和提升。离开了对创意本质的探寻和确切感受,创意本质的概念就会处于晦暗之中。

笔者将从文学的创意本质和意义的角度出发,分析我国目前的公共文化服务存在的不足和缺漏。

1. 公共文化服务财政投入分配不均

因为经济发展水平、自然条件和历史文化传统等多方面的因素,不同区域公民享受的文化产品和文化服务呈现出不均衡性。目前我国文化事业费城乡分布比较均衡,略倾向于农村地区。2017 年,县及县以下和县以上文化单位的文化事业费分别为 45724 亿元和 39835 亿元,所占比重分别为 53.5% 和 46.5%。从区域分布来看,东部地区仍然分布较多,中部和西部地区分布较少,分别为 381.71 亿元、213.30 亿元和 230.70 亿元。东部地区和中部地区的文化事业费占比有所提高,分别提高了 1.3 个百分点和 0.9 个百分点。值得注意的是,西部地区的文化事业费的比重不升反降,下降了 1.3 个百分点。

2. 公共文化服务与公众需求不完全对接

调查数据表明:2017 年公共设施使用率较高的分别是图书馆 32.8%、影剧院 27.3%、体育馆 18.4%,使用率最低的为博物馆,其使用率仅为 4.2%。

葛红兵教授主张,对于作为公共文化服务的"文学创作及文学"的建设和研究是至关重要的,政府应该大力支持并保障创意文学活动的发展。

3. 供给主体单一思想严重

受计划经济观念的影响，许多人认为公共文化服务产品只能由政府生产，没有自觉自主的“文学公益机制”研究思维。目前，我国公共文化服务呈现出政府主导、民办文化机构欠发达、公民主体参与意识尚未完全觉醒、人民群众对公共文化的参与度较低的局面。如果公共文化服务仅仅是在行政体系内部运转，那么就会失去有效性和活力，没有使服务对象和服务主体形成良好的互动。

三、探索创意公共文化服务新机制

根据中共中央办公厅、国务院办公厅联合下发的《关于加强公共文化服务体系建设的若干意见》和《中共中央关于进一步深化文化体制改革　推动社会主义文化大发展大繁荣若干重大问题的决定》的内容，可以概括我国认定的基本文化权益包括以下几个方面：读书看报、进行公共文化鉴赏、参与公共文化活动、电视电影、收听广播等。读书看报和进行公共文化鉴赏等模式是人们享受文化成果的基本方式，人们参与文化创造活动的主要载体则是大众文化活动。党的十九届五中全会审议通过的《中共中央关于制定国民经济和社会发展第十四个五年规划和二〇三五年远景目标的建议》明确提出了在2035年要将中国建成文化强国的远景目标，并强调在“十四五”时期推进社会主义文化强国建设。在这一大背景下再次讨论公共文化服务机制的建构，并非仅仅揭示当下现实的发展欠缺，更说明了创意写作视域下探索公共文化服务新机制问题已经到了需要重新阐释的新阶段。

（一）通过大数据加强和改善公共文化服务模式

文学仍然具有庞大的影响力，其重要原因在于网络文学的迅猛发展。2020年9月29日中国互联网络信息中心发布的第46次《中国互联网络发展状况统计报告》显示，截至2020年6月，我国网民规模达到了9.4亿，相较于2020年3月，增长了3625万，互联网普及率高达67.0%。从这一庞大的数据中，我们要思考如何从公共文化服务以及公共数字文化服务的角度更深入地研究新兴的公共文化服务模块。文化创意产业的大部分门类和高新技术结合在一起。换言之,文化创意产业是技术、商业和文化艺术的结合体。西方许多学者注意到,文化创意产业蕴含着新的产业经济形态,创意产业是适应新的产业形态而出现的创新概念,是对新的产业形态的概括、总结和发展,它对优化现有产业结构有重要的作用。①

针对以上情况,葛红兵教授指出,近年来,中国的文学产业化发展态势良好,涌现出阅文、掌阅等文学产业龙头企业。正是国家政策的支持,文学企业才能不断发展壮大。我国公共数字文化服务供给端主要包括各级公共图书馆、博物馆、文化馆、青少年宫等各类公共文化服务实体部门。除此之外,还有数字服务平台,例如微信公众号、官方 APP 等。笔者认为,公共文化服务模式理应与时俱进,引入社会力量和创新模式,告别“等、靠、要”的传统思想,将文化创意产业中的新模式与公共文化服务相结合,并且通过大数据了解居民的喜好,提供更加人性化的服务,切实提高公共文化服务效率。此外,利用大数据技术还可以有效地搭建政策落实追踪平台,帮助文化产品供给模式进行调整,根据文化资源的利用特点和区域经济发展情况进行改善,同时便于用户对服务进行反馈和监督。

(二)提高从业人员的创意性思维

《创意写作学理论》一书指出,人是创造性思维者。何谓创造性思维?葛红兵教授认为,对于创意写作者而言,不仅需要最基础的“解释性需求”,还需要基于自我对世界关系的理解,呈现出自己创意性思维的世界观。在公共文化服务体系建设过程中,城乡发展、区域发展水平不均的另一表现便是从业人员的综合素质差异较大。资料显示,2008 年我国文化单位机构数为 27.90 万个,从业人数为 179.41 万人,发展至 2017 年末,全国文化单位机构数为 32.64 万个,从业人数达到 248.85 万人。虽然从事公共文化服务的人员呈现增长趋势,但是鲜有人接触或系统性学习创意写作理论知识。

正如上文提到的,创意写作学呈现出创意文学教育、文化创新实践、创意文化产业三种典型发展模式。笔者认为,加强对公共文化服务从业人员的综

① 徐延:《文化创意产业概念辨析》,《当代传播》,2007 年第 4 期。

合素质培养，尤其是创意思维的培养，能够有效提高公共文化服务的质量和生命力。一直以来，创意写作学要求尊重学生的个性化表达能力和独立思考判断能力，如果在公共文化服务的过程中，能够综合性考虑专业的从业人员在实际工作中的建议，激发创造从业工作人员的热情和潜力，对外面向创意经济时代，对内面向创意型从业人才，就能达到 1+1>2 的效果。

（三）提倡全民写作，推动公共文化服务发展

创意写作视域下，创作是以人为主体的自我实现的根本性实践活动。提倡全民写作并以此推动公共文化服务的发展具有可行性和必要性。葛红兵教授的观点激发了笔者对这一问题的思考。葛教授认为，在创意经济时代的大背景下，让文学介入公共文化服务，有助于推动大国文化战略及创意中国的发展。

每一次变革都源于人们的需求。新媒体技术的发展为当今全民写作提供了技术支撑，当物质需求得到满足时，人们便开始追求更高的精神需求。创意写作作为一种艺术生产的精神性活动，能够满足人们的精神需求，从功能和作用的角度而言，创意写作和电影院、博物馆、图书馆并无不同。因此，笔者主张将创意写作纳入公共文化服务的板块之中。

（四）转变政府职能，激发社会力量参与管理的自觉性

治理理念在公共文化服务发展中主要表现为正确处理公共文化服务与公共文化社会化、市场化的关系，逐步形成政府主导，文化事业单位、企业、非政府组织、社区等多元主体共同参与、协商与对话的“交互理性”的制度框架。[①] 随着非公有制经济的不断发展及创意经济时代的到来，民间资本对公共文化领域的服务热情得到极大激发。笔者认为，当下激发社会力量、引入社会资金参与公共文化建设已是必然趋势。

创意写作的价值和意义不仅体现在教育教学之中，更体现在“人”的塑造和社会的发展之中，本文结合创意写作学科，重申“写作”“创作”的要义，同时讨论了当下我国公共文化服务发展的问题，并根据现阶段的问题提出了几点

① 孔进：《公共文化服务供给：政府的作用》，中国社会科学出版社，2020 年。

思考和建议。公共文化服务是作为一个既体现国家治理能力又关系民生的命题,本身就需要带着发展的眼光去看待。创意写作的思维能够帮助我们跳出传统发展模式的圈套,从而在保障公民基本文化权益的基础上,更好地满足公民的基本文化需求。公共文化服务体系的构建,本身就是一个重要的民生工程,这一过程中不仅需要各级政府的努力,还需要全社会的共同参与。

总而言之,我十分赞同葛红兵教授将创意写作作为公共文化资源的文学与文学活动的研究,并且非常敬佩他在《创意写作学理论》一书中的学术贡献。为了更好地学习和了解创意写作,我提出了几点关于我国公共文化服务新机制的问题与葛红兵教授商榷,期待通过共同的努力,让创意思维、文学创意活动更好地体现其价值、发挥其作用。

“她者”的失语与反抗

——《馨香与金箔》的后殖民女性主义解读

宋毅菲　天津理工大学语言文化学院

一、后殖民女性主义与《馨香与金箔》

(一)斯皮瓦克与后殖民女性主义

后殖民女性主义自产生起便聚焦于第三世界的女性这一被殖民主义和男权中心主义剥夺话语权的群体,这种双重压迫使得她们在社会主流文化中被掩埋和曲解,得不到认可与支持。斯皮瓦克作为一名生活在美国的印度裔女学者,以独特的眼光和视角,着眼于统治结构中被边缘化的群体,尤其是妇女群体。从妇女的角度出发,使用女权主义思想深入地分析被压迫的第三世界妇女所遭受的不公平待遇,试图用这种方式提升她们的社会地位和独立意识。她于1985年发表的论文《三个女性文本和对帝国主义的批判》正式拉开了对后殖民女性主义批判的序幕。

斯皮瓦克作为后殖民女性主义的代表学者,其公开发表的论文《属下能说话吗?》更进一步地对后殖民女性主义进行研究,十分透彻地对第三世界女性的失语现状进行分析。当批评西方女性主义的种族主义时,斯皮瓦克打破美国社会和黑人、白人的局限,将辐射范围扩大到整个国际社会,并且将批判上升到表现和话语的高度,从而进入后殖民的视野。在她看来,第三世界的女性受到双重权力话语或文化霸权的压制。一方面,帝国主义和殖民文化试图将她们同质化;另一方面,像其他女性一样,她们也受到男性文化的压迫。这种双重压迫让第三世界的女性完全处于“失语 ”的状态。她认为,西方女性主义话语本身包含着话语霸权,而“第三世界的女性”则被打上了父权制和殖民化的烙印,成为男性意识形态和西方意识形态双重建构下富有想象性的“他者”。①

“他者”指的是相对于社会主体而言的边缘群体,斯皮瓦克认为男性中心主义和白人中心主义是造成生活在社会边缘的女性逐渐变成“她者”的两个主要原因。英国后殖民主义等西方资本主义思想的广泛传播和不断侵入,直接导致大量的少数非洲族裔成年妇女被西方种族社会普遍贴上“她者”的侮辱标签。在后殖民语境中,如果处于被殖民的底层人民不断被主流话语所排斥、所“他者化”,那么处在底层的女性还要面对“她者化”所带来的完全消声。在白人男性的主宰地位面前,处于底层的女性始终保持异己的状态,于是两种理论便寻得了交流与对话的契机,形成了后殖民女性主义的批评方法和策略。在后殖民文本的分析中,“定位、表现、女性主体的‘发声’及文学典籍的扩展是重要的关注焦点”。后殖民女性主义中的“属下”一词,最早由意大利政治家葛西多提出,而后由斯皮瓦克拓展了其中的语义内涵。“如果属下没有历史,不能说话,那么作为女性的属下就被更深地掩盖了。”所以在具体点父权的双重压迫下,女性便成为“属下他者”,即“属下”的属下了。②

(二)林玉玲与《馨香与金箔》

林玉玲是一名用英语写作的华裔女作家。1944 年她出生于马来西亚马六甲的一个华人家庭。她家境贫寒,是家中六个孩子中的独女,受男尊女卑等封建糟粕思想的影响,自小备受歧视。她深谙华人后代女性在马来西亚这一以马来民族为主的国家所受到的双重歧视。1969 年“5·13”种族动乱后,她带着绝望的心情离开马来西亚,远赴美国。1980 年加入美国国籍。后又通过自己的不懈努力,成为亚裔美国作家和高校教授。她对第三世界女性的内

① 武彦良:《斯皮瓦克文学批评中的“他者”》,华东师范大学出版社,2018 年,第 11—16 页。
② 肖丽华:《后殖民女性主义文学批评研究》,浙江大学出版社,2013 年,第 21—43 页。

心给予了深切关注，从亚裔的角度反观马来民族和白人社会对亚裔群体的歧视，并深刻指出具有亚裔与女性双重身份的群体，在现代文明中仍处于话语权边缘。

《馨香与金箔》中的一个重要节点便是马来西亚的那次种族动乱。那次种族动乱不仅使得现实生活中的林玉玲心灰意冷，想要远离其自小成长的马来西亚，也是小说作品中的女主人公利安突破传统自我，追求真正爱情的重要时间线索。利安从这件事情中获得了真正的成长。林玉玲在此书中，讲述了处在亚裔男性亨利和帝国殖民地男性彻斯特之间的华裔女性利安的爱情选择和成长，以及三人对爱情的不同抉择和思想冲突。在人物塑造上，她也重点着墨于多位人格独立的坚忍的亚裔女性形象。这无疑是林玉玲在男权时代下，对女性力量、女性声音的坚定发声，并想借此对父权社会进行解构。

即便是正处于后殖民的时代，第三世界的妇女由于种族等原因，也会遭受来自第一世界的西方文化霸权的严重歧视与压迫。在传统的父权制下，女性作为首要受害者，也会遭到各种性别上的歧视和压迫，处于其属下的地位。《馨香与金箔》中的许多妇女成为被国际主流社会所歧视、压迫的一个边缘化社会群体，但她们并没有甘于忍受外国非人的待遇，为了顽强地在社会中生存发展下去，不断树立起对妇女的身份认同，对种种霸权主义思想进行反抗，寻求自身的独立。本文拟在后殖民女性主义批评视角下，浅谈《馨香与金箔》的外族裔女性在殖民中心主义和男性中心主义的双重压迫下失语的普遍现象。

二、种族的“失语”：白人文化霸权的压迫

少数族裔女性身居种族和性别的双重符号之下，可谓处于社会生活的最底层，因为她们不仅要受到殖民地男性的压迫，还要受到来自西方世界的白人男性、女性的双重压迫。在这样的环境下，她们早已失去了身份话语权，甚至连“发声”都不被允许。而《馨香与金箔》中所描写的 20 世纪 60 年代的马来西亚，正是这一社会现状的典型压缩时空。彼时，坚持民族一元论的马来

民族占据绝对话语权,他们否认、排斥除本民族外的一切文明,因此作为少数群体的华裔和印裔便成了他们压迫的对象。不仅如此,小说中还有许多来自西方社会的白人殖民者形象。他们自诩甚高,认为自己肩负着拯救马来民族的崇高使命,扶持这个来自第三世界、贫穷落后的国家。白人男子彻斯特便是他们当中的典型代表,他初来吉隆坡便自带美国白人男子的光环。身为美国和平部队志愿者,他热切地想要通过教授木工专业来提高马来民族的技术水平,但令他深感遗憾与落差的是,这个他认为发展滞缓、经济低下的城市,却是另一副样子——“人们不需要自己做家具,也不修理任何东西”,学生们显然对他引以为傲的“木工活”不感兴趣。如此种种,使得彻斯特的“一身抱负”毫无用武之地,马来西亚并非他想象的那般落后破败,当地的人民也并非愚钝无知,面对动荡的政治局面和对多种文化冲突的困惑,他只能返回美国。对彻斯特的描写不难看出作者对西方殖民者浅薄自大的嘲讽。

另一个值得我们关注的情节——华裔女性吉娜与印裔男子帕鲁的爱情因为双方族裔的差别使得他们得不到家庭和社会的认同。为了不背弃对方,两人不得不效仿罗密欧与朱丽叶,以死明志,共赴黄泉。但结局十分不幸,尽管帕鲁逃离了死神的魔爪,被医生救回一命,但其深爱的女友吉娜不幸离世,绝望又无可奈何的帕鲁只得在孤独中受尽折磨。但阿布杜拉作为利安的朋友,当谈及此事时,却始终站在马来人的视角,认为“印度人和华人在食物、习俗、语言上有太多不同”,“马来人和华人就像是油和水,无法融合”。在公共场合,阿布杜拉从不掩饰自己这些狭隘的民族观念,一些朋友之间相处的细节也将其骨子里的优越、自大、伪善展露无遗,比如其不时地会对身为华裔的利安,表达作为朋友的同情与惋惜。更有甚者,当他捕捉到已婚的利安对自己的室友彻斯特怀有超乎朋友的感情时,曾“好意”地告诫她:“如果你是个马来女孩,我可以帮助你。可是你是个华裔,有时候我觉得这真是太糟糕了。”从这些说辞中,我们可以了解到,阿布杜拉认为自己作为马来族男性,身处道德制高点,有责任和义务帮助女性回归“正途”,并想通过“善意”的话语提供帮助,实际上内心是在嘲讽其所谓的女性的“不道德行为”,并不会真正地施以援手。除此之外,阿布杜拉的种族观念也在潜移默化地影响着本就具有种族歧视的彻斯特——“马来文化是马来西亚这个国家唯一的真正的文化”。

可以看出，以阿布杜拉为代表的马来民族和以彻斯特为代表的西方白人，其民族观念在内核上是一致的，其狭隘的民族观深深地阻断了民族间互相交流融合的契机，也为不久后的故事高潮——种族暴乱埋下伏笔。

三、性别的“失语”：男权至上社会的压迫

马来民族属于受传统思想影响较深的国家，性别对立与性别差异问题十分突出。在马来西亚民间也多保留男尊女卑的保守思想与作风。在马来人对这个社会的普遍认知里，女性作为男性的附属品，无论是在家庭和情感生活中还是在社会和经济生活中，她们只能依附于男性，失去了作为人的个体的尊严和意义，没有权利去追求自由多彩的生活。吉娜与帕鲁的爱情悲剧的根源便是受双方家庭中父权力量的打压，尤其是坚守德行贞洁、纲常伦理传统的吉娜父亲，无法容忍自己的男性、父权权威受到挑战，无法接受吉娜的“背德行为”，最终导致吉娜与帕鲁惨痛无力的结局。

这显著的性别压制与从属真切地体现在利安所处的社会关系中，其身边的男性无不表现出对女性天然的歧视。在小说描写的一次聚会上，彻斯特、阿布杜拉、萨玛德和亨利各自表达了自己的一些看法见解。利安因为不满在场男士的高谈阔论而发表了自己独到的看法与观点，这崭新的观点显然引起了在场男性心中的不满，纷纷对利安视若无物而草草离场。随后亨利对利安展开了一番具有说教意味的“告诫”，利安十分愤怒，并不忿地讽刺：“男人们都期望女人没有拥有自己大脑的权利，女人就应该听从、附和男人说的话。你必须用你的聪慧来表达赞同而不是争论。”而后亨利对利安下意识的反驳与纠正，以及语言、行为上的强烈掌控权，体现了男性在家庭中的权力地位，父亲或者丈夫作为一家之主，掌控着绝对的权力与权威。因此，不管是身体还是精神，女性成员都要服从这一角色。[①]

在繁衍和家庭责任的问题上，体现了女性的担当、失语、无可奈何，也体现出了男权社会中女性缺少自主性、选择性和最基本的发声权、抗争权。在

① 魏天真，梅兰：《女性主义文学批评导论》，华中师范大学出版社，2011 年，第 81—95 页。

吉隆坡暴动的夜晚,情难自抑的利安与彻斯特一夜缠绵,恰巧也在这一晚怀上了彻斯特的孩子。怀揣着美好憧憬的利安,等待着彻斯特承担起对自己和家庭的责任,幻想着三人幸福的未来。可终究不遂人愿,利安最终等到的却是彻斯特要返回美国的消息,可是这时的她只能选择沉默。因为她清晰地知道,就算此时的她飞奔过去告诉彻斯特这个消息,结果也不会改变。她只会换回彻斯特的冷眼和无动于衷,而她的家人、朋友、丈夫又有谁会祝福她?她没有胆量去追逐来自美国的爱人,也没有力量为自己的权利和命运进行抗争。而反观彻斯特,回国多年后,自始至终没有联系过利安,在得知利安怀孕后也完全无动于衷。直到11年后,彻斯特在妻子一再要求下做了输精管切除术以致无法生育,这才前往新加坡重新找回利安与自己的血脉。

四、“她者”的觉悟与反抗

女性从最初的忍耐和接纳,到开始有意识地置疑在这个男权主义社会中自己受到的不公平对待,并最终抵制和挑战社会,这个阶段正是随着女性主体意识逐渐形成并且得以建构的一个阶段。《馨香与金箔》中受压迫的亚裔女性便是在独立意识逐渐觉醒的过程中,完成了自我的建构,为自己而发声。她们运用了多种方式改变自身处境,发出自己独特的声音。

女主角利安便是享受自由、追求独立的新时代女性代表。首先,从日常的穿着和行为举止来看,利安就像个“西方白人女孩”,行为大胆张扬,说话嘹亮且毫不避讳自己的名声,“紧身牛仔裤把她大腿和小腿的曲线完美展现”,她爱好抽烟,且常常“像个男孩一样”骑着摩托车兜风,这些都让她格外惹眼,与当地女性群体格格不入。这些无一不显露出利安内心的潇洒恣意,以及灵魂的自由,这也体现了林玉玲力图打破刻板形象,重新定义亚裔新女性的尝试。

其次,在精神思想层面,利安也有着自己的见解和看法,其坚持的多元民族观极具进步性和先进性。当彻斯特直言中国人并非真正的马来西亚人,因为促使中国人来马来西亚的动机是金钱之时,利安愤怒地出声反驳——“马来西亚的一切都是混合的,像马来辣沙拉。一点中国,一点印度,一点英国。马来西亚文明就像马来辣沙拉,如果混合得好,就美味可口”,“生活在这里的华人和印度人也是马来西亚人,重要的是你知道自己内心认可的是什么”,“给我们一点时间,我们将会成为一个崭新的国家。不再仅仅是马来人、中国华裔、印度人,而是一个作为整体的马来西亚人”。这些都表露出利安先进的世界全球化观念、长远的人类史观,以及内心的包容、善良、自信和热忱。

在婚姻观方面,利安也丝毫不受马来西亚相对保守的传统观念影响,勇敢地提出自己对固执、传统且大男子主义的丈夫——亨利的不满,并且在行为上对这落后、充满压迫性的关系进行反抗。当阿布杜拉质问为什么马来西亚人必须得说非母语的英语时,利安尖锐而直率的反驳让阿布杜拉、彻斯特和亨利感到恼火,因此,亨利愤怒地打断了利安:“又在反驳了。”他叹了一口气:“你太西方了。首先,你必须得接受别人说的,如果你不同意就保持安静。女人反驳男人,男人会心烦。”她猛地哭了起来:“你跟那些居住在马来西亚的中国人、马来人,甚至是彻斯特,有什么区别?一个女人根本就没有表达她自己的权利。她只能听着、应和着男人说的话!”由此可见,沉默从来不是利安的选择,在这样的双重压迫中利安的言语受到禁锢,但她的精神从未停止独立和思考。从利安身上,我们可以看出她及作者本人强烈、先进的女性主义思想。

从这个层面上来说,彻斯特对利安的吸引,以及他们在种族暴乱之夜的意乱情迷,不仅是其身上崭新的、神秘的异域男性气息,使得利安洒脱地追求自己天真纯洁的爱情,更是对传统男女关系的禁锢的挣脱和反叛。

五、结语

《馨香与金箔》中的亚裔女性形象正是斯皮瓦克提出“她者”形象的具象化。林玉玲不仅以“生活在马来西亚的亚裔族群”为代表,描写了外族女性的生活情状,而且对殖民时期第三世界女性的“失语”进行了深刻反思。“哀其不幸,怒其不争!”作者正是以利安作为反叛的典型,以期改变第三世界女性逆来顺受、习以为常的麻木心理,并努力为她们发声,揭开这群女性在当时作为被压迫者,在父权社会和白人中心主义的双重禁锢之下的生活方式,以此来彻底唤醒无论是外族裔妇女还是第三世界妇女对自己的文化和身份的遗失的反抗。作者作为亚裔美国作家,为我们进行亚裔美国文学史研究提供了价值。

正如斯皮瓦克所言:"在殖民产生的语境中,如果属下阶级没有历史、不能说话,那么,作为女性的属下阶级就被置于更深的阴影之中了。"[①]在以殖民主义为主流话语的体系之下,作为女性的底层阶级还要受到男性中心话语的压迫,这双重压迫致使女性一步步沦为"他者"中的"她者",于是女性的声音消失了,她们无法表述自己,只能被别人定义、表现与描述。后殖民主义的社会影响和领导力量也是不可忽视的,无论在宗教、文化,甚至是政治等各个方面,都有可能导致一个属于人类或其他民族的权利的丧失,后殖民主义时期,社会中的"她者"的女性身份更是充分暴露了女性霸权主义,女性在现代社会中也更应该重新寻求自我意识和其自我身份的理性构建,从而真正建立实现自我的理性认知,构建自己崭新的自我生活空间。[②]

① 罗钢:《后殖民主义文化理论》,中国社会科学出版社,1999 年,第 125 页。

② 张静:《身份认同研究》,上海人民出版社,2006 年,第 63—69 页。

第三编

高校创意写作联展

复旦大学专辑·主持人语

谢尚发　栏目主持人

创意写作自2009年进入中国大陆之后,经过十余年的发展,在中国各大高校落地生根、开花结果。最早引入创意写作并设立艺术学硕士点之一的高校便是复旦大学,在著名作家王安忆的带领下,学校以沪上的国际视野,得创意写作风气之先,集聚优秀师资力量,经年有时,培养出了张怡微、甫跃辉等优秀青年作家。这一辑我们选编了复旦大学张怡微老师、战玉冰博士后与陈芳洲博士的文章,试图管窥复旦大学创意写作的全貌。张怡微以创意写作教师的身份,兼从她曾经的学生身份出发,回顾了复旦大学的写作教学历史,介绍了复旦大学创意写作的教师人才建设与培养体系及教学成果,并对未来创意写作的发展进行了展望。战玉冰的文章聚焦网络文学的创作,试图在既有研究的遮蔽中开掘网络文学“初生代”作家群体的创作及其意义,并以君天的创作作为方法来剖析网络文学创作中类型融合的现象。陈芳洲的文章聚焦创意写作视域下,散文创作所牵涉的情感问题,并以此来探究创意写作所能够提供的关于“情感知识化”和“情感疗愈”的理解路径,可谓当下创意写作理论探索的重要成果。创意写作学科建设、网络文学写作中类型融合所提供的创意写作的视角、创意写作与情感疗愈等,都是当下较为热门的话题,希望这里推出的三篇文章能够引发持续的讨论,将这些问题推向更为广阔的研究空间。

复旦大学“创意写作”学科发展述略

张怡微　复旦大学中文系

2019 年以来，对于中国的“创意写作”专业而言，是久违的热闹之年。7 月，广州《花城》杂志第四期出版专刊，以“新的欲望，新的征服”为命题，研讨复旦大学和中国人民大学“创意写作”专业案例，探讨数字时代创意写作的路径。9 月，中国人民大学宣布招收创造性写作方向博士。10 月，西北大学举办第五届“世界华文创意写作大会暨 2019 创意写作社会化高峰论坛”。11 月，复旦大学举办了“我们在校园写作”高峰论坛暨庆祝复旦大学中国语言文学系创意写作专业成立十周年大会，此次大会获得了《人民日报·海外版》、新华社、《解放日报》、《光明日报》、《文艺报》、《文汇报》、《文学报》、《新民晚报》、《现代快报》等媒体的高度关注。12 月，南京《钟山》杂志社主办“文学期刊融媒体发展与创意写作”研讨会，来自复旦大学、上海大学、同济大学、北京师范大学、南京大学、华东师范大学等“一线阵地”的学者与作家就十年来创意写作“中国化”主题展开研讨。这一波热潮延续至今，可以说，自因“创意写作”这个舶来学科落地中国而引发“作家能不能教”的讨论以来，“创意写作”在中国的议题再度获得文学媒体的高度关注。复旦大学中文系的写作教育也迎来了多年沉淀后的新局面。

教育关涉理论建设、实践创新、人才培养等多方面内容，有别于传统“作家班”课程体系，复旦大学在“创意写作”专业成立十余年以来，不断完善写作人才培养模式，不断调试“创意写作”这个舶来学科落地本土的课程改良，取得了令人瞩目的成果。本文将由复旦大学写作教育经验的历史入手，梳理十年课程实践与创新理论成果，复旦“创意写作”在各个教育环节上的有益探索，必将成为中国创意写作发展模式的重要案例。

一、复旦大学中文系写作教育历史溯源

复旦大学中文系一直带有“写作”基因，写作教育也并不始于“创意写作”专业的成立。据陈思和教授回忆，复旦大学中文系成立于 1925 年，当时就由著名作家担任中文系的教师。著名的戏剧家洪深在复旦成立了复旦剧社，复旦剧社在上海戏剧界一直顶着 1/3 的力量，有小说家孙良工、诗人刘大白等。即使在刚刚成立中文系的时候，复旦的文学创作力量也是不薄弱的，他们奠定了文学创作的规律，这个规律一直延续到 20 世纪 50 年代。20 世纪 50 年代院系调整后，复旦大学在学术力量上得到很大的增强，在这个过程中，文学创作一点没有减弱。跟巴金先生主编《收获》的章靳以，就是复旦中文系教授。贾植芳先生从震旦学院调到复旦中文系，主要讲文学写作，戏剧是余上沅先生担任教学工作的，散文和诗歌是由新锐派的诗人方令孺担任的，当时小说、诗歌、戏剧还是三足鼎立，在复旦中文系形成了文学创作教育的传统。“什么是大学的文学教育？我想应该分为两部分：第一部分是文学方面的专业教育，即以文学为教育的内容，并且以文学的方式，偏重于审美性、艺术性、赏析性的教育，旨在提高学生的文学审美能力、艺术鉴赏能力及文学批评能力、文学写作实践的能力（后一种能力有别于文学写作的实践教育，如复旦大学中文系设置的创意写作专业硕士教育，而不是指一般的大学写作课程）；第二部分是指大学通识教育里的文学审美性的课程，它属于一般人文教育的组成部分。大学素质教育一般偏重人文教育而不是技术教育……大学的文学教育可以由如下三部分组成：一是中文系以普及文学知识、提高文学审美能力为主要目标的专业文学课程，如文学作品选读、文学史及各类文学选修课；二是文学写作实践，如古典诗词欣赏与实践课程、文学评论和文本细读、作品研讨、业余创作的指导，也包括 MFA 专业课程；三是面对全校学生的通识教育

课程。”[1]这是复旦大学中文系的文学教育传统。

据陈思和教授回忆,1981 级的系友朱光甫曾在复旦本科阶段进行文学创作,后来投身文化出版行业。他的太太和他的孩子,包括同一级的很多同学捐款建立了“朱光甫文学创作奖”,支持鼓励学生进行文学创作。每一年,“朱光甫文学创作奖”在全校范围举办,激励一届又一届新生的文学创作力量。1978 年,卢新华发表了小说《伤痕》;1979 年,颜海平发表了剧本《秦王李世民》;1980 年,陈小云出版了自己的第一部中篇小说集。当时“7711”(1977 级中文系学生)一下变成创作非常强势的群体,一个短篇小说、一个剧本、一个中篇小说、一个单行本,把文学创作热情重新点燃起来。这个创作群体热情创作的火焰一直在复旦校园里燃烧,一届一届地传下来。到如今,30 年的“校园写作”,复旦中文的力量正在不断壮大、创新,“创意写作”就是在这一片历史土壤中应运而生、茁壮成长起来的。

上海是“创意写作”学科实践与探索的重镇。回溯“创意写作”与上海的关系,还要追溯到 1994 年,著名作家王安忆受邀在复旦大学讲授小说研究课程,可作为作家进校园的标志性事件。1998 年,王安忆出版了课程讲稿《心灵世界》。2005 年,复旦大学中文系正式聘请王安忆为中国现当代文学专业的教授,成立了“复旦大学中国当代文学创作研究中心”,开辟了作家进入中文系执教的先河。2006 年,复旦大学中文系设立了“文学写作”专业,可看成中国大陆创意写作学科建设的起点。2007 年,王安忆开始担任复旦大学“文学写作”学术硕士(三年制)导师。2009 年起,复旦大学停招“文学写作”学术硕士,开始正式招收创意写作 MFA 专业硕士(两年制),这也是教育部正式批准设立的第一个创意写作 MFA 硕士点。转变的契机来自海外教学模式与经验。因为原本每年学术硕士招生人数太少(一名),当时的系主任陈思和教授决定探索并借鉴美国大学的培养模式,开办专业硕士课程,每届招生 10—20 人。学校也根据国际惯例,把 MFA 专业硕士点视为文学写作的最后学历,不再设立博士点。

深究起来,在上海,作家与学院的关系还能追溯至更久以前。据复旦大

---

① 陈思和,刘志荣:《文学会使校园变得更美好》,《文艺报》,2013 年 7 月 9 日。

学创意写作专业导师梁永安回忆："从 1989 年到 1992 年，复旦就已经不动声色地举办了三届独具特色的作家班：学习两年，发结业证……这三届作家班大概 120 人。1993 年后，复旦再无作家班……"①

2006 年以来，复旦大学中文系在"创意写作"学科领域积累了丰富的教学实践经验，也在不断适应着时代发展，确立本土化写作教育教学的新导向。初期，聘请王蒙、贾平凹、余华、叶兆言、严歌苓等海内外著名作家为中文系兼职教授。2008 年，邀请美国芝加哥哥伦比亚学院小说工作坊创始人舒尔兹（John Schultz）担任中文系特聘教授。2012 年 5 月，邀请了诺贝尔文学奖得主莫言（发表演讲《想象的炮弹飞向何方》）、茅盾文学奖得主迟子建（发表演讲《写作，从北极村童话开始》）为创意写作专业学生开设写作讲堂。2014 年，著名作家阎连科、严歌苓、虹影等分别来给学生上课。类似的教学模式每一届 MFA 学生都曾亲历，这也是中国创意写作教学的主体——以知名作家进校园开设写作课为基本范式。据复旦大学创意写作专业导师王宏图回忆，复旦大学除了开设以上作家授课的教学模式之外，在"创意写作高级讲坛"及"艺术创作方法研究"课程中，特别重视跨学科艺术养成的培训工作。自 2010 年以来，创意写作专业先后邀请了中国连环画泰斗贺友直、上海歌舞团名誉团长舒巧、上海音乐学院音乐剧系主任金复载、著名书法家刘天炜、纪录片研究专家林旭东、上海人民滑稽剧团团长王汝刚等各艺术门类的顶尖专家为创意写作专业学生做专题报告，其中金复载在课程中带领从未接触过音乐剧的 MFA 学生创作了音乐短剧剧本。2014 年，创意写作专业邀请著名画家陈丹青、美学家刘绪源、音乐家林华、戏剧家荣广润、剪纸画家乔晓光来校授课，为学生打通艺术边界，从其他艺术创作方法中汲取创作养料提供了专业支持。尽管复旦大学创意写作专业课程的主体是小说、散文、诗歌，学生经由课程依然获得了其他艺术形式的创作可能。② 王安忆教授、王宏图教授、严锋教授、梁永安副教授等长期担任小说课程教师；张新颖教授、青年诗人黄潇（肖水）长期担任新诗写作课程教师，多位学生获得诗歌奖项；胡中行教授长期担任诗词

---

① 梁永安：《从作家班到 MFA》，《创意写作 MFA》第 1 卷，上海人民出版社，2013 年，第 119 页。

② 王宏图：《创意写作在中国：复旦大学模式》，《写作》，2020 年第 3 期。

写作教师，带领学生在报刊发表古典诗词创作；李祥年、陈思和、张岩冰、梁燕丽、杨新宇等老师也曾长期担任现代文学、艺术原理、海外华文文学等课程的指导老师。

二、教师梯队理论建设与创意写作人才培养成果

严锋教授长期推动着当代中国科幻文学发展。他的学生王侃瑜如今已是当代炙手可热的科幻题材青年作家，目前担任挪威奥斯陆大学的 Co-FUTURES 项目的博士研究员，师从 Bodhisattva Chattopadhyay，不仅为中国科幻走向国际做出了贡献，也推动了中国女性主义科幻写作理论和实践双重方向上的发展。在她看来，"我们现在再去重新发现一个女性声音，或者说中国的声音，对于大家来说变成了一个新鲜的事情"①。此外，在最新发表的论文中，严锋认为："如果我们再从一个更大的文化视野来看这些走向，就会发现可写的文本其实从未消失，反而走出少数精英的文化实验，找到了全新的载体，并走向了极为广阔的大众文化空间，那就是网络、游戏和虚拟现实。在那里，大众进行前所未有的自由创造和极乐的游戏。同时，更多的问题也不断涌现。"②他的判断十分具有远见，中国在游戏剧本写作的课程建设方面还是一片处女地，但我们的毕业生早就开始了探索的旅程。在 2019 年复旦大学"我们在校园写作"高峰论坛下午的圆桌会议上，2016 级 MFA 毕业生蒋颖如发表了论文《用游戏讲故事》。毕业后的蒋颖如在新型互联网文化公司叠纸游戏工作，她是复旦 MFA 专业入职"叠纸游戏"的多位毕业生之一。作为一个游戏剧本的写作者，蒋颖如已不自觉地将复旦创意写作课程中学到的小说写作技巧运用到了实际工作中。在她看来，"人们被压抑的某种需要和欲望诞生了游戏的核心体验，这种体验就是一种释放。有压力才有释放，释放过后需要新的压力。压力与释放的节奏是游戏体验设计中的重点。如果套用一个戏剧中的同类概念，可能是悬念与释放，悬念的保持需要恰当的延宕，然

① 张怡微，王侃瑜：《女性在科幻世界中的想象与实践》，《现代快报》，2020 年 11 月 29 日。

② 严锋：《假作真时真亦假：虚拟现实视野下的〈红楼梦〉》，《中国比较文学》，2020 年第 2 期。

后到最终的释放,这个过程中的每一个节奏点,都需要与故事相契合”[①]。

2017年,复旦MFA在“小说写作实践”和“散文写作实践”两门必修课的基础上,由青年教师陶磊增开“文学翻译实践”。这门课缘起于王安忆访问哥伦比亚大学艺术学院时,对方提出与其合开一门以英译汉为主的文学翻译课。陶磊认为,翻译对写作实践是非常重要的,“不加节制地意译,将原本平实的文字译得文采斐然。这类学员往往特别热爱创作,也有一些创作经历,翻译对他们来说就像戴着枷锁跳舞,实在勉为其难。他们仿佛按捺不住创作的冲动,在译者和作者两种身份间游走,有意无意地越过翻译和创作的边界。在我看来,这样的译者也没有足够好的汉语能力,因为他们同样无法用汉语恰如其分地表达原文的意思,只不过是在忠实和流畅之间放弃前者而选择了后者”[②]。2020年,陶磊于上海古籍出版社出版专著《“直译”“意译”观念溯源:从佛经翻译到兰学翻译》。

拙作《潜在的与缺席的——谈“创意写作”本土化研究的两个方向》[③]《隔膜与创新——兼评马文·卡尔森〈戏剧〉》[④]《论“创意写作”学科的理论交互与实践创新——以复旦经验为例》[⑤]都提出复旦经验对“创意写作”本土化研究的部分理论探索成果。在《潜在的与缺席的——谈“创意写作”本土化研究的两个方向》一文中,笔者认为明清小说“续书”可视为“创意写作”中国化的古典文献理论来源,并于上海华东师范大学出版社出版研究专著《明末清初〈西游记〉续书研究》。

2020年,拙著《散文课》作为全国第一部创意写作散文写作指南出版,在写作教育与情感教育结合的课程设计上提供了有效的实践方案,获得媒体关注。复旦大学创意写作MFA专业自成立以来,长期开设“散文写作实践”必

---

① 蒋颖如:《用游戏讲故事》,《现代快报》,2019年12月26日。

② 陶磊:《在翻译中寻找“最好的文字”》,《文汇报》,2019年11月19日。

③ 张怡微:《潜在的与缺席的——谈“创意写作”本土化研究的两个方向》,《上海文化》,2019年第9期。

④ 张怡微:《隔膜与创新——兼评马文·卡尔森〈戏剧〉》,《通识教育评论》第7卷,复旦大学出版社,2020年,第243页。

⑤ 张怡微:《论“创意写作”学科的理论交互与实践创新——以复旦经验为例》,《写作》,2020年第6期。

修课。另一位资深导师龚静，长期担任散文方向的指导教师，培养了数十位散文方向的创作者，令复旦大学创意写作散文方向的教学同样居于全国领先水平。迄今为止，复旦创意写作 MFA 学员已于《文汇报·笔会》专栏、《萌芽》杂志等文学媒体发表作品数十篇。其中由龚静老师指导的首届 MFA 学员陈成益，曾获第二十四届全国孙犁散文奖单篇类一等奖。2020 年秋，王安忆教授首次在创意写作 MFA 专业开设"非虚构写作实践"课程，获得良好的社会影响。

十年来，复旦创意写作 MFA 成果颇丰。许多文学期刊和新人奖项都能见到复旦 MFA 学生及毕业生的身影。王侃瑜、余静如、黄厚斌（笔名黄守昙）、张心怡等已成为"90 后"代表作家，斩获包括彗星科幻国际短篇竞赛优胜奖、全球华语科幻星云奖、"《钟山》之星"文学奖、香港青年文学奖、台湾林语堂文学奖、澳门文学奖等诸多荣誉。不少毕业生已经出版多部文集，有大量作品发表，如张祖乐、薛超伟、周燊、胡卉、严孜铭、伍华星（笔名伍德摩）、郭冰鑫等，获得文坛广泛关注。他们培养了自己的读者群，正在逐步建立新的审美观念、新的表达方式。大部分复旦 MFA 学生在校期间至少能在文学期刊上发表一篇小说或散文作品，每一个人都至少有一篇代表作被收入上海人民出版社出版的《创意写作 MFA》上。这本读物目前已经出版到第七期，担任执行主编的是 2012 级 MFA 毕业生余静如。她是《收获》杂志的青年编辑，离开学校之后，依然坚持写作，2020 年获得了第二届"《钟山》之星"年度青年佳作奖。2016 级 MFA 毕业生俞东越（笔名沈山木）在毕业以后也加入了《收获》杂志，在校期间，他曾发表多篇散文。

值得注意的是，复旦创意写作的毕业生在毕业后除了成为文学编辑之外，也有不少人选择继续深造，攻读博士学位，如张凡、王侃瑜、张梦妮、丁茜菡、郭冰鑫、陈芳洲等。在文学研究领域，他们关注着"创意写作"学科的发展，接棒文学教育的神圣职责。不少曾经或正在加入文学与写作教育行列的毕业生，如张梦妮（常州工学院）、张凡（重庆钓鱼城科幻中心）、黄厚斌（广东财经大学华商学院）、周燊（鲁东大学文学院）、王霓（北京电影学院青岛分校）、张馨月（上海延安中学）、范淑敏（浙江省杭州高级中学）等，成为文学教育承前启后的新生力量。在 2019 年的十周年会议上，王安忆教授如数家珍地谈起复旦创意写作专业创立的缘起、困难、反对力量、课程设计、招生过程……在首届 MFA 的毕业餐聚会上,班长高绍珩说:“我在一个月前把我的自行车卖了,为什么卖我的自行车？因为我要一步一步地走,可以使时间过得慢一点。”可是时间还是很快就过去了。时间过去了,却留下了火种,留下了“有情”的足迹,留下了文学的情义,留下了教育的心血心意,也留下了对未来的无限祝福。

三、结语

如今,“创意写作”在中国走过了十年本土化历程,培养了数百位写作人才和写作教师梯队。据刘卫东、张永禄统计,截至 2019 年,中国创意写作研究领域已有 300 余篇期刊论文、学位论文与会议论文。① 其中复旦创意写作 MFA 的办学经验,长期以来都是各校创意写作专业高度关注和研究的对象。近五年来,复旦中文系戏剧专业(创意写作 MFA)的研究生报考人数逐年增长,可见复旦“创意写作”专业被当代文学爱好者认可。这是近 200 位复旦 MFA 学员和教师共同努力的结果。

在西方社会,大学校园里有作家教授是普遍的现象,文学教育也是普遍的现象。在中国,这些理念刚刚开始获得普遍认可,渐渐地普及开来。在与各校创意写作专业的互相学习过程中,复旦有能力提供自己的实践经验和教训作为参考。正如陈思和教授所言:“五四时期的学生文艺社团、30 年代京派海派的校园文艺运动、抗战时期重庆和昆明的学生诗社、‘文革’后的‘伤痕文学’思潮、作家进入校园推动文学教育、以学院为背景的文学批评等等,都是现当代文学的一部分,无法剥离。与‘文学现场’保持了密切的关系,大约在这个学科背景下可以得到充分的理解。我们的文学批评和文学研究、文学活动,本身就是当下文学的一个组成部分,是当代文学所发出的声音。”②创意写作专业为培养文学人才做出的贡献,我们喜闻乐见,也乐见写作教育逐渐成

① 刘卫东,张永禄:《2019 年中国创意写作研究年度观察》,《中国图书评论》,2020 年第 3 期。
② 陈思和,刘志荣:《文学会使校园变得更美好》,《文艺报》,2013 年 7 月 9 日。

为高校人文教育建设的重要组成部分。更重要的是,我们可以慢慢从西方经验中开拓出一条自己的路径,复旦只是这条路径的开拓者,不断在完善当代的文学写作教育模式。

在新的时代,写作教育可能会面对与艺术美学、科学技术的碰撞,面临与社会科学领域(如人类学、心理学)的跨学科合作,这对写作教师的综合素养提出了挑战。创意写作中国化的课题,不应当仅仅停留于媒体传播的热点,而应该在理论上继续探索出多元合作的新路,这需要各高校相关专业的密切交流与合作,也需要远瞻未来的雄心和克服困难的勇气。

网络文学创作"初生代"与"类型融合"书写

——把君天作为方法的几点思考

战玉冰　复旦大学中文系

现在的网络文学研究往往不外乎两条常见路径:一种是聚焦"媒介""受众""传播机制"与"商业属性"等文学外部因素,分析网络文学的"新媒介"特征,这姑且可以称作网络文学的"外部研究";另一种是借鉴传统通俗文学与类型文学的研究经验,采取以"时间为经、类型为纬"的文学史图绘方法与作家作品定位思路,来确认不同作家作品的时序先后、影响承续和类型归属,相应地,我们可以称其为关于网络文学的"内部研究"。在后一种研究思路的观照下所形成的这样一张看似"井然有序""年代清晰""类型分明"的中国网络文学史图景中,其实存在很多被先天遮蔽的部分。比如在"前付费阅读"时代以纸质书出版为创作导向的网络文学创作"初生代"作家群体,他们更多意义上具备了网络文学与传统纸质大众文学的过渡性特征。除经典的看似泾渭分明的小说类型划分之外,也存在很多"跨类""兼类"①的作家及作品。而本文试图以作家君天及其小说创作为例,部分揭示以上两种容易被传统网络文学研究所忽视的创作实绩,以及当下中国类型小说的复杂生态场域与多重文学资源。

① 关于"跨类""兼类"等相关理论概念的提出与阐释,可参见葛红兵:《小说类型学的基本理论问题》,上海大学出版社,2012 年。

一、网络文学创作“初生代”作家

关于中国网络文学的“创作元年”，存在着很多不同的说法。其中比较常见的“起点追认”，或者是将其定位于1998年3月22日至5月29日蔡智恒在台湾成功大学猫咪乐园BBS上连载小说《第一次的亲密接触》，或者是上溯至更早的1997年12月25日美籍华人朱威廉创建“榕树下”网站主页。而最近，学者邵燕君又提出将中国网络文学的“起点”进一步提早至1996年8月“金庸客栈”的创立。当然，对网络文学起点的不同指认，其背后的意义绝不在于简单的“比谁更早”，而是要借助于不同起点的确立，打开全新的研究视域。对此，邵燕君在提出以“金庸客栈”的创立为中国网络文学起点时体现出了相当自觉的文学史意识：“所以，如果1998年之说主要考虑到影响力的话，我们需要考量的是，这个影响力的辐射范围是在传统文学圈还是在网络文学圈？弄清这一点后，结论也就显而易见了。《第一次的亲密接触》和‘榕树下’之所以被更多的主流学者关注，正说明了其过渡性质，纸质文学基因相对更强一些。”①

如果进一步考察中国网络文学发展史，我们不难发现，“2003年起点中文网建立VIP付费阅读机制”对网络文学的运营模式和作品生产都产生了巨大且深刻的影响（甚至在某种程度上，我们可以称其为“根本性的影响”）。同样如邵燕君所说：“这个机制之所以能成功建立，背后最关键的因素是，起点团队一开始就直接明确地将读者置于消费者的位置，以消费者为中心建立经营模式。”②这里的“以消费者为中心建立经营模式”大概可以解读出两层意思：一是2003年以后的网络文学职业作者与此前更富理想主义的、相对较为纯粹的、以兴趣为主要创作动力的早期网络文学作者有所不同，后来者更深层次地被卷入了“创作/生产—阅读/消费”的经济利益结构之中；二是新兴的作为

① 邵燕君，吉云飞：《为什么说中国网络文学的起始点是金庸客栈？》，《文艺报》，2020年11月6日。

② 邵燕君：《文学网站创始者：一群深患“阅读饥渴症”的生意人》，《文艺报》，2020年8月24日。

文学(经济)消费者的网络文学读者逐渐成为网络小说作者(尤其是职业作者)的主要经济收入来源之一(付费阅读与打赏机制),进而改变了早期网络小说作者仍在一定程度上将传统纸媒出版作为其与读者建立稳定联系和最终职业出路的创作导向。

在这个意义上,我们来重新考察君天、蔡骏、那多、周浩晖、雷米、江南、沧月、燕垒生等早期“网络小说作者”(有趣的是,他们的确是在网络小说时代获得广泛关注,但往往又不被认为是网络小说作者,起码不是典型意义上的“网络小说作者”),不难发现他们的一些共同特征:他们基本上都是文学业余爱好者,凭借其文学兴趣和理想而涉足网络文学创作,并取得一定的创作成绩和网络知名度。但在网络文学自身完成“读者即消费者”的付费制度与商业模式转型之前,他们仍以纸质通俗文学杂志和实体书出版为创作导向,并在文学创作“时间”与“实践”上填补了21世纪初国内类型文学阅读市场的空白。而在网络文学付费阅读机制普遍确立之后,他们又相当程度地抽离于网络文学之外,将纸质流行杂志、畅销小说和影视改编作为其主要创作阵地和经济收入来源。这一点即如邵燕君在追认“金庸客栈”为中国网络文学创作起点时所指出的:“‘金庸客栈’孕育的大陆新武侠、东方奇幻并没有在后来的网络文学中得到延续,而是回到线下发展,依托《今古传奇·武侠版》《科幻世界·奇幻版》《九州幻想》等杂志。”[①]我们完全可以将邵燕君在这里所说的文学纸质刊物拓展到更多小说类型与相应杂志上——《知音漫客》,以及后来的《悬疑志》《悬疑世界》《岁月·推理》《推理世界》《最推理》等。自网络文学诞生之日起,就一直存在着一个以杂志刊载和实体书出版为主要阅读渠道的大众文学与类型文学创作群体,而这一创作群体其实又和中国网络文学创作“初生代”作者群体有着相当大面积的重合。但与此同时,不同创作平台与路径、导向也导致了这些当代中国类型小说作家在审美趣味、内容选择和书写方式上都和一般意义上的网络小说作者有所不同。而在这几重意义的叠加与作用之下,我们或许可以称其为“中国网络文学创作‘初生代’作家”与“当

① 邵燕君,吉云飞:《为什么说中国网络文学的起始点是金庸客栈?》,《文艺报》,2020年11月6日。

代中国类型小说作家”两个创作群体的交集或者合集，而他们的共同性可以简要概括为“纸媒大众文学向网络文学的过渡性或融合性特征”①。

需要特别指出的是，这里对不同作家群体的划分并非“自来如此”和“泾渭分明”，比如本文所划定的这批姑且可以称之为“当代中国类型小说作家”的创作群体，其实也大多有过“触网”的经历，甚至他们接触并介入互联网的时间比我们现在通常认为的网络小说作家们还要早，借鉴邵燕君的说法：“中国第一批网民是在1995年上网的，由于网络资源、网费、技术门槛等限制，他们大都是带有技术精英色彩的‘理工男’，年龄上以‘70后’为主体。此后，上网用户逐年增多，2002年激增至5910万。一批后来被称为‘小白’的读者、作者拥入，其中有不少是刚入学的‘80后’大学生（可以享受校园免费网络），冲淡了早期网络空间的理想主义色彩。”②结合作家君天的“触网”和网络创作、活动经历来看：他因为大学读的是计算机专业，接触互联网较早，1999年左右就开始上网（和邵燕君所勾勒的中国第一批网民“大都是带有技术精英色彩的‘理工男’，年龄上以‘70后’为主体”等特点具有高度一致性）；2001年开始在各文学网站崭露头角，创作《三国兵器谱》并引起广泛关注；2001年9月任“榕树下”武侠论坛“侠客山庄”版主，并于同年10月创建由七大网络武侠论坛加盟组成的“网络武侠联盟”……从这些早期经历来看，君天可以说是名副其实的“中国网络文学创作‘初生代’作家”。

但随后君天的短篇武侠小说《大漠风起》在2003年刊发于《今古传奇·武侠版》，并于2004年入选小说集《新古典武侠风云榜》；2005年，君天早期的两部小说集《三国兵器谱》和《华夏神器谱》由文汇出版社出版；2006年，他的早期代表性长篇小说《纵横》由花山文艺出版社出版；2007—2008年，其作品《异现场调查科》系列和《X时空调查》系列分别在《悬疑志》《悬疑世界》和《漫客·悬疑》等多家纸媒杂志上连载，其中小说各分册也先后由新世界出版社、万卷出版社、长江出版社、中国画报出版社等多家出版社出版；2013年，君

① 称其为“过渡性”特征，似乎仍存在一种网络文学是必然趋势和最终归属的指向性意义内涵，因而本文更倾向于“融合性”特征的说法。

② 邵燕君：《以媒介变革为契机的“爱欲生产力”的解放——对中国网络文学发展动因的再认识》，《文艺研究》，2020年第10期。

天的悬疑武侠小说新作《踏雪者》在《最推理》杂志上连载,并由长江出版社连续出版……从这些创作、发表与出版经历来看,君天又是一名典型的“非网络文学”作者,起码不是能简单地以网络文学涵盖的“当代中国类型小说作家”。

如果我们将君天自身所带有的身份复杂性推演开去,拓展到与他有着相似经历的一批作家:他们不仅有着网络文学创作的早期经历,也有实体杂志发表和出版的基本诉求,甚至还有实体大众文学杂志创办和运营的文学/商业经验,而且有些人后来又重回网络文学写作再度“试水”(如君天近期就在重新尝试三国题材的超长篇网络小说写作《碎裂三国》)。此外,他们还在中国作协体系内的严肃文学刊物上发表作品(如蔡骏的《无尽之夏》发表于《收获》杂志),或者有着投身影视改编的“触电”经历和编剧经验(如雷米),等等。因此,网络小说作家,类型小说作家,影视剧原作者,电影、电视剧、网剧编剧等单一身份限定似乎都很难完整而妥帖地概括他们的创作经历及前后复杂的演变、转型过程,因而本文提出“中国网络文学创作‘初生代’作家”与“当代中国类型小说作家”两个创作群体的“交集”或者“合集”的说法。“交集”主要指这批作家通常兼具网络文学的创作意识,甚至吸收了不少网络文学文化中的流行元素,同时又在一定程度上保持了传统大众文学与类型文学写作的自我约束;“合集”则主要是想说他们通常在网络文学与一般大众文学间穿梭往来,甚至还有向传统严肃文学或影视改编进军的不断尝试。这就是网络文学创作“初生代”作家群体的多元生态图景,也是本文所谓“把君天作为方法”想要揭示出的第一层文学创作现场和演变轨迹的复杂面貌。

二、武侠、悬疑、东西方幻想的“类型融合”书写

如果说从“时间经线”的维度来考察君天及与其同时期的中国网络文学“初生代”作家们的创作经历和文学身份定位,会出现他们在网络文学与传统大众文学之间不断进行创作转型、交替、融合、穿梭的复杂状况,那么以“类型纬线”来对他们各自的创作进行划分、界定和区隔似乎更具有可操作性,比如蔡骏、那多之于“悬疑小说”,周浩晖、雷米之于“推理小说”,沧月、步非烟、凤

歌之于“新武侠小说”。但当我们“把君天作为方法”来重新审视这些看似“泾渭分明”“牢不可破”的类型小说的归属时，就会遇到新的问题和言说困境。

我们先沿着君天自己的创作发展轨迹来看：

在最初的《三国兵器谱》（文汇出版社，2005 年）中，君天就已经展示出其运用武侠小说手法来重写历史小说的“类型融合”特征。比如全书最突出的一点就是将整个三国历史进程解构为一场又一场名将之间的对决，并用最为详尽和细腻的笔法来“雕琢”高手过招的每一回合。君天通过将每一个武打动作的瞬间拉长，并在其中添加进风景描写、心理刻画、情感表达及其他时空的故事插叙或闪回，进而在比武对决的过程中完成了整个故事情节的建构与叙述。与此同时，君天在比武动作书写的过程中流露出强烈的英雄主义情结，特别是一种英雄迟暮或独孤求败的落寞心理，这是他最为擅长的情感表达类型，甚至他对名将手中的每一件兵器都进行了“拟人化”与“神格化”处理，仿佛这些兵器本身也都是拥有灵魂和性格的“英雄”般的存在。此外，《三国兵器谱》中还依稀出现了诸如青龙、白虎、朱雀、玄武等玄幻元素，只是这些玄幻元素在《三国兵器谱》的整体构成中仍属于偶尔为之的“点缀”成分。

之后的《华夏神器谱》（文汇出版社，2005 年）则可以被视为《三国兵器谱》的后续，其不仅延续了《三国兵器谱》以武侠写历史、以动作写情感、注重对兵器的刻画及将兵器“拟人化”的书写特点，还进一步扩大了小说中“兵器”的范畴与内涵，比如“项羽的乌骓”“袁崇焕的城墙”“文天祥的心”“郑和的船”“郑成功的水师”等，统统都被纳入君天所说的“兵器”范畴之中。这也就意味着《华夏神器谱》不仅是在时间上将三国一朝扩展为华夏五千载，更是在对兵器的理解、定位本身，以及对兵器书写“人格化”“英雄化”，甚至“人兵合一”等方面取得了新的突破。

第一部较为突出地体现君天小说创作“类型融合”特质的作品应该是《纵横》（花山文艺出版社，2006 年）。小说一方面以玩家穿越到游戏内部的科幻设定引出了游戏内外两个世界之间的区别与联系；另一方面又将游戏规则与情节作为整本小说的故事主线，因此兼具了“科幻小说”与“游戏小说”的部分结构性特征。与此同时，《纵横》又移植了《三国兵器谱》中以武侠写历史的基本方法，并借助游戏空间内不受现实时空局限的虚拟性特点，把历朝名将、能臣，甚至诗人都会聚到“三国大陆”这一具体时空之中，就此上演了一出出真正意义上的“关公战秦琼”的幻想大戏。除此之外，小说中诸如“大地之鳄”“太白神剑”等玄幻元素较之此前创作有所增强，并且还首次出现了华天晴与慕晨雪及颜泪儿等言情成分与情节线索。

在接下来的《异现场调查科》（新世界出版社，2008 年）与《X 时空调查》（中国画报出版社，2009 年）等系列作品中，君天小说里的“类型融合”趋势进一步得到发挥，相应内容层面的“君天宇宙”也开始不断被构建并逐渐得以完善。这两大小说系列都是以“侦探社查案”串联起各个故事章节，使不同系列中的每个故事之间都保持了一种既相互关联，又相对松散、彼此独立的关系。在这样一种基本的叙事框架下，小说一方面通过对主人公与其对手“超能力”（小说中称之为“异能者”）的设定，自然而然地将西方大众流行文化中的隐形人、魔法师、吸血鬼、狼人、时空旅行者、智能机器人、外星人、平行宇宙与中国武侠高手（唐门暗器、少林武当）等元素横向地、尽情地包揽于其中，进而达到了“这是魔法阵和科技的高度结合”[①]的阅读、观赏、“拼贴”效果；另一方面又借助主人公可以“穿越时空”的便利，将中国历史上的各个重要节点都作为小说主人公得以发挥其能力的时空舞台，同时也将历史上不同朝代中的英雄人物作为小说主人公的知己或对手，进而完成了一种时间纵向上的“囊括”。值得注意的是，君天在小说里对“历史”的挪用也是虚虚实实，既有相对贴近史书记载的吕不韦、赵括、乐毅等人物，也有明显是来源于《三国演义》中的郭嘉和孙策等。对此，君天是有明确而自觉的创作意识的。在《时间飞扬》（花城出版社，2018 年）一书的“后记”中，他明确指出：“最后仍是那句话，君天的小说世界，从来不对武侠、科幻、奇幻、悬疑、历史做任何强行的限制，小说的世界本就是包罗万象。重要的是，希望你能喜欢这个故事。”[②]正是这种试图打破不同类型文学之间的创作壁垒，尝试将古今中外各种流行文化元素熔于一炉的创作野心，才使得君天小说创作呈现出万花筒式的驳杂之相。

其中，小说《风名事件簿》（长江出版社，2015 年）中对“风名市”的设计和

① 君天：《时间飞扬》，花城出版社，2018 年，第 9 页。

② 君天：《时间飞扬》，花城出版社，2018 年，第 434 页。

描绘大概可以视为君天小说“类型融合”的一个可视化缩影：

> 独立于世界的隐藏都市风名市，位于中国东海晋玄岛，在此定居的不仅有武道家和异能者，更有真正的妖魔，所以也被外界称为“妖都”。
>
> 这座城市被傲来河一分为二，东城是东方古典文化社会，西城则是西方现代科技社会。无论是建筑风格还是城市布局，都泾渭分明地展现着两种城市景观。有人说东城若古之长安，西城则是今之纽约。东城马车穿梭，西城则是跑车飞驰。若从空中望去，两块区域组成了光怪陆离的魔幻世界。①

在与君天小说写法上博采众家、“类型融合”相对应的故事内容层面，就是“君天宇宙”的构建，即“君天宇宙”在不同的小说文本，乃至不同的故事系列中以一种有意的互文式书写而得以完善，比如场景借用、人物客串，或者是一些关键性器物道具在不同小说时空的重复出现，等等。比如《异现场调查科》中大量出现了《魔幻世界杯》中的地下武场设定和人物客串，如西门大叔、杜青锋、“武尊”艾哲尔、文恶来等，而小说中没有言明的时雨霏穿越三千个时空去寻找的人物恰恰就是《魔幻世界杯》中的主角乐麟，更不用说小说中非常神秘且富有魅力的配角时飞扬正是《X 时空调查》（与其后来增订版《时间飞扬》）中的男主角……君天借助一些或明或暗的人物与线索，巧妙地将不同的系列、文本与故事时空关联在一起，进而完成了对“君天小说宇宙”的构建。而这种对“君天宇宙”的关联与构建，正是在“类型融合”书写的基础上才有其得以实现的可能。换句话说，正是因为叙事层面的“类型融合”，才使得内容层面的东西方元素拼贴、杂糅，古今人物“共聚一堂”不会显得生硬突兀，反而变得顺理成章。

此外，值得一提的君天作品还有很多：《风虎北望》（长江出版社，2014年）是其唯一作为“九州系列之一”的军事历史题材小说；《岳家军：风起》（中

① 君天：《风名事件簿》，长江出版社，2015 年，第 14 页。

华书局，2016 年）以历史小说为底本，又融合了不少作者最擅长的武侠写法，同时还加入了美髯公朱仝等《水浒》人物元素；《踏雪者 1》《踏雪者 2》（长江出版社，2018 年、2019 年）在延续了君天最擅长的武侠、悬疑与侦探情节的基础上，第一次大规模尝试言情题材的书写（杜郁非、罗邪、苏月夜）；等等。虽然这几部作品并没有像“异现场”系列一样“包罗万象”，但其在某一类型方面探索的成熟度有了更进一步的发展。

当然，君天小说中的“类型融合”与内容元素上的“包罗万象”也并非完全没有边界。在小说《未知罪案调查科：外星重案组》（北京联合出版公司，2019 年）结尾部分出现过一段主人公怀疑自己是否身处小说之中的内容颇有些类似于“后设小说”式的写法：

> “你说我们会不会是活在别人的小说里？我们只是一个普通的角色，我们的一切，其实根本无法掌控。”哥舒信慢慢道，“如果是这样，那我们从小到大那么拼命的意义在哪里？”
>
> “别人小说的主角，可以有后宫百万，有毁天灭地的能力，能够主宰一个世界，可以一不高兴就屠戮一个星球，可惜……那只是别人的小说。”唐飞骂道，“他娘的，我们这个一定是假小说。”
>
> “假的不能再假了。”哥舒信道。①

我在这里并非要讨论、怀疑君天小说中的这个人物，“吐槽”小说本身的情节硬塞到后现代主义与“后设小说”的理论框架之中，而是想指出：一方面，引文中小说人物对小说本身的怀疑与“吐槽”与其说是故意为之的“后设”写法，不如说更类似于《纵横》里游戏中人物（NPC）对游戏本身真实性及其作为主体生命意义的怀疑的高级翻版——简而言之，即从小说中打破虚拟游戏内外世界之间的界限（《纵横》）上升为尝试打破小说自身与现实之间的壁垒（《未知罪案调查科》）。另一方面，这段话也隐喻性地说明了君天小说中看似“无所不包”的内容集合其实有着明确的轮廓与边界，即热血燃烧的激情与抗

① 君天：《未知罪案调查科：外星重案组》，北京联合出版公司，2019 年，第 287 页。

争进取的精神（小说主人公不能拥有毁天灭地、主宰世界的能力，而是需要从小到大一直都很“拼命”），凡是围绕这一立意而展开的题材内容与类型元素，不论是武侠、历史、魔幻、科幻，都可以采取一种“拿来主义”的态度，大胆融入自己的小说创作之中。而所谓小说的不同类型，其实只是在不同侧面推动热血进一步燃烧，人物继续前行的叙事手段。用君天自己的话说，即他的小说不做类型限制，不想自己画地为牢，只追求故事本身的“好看”，而这种“好看”落实到文本层面，即是燃烧热血与抗争进取的精神在持续吸引着读者。

打破类型束缚，缔造“小说宇宙”，创作“好看”的故事，对一名创作者而言，能够在类型叙事、题材内容与创作目标上完成这三个层面的突破已然相当难得。但作为研究者，我们必须还要进一步追问，即君天小说中的“类型融合”在叙事层面究竟是如何被整合在一起的？

具体来说，君天小说中所融合的各种类型元素彼此之间其实是不平衡的：君天小说中最核心的情节类型其实是冒险小说，小说主人公不断探索新的世界（进入游戏世界或穿越至古代时空），遭遇各种奇遇、困难和敌人，这构成了小说最为根本的叙事框架；而在小说主人公不断冒险的同时，也必然会伴随着其向外对悬疑事件的破解，以构成每个独立故事展开的基本动力，以及向内主体心灵的成长（这一点在君天小说中表现的其实并不明显，他小说中的人物经常从头至尾都保持了一种内在性格与心理认知上的稳定性）。此外，小说中一旦遭遇到具体人物之间的关系，其冲突解决的基本方式往往就会回归到武侠小说之中，即将最传统的比武、打斗作为一切矛盾和纷争的解决形式。而在关于如何冒险及具体比武的表现手段上，君天则结合了超能力、科幻、魔幻、东方武术、玄幻、时空穿越、虚拟游戏等一系列纷繁复杂、煞是好看的文学装置图景，为整个故事构建了一个万花筒般的故事外壳。用一句话简单概括，即君天小说的“类型融合”本质上是以冒险小说和悬疑故事为核心情节动力，以比武打斗为具体冲突的解决方式，以科幻、魔幻、玄幻等无边幻想构建出一套华丽的文学装置和故事外壳的。而这一套“类型融合”的基本手法与书写策略，是我们常见的几种经典类型文学模式研究无法完全涵盖的。这也正是本文所谓“把君天作为方法”想要揭示出的第二层意义内涵，即在类型文学研究框架中、框架外，通过“兼类”与“跨类”创作实践后所形成的

"类型融合"混杂性特征。

三、余论:关于当代信息爆炸、多元与新世纪类型小说创作资源的反思与遐想

在一般意义上的类型小说阅读和研究中,正如杨照所说:"类型小说和纯文学小说最大不同的地方——类型小说不能只读一本,没有人只读一本武侠小说,没有人只读一本罗曼史小说,也没有人只读一本侦探推理小说。当然不是有什么巨大的权威规定不能只读一本侦探推理小说,而是读侦探推理小说的乐趣,就藏在每本小说彼此之间的呼应指涉关系里。"①把杨照的说法平移到类型文学研究中,即一定要将类型文学研究放在某种类型文学发展脉络之下予以考察,这当然是必要且正确的研究思路。但难题在于,当今社会,面对"信息爆炸"与"类型融合",前者决定了作者知识来源的复杂性,后者又呈现了作品表现形式的复杂性,我们究竟应该如何在一种类型文学脉络中进行"知识考古"?或者说该如何考察当代类型小说作家或网络小说作家的文学渊源与知识构成?

仍以君天为例,拿其"出道"作品《三国兵器谱》来说,我们不难发现,其中最重要的知识来源就是《三国演义》,以及后世一系列三国题材的文学、影视,乃至游戏等"文化衍生品"。据君天自己说,对他格外有影响的"三国"文化产品是游戏《三国志10》。此外,君天是网络文学创作"初生代"作家中的一员,在他创作小说《三国兵器谱》的同时或稍早些时候,今何在的《悟空传》、林长治的《沙僧日记》、江南的《此间的少年》等作品都是当时网络文学创作场域中最炙手可热的作品,而这些作品共同的特点就是它们都是在经典名著基础上重新演绎而成的"同人小说",很难说君天《三国兵器谱》的创作没有受这股"早期网络文学同人风"的影响。或者说为经典名著撰写"同人故事",借助经典名著的肩膀来完成一名青年网络作家的"新手试炼",是当时最容易获得读者关注与认可的"出道捷径"。当然,以写"武侠小说"出道并以"类型融合"

---

① 杨照:《推理之门由此进》,中国文联出版社,2015年,第2页。

为自己创作特色的作家君天，还在自己的处女作中明显地融入了金庸、古龙等人的武侠小说写法。比如小说中对各种兵器的“拟人”和强调，就很容易让人联想到李寻欢与“小李飞刀”。在某种意义上，它们共同表达出了一种武侠小说中的“兵器观”，即对武者而言，兵器是生命的延伸，甚至不同兵器往往体现着使用者不同的行为方式与性格特征。

之后，君天创作的“异现场”系列与“X 时空”系列中则隐约有着黄易的“异侠系列”《破碎虚空》、“玄幻系列”《寻秦记》、历史英雄书写《大唐双龙传》等作品的风格和影子；而其将科幻、武侠、侦探等多种类型元素熔于一炉的手法颇有几分倪匡“卫斯理系列”的胆气和野心；甚至君天在两大系列小说中对“异能侦探”的设定也很容易让人联想到温瑞安的“四大名捕”。按照君天自己的说法，金庸、温瑞安、黄易几位前辈作家对他的影响最大：黄易将比武打斗结合场景描写的书写方式，以及其将虚构人物与真实历史相融合的写法都给君天早期小说创作以很大启发；而温瑞安在小说中将几个彼此独立的故事进行相互串联，构成“温瑞安小说宇宙”的总体性设计，也启发了君天开创自己“君天宇宙”的想法；甚至君天还坦陈自己的笔名“君天”正是来自温瑞安的小说《神州奇侠》中的权力帮帮主李沉舟，而李沉舟正是以“君临天下”为号，其中的影响、继承与致敬不言而喻。

甚至我们可以继续把这种“知识考古”不断向前溯源，即不难发现君天的古代题材小说创作大致可以分为两条脉络与线索：一是以《三国兵器谱》《华夏神器谱》《纵横》和《岳家军：风起》为代表，可以追溯至古代历史演绎与战争题材的小说传统之中，即“长枪袍带”一脉；二是以《踏雪者》系列为代表的古代悬疑题材小说，则可以回归到明清侠义公案小说的传统之中，即“短刀公案”一脉。“长枪袍带”与“短刀公案”的划分方法也不失为我们理解君天古装题材小说创作的一条有效途径，当然其中的复杂若具体展开非本文所能涵盖，或许要另写一篇进行专门讨论。

但回过头来重读君天的小说，我们会感觉到，无论是“同人还原”“类型考古”，还是更为久远的“历史追溯”，似乎都不能穷尽我们对君天小说文学创作资源的理解和认知，其中还有很多文学之外的，基于当代大众流行文化元素，例如电影、电视剧、游戏，作为其小说创作的重要资源值得去探究和分析。比如,“异现场”系列对美剧《犯罪心理》和《海军罪案调查处》的借鉴,“异现场调查科”的英文缩写“ECIS”就是受“海军罪案调查处”的缩写“NCIS”的启发;以及“异现场”系列和“X 时空”系列在不同故事组合形式上与美剧《神盾特工局》之间的关系;或者如君天自己透露,《踏雪者》中杜郁非登场的第一个故事受到电影《暗花》的影响,电影里梁朝伟饰演的坏警察在《踏雪者》中有着颇为有趣的再现和变形;等等。如果我们这么一路考察下去,恐怕非要对君天的阅读史、观影史、看剧史和游戏史进行一番彻查不可。当然,本文的写作目的并不在于想指出君天小说创作背后驳杂的流行文化资源——从古代公案到“金古梁温”,从阿西莫夫①到漫威宇宙——而是想“把君天作为方法”,来初步指明当今网络文学研究与类型小说研究的复杂性和困难性之所在。即在时代信息的爆炸与作者获取不同知识与信息的多元背景下,我们想要理清作家作品的文学资源与主体再造历程,必然会遭遇巨大挑战,而这也正是本文“把君天作为方法”所意欲揭示的第三层意义内涵。

从网络文学史断代划分的“不彻底性”,到很多作家网文、纸媒、影视创作的“跨界”与“多栖性”;从当下类型小说创作的“跨类型”特征,到知识爆炸时代作家文学创作资源的丰富和驳杂……“把君天作为方法”让我们能够初步看到当今中国网络小说与大众类型小说创作生态的复杂图景,以及研究者开展研究工作的困难所在,即我们必须采取更为细腻的、充分历史化的态度和方法,才有可能尽量展示出其创作的多元面貌和流动状态。

① 特别指出的是,君天小说创作受阿西莫夫小说的影响,比如小说中的“天意系统”“折叠银河”等概念设定,以及通过中短篇故事来构架宏大宇宙叙事的写法等,受篇幅所限,这一部分本文就不展开了。

试论情感知识化与情感疗愈的可能性

——以“创意写作”学科为视角

陈芳洲　复旦大学中文系

“创意写作”引入中国十多年后，“如何写散文”依旧是一个悬而未决的问题。高校在专业教学本土化的过程中，大都将重心放在纯文学（小说）、戏剧文学、网络与影视文学等方向上。在此热潮下，数量可观的小说写作教材问世。但散文的教与写依旧处在相对弱势的位置。散文式微的现象也不仅仅出现在“创意写作”的学科领域，无论是创作界还是评论界，对小说的关注都远超散文。究其原因，散文是各项文体中与“情感”的联系最为密切的。王安忆认为“真实所想、真实所感的质量，直接决定了散文的质量”①，张怡微在《散文课》②中则指出创作者情感教育的匮乏是导致当下散文写作呈现弱势的重要原因。

情感的重要性当然不仅仅体现在散文写作当中，它对其他文体的重要性也都不言而喻。因此，在“创意写作”学科发展过程当中，无论如何都无法避开对“情感”的讨论。人的情感是天生的，不同人触发各式情感的契机也不尽相同。虽未有实形，但人类情感的深沉、丰富、复杂绝不是三言两语可以理清的。本文将试图从“情感知识化”和“情感疗愈”两个方面着手，探讨“创意写作”学科视域下与“情感”可能相关的方面。

---

① 王安忆：《情感的生命——我看散文》，《小说界》，1995年第4期。

② 张怡微：《散文课》，华东师范大学出版社，2020年。

一、情感与情感知识化

情感对文学的重要性不言而喻。对某个人、某件事、某个物、某些景产生了某些触动人心的情感,往往就是写作者进行文学创作的动机。这是情感与文学最初的联结。然后读者通过情感,从文学作品中获得共鸣或反思,建立与作者和作品的生命链接。文学重点关注情感(特别是悲剧情感)的浓度与边界。亚里士多德在《诗学》里写道,古希腊悲剧是"通过引发哀怜与恐惧"使情感得到发泄,达到"净化"的目的。文学对苦痛、压抑、嫉妒、悲伤等负面情绪是极有兴趣的,这恐怕源于作家某种不舒服的情感体验。不舒服的情感体验通常会给人留下更加深刻的印象。随着文学的发展,情感表达也逐渐丰富起来。至 19 世纪,在浪漫主义文学潮流的影响下,文学当中的情感又包括了浪漫、多情、热烈、歌颂等正面情绪。波德莱尔的《恶之花》也在此时问世,情感的审丑也进入文学领域。情感的开拓也能拓展文学的边界,情感对文学的影响自然是充分而深刻的。

现代读者常常把文学作品作为情感体验的重要手段,然而要研究情感是怎么一回事,恐怕还是要先回到"自然情感"的讨论当中。本文所指的"自然情感"是人天生的情感。与"审美情感"和"道德情感"相比,"自然情感"的最大特点便是其天然存在性。天然存在性的意思是,"自然情感"只是作为一种天然存在,而没有所谓是非、善恶、悲喜的分辨。休谟说:"情感是一种原始的存在,或者也可以说是存在的一个变异,并不包含有任何表象的性质,使它成为其他任何存在物或变异的复本。当我饥饿时,我现实地具有那样一种情感,而且在那种情绪中并不比当我在口渴、生病或是五尺多高时和其他任何对象有更多的联系。因此,这个情感不能被真理和理性所反对,或者与之相矛盾,因为这种矛盾的含义就是:作为复本的观念和它们所表象的那些对象不相符合。"[1]也就是说,休谟以"不能被真理和理性所反对,或者与之相矛盾"的方式,肯定了原始存在的自然情感的绝对存在地位。

---

① [英]大卫·休谟:《人性论》,商务印书馆,关文运译,2016 年,第 449 页。

“审美情感”和“道德情感”是建立在“自然情感”基础之上的,能够被后天培养、规训的情感,是对“自然情感”的丰富或者修剪。虽然来自相同的自然基础,但“审美情感”与“道德情感”属于相互交叉的两个方面。“审美情感”是“体现在人的审美活动过程及其物化形态中的情感类型”①,是一种个体的功利性较弱的情感模式。而本文所指的“道德情感”,则是辨别和审查情感关系的情感类型,是一种群体性的具有定义、审判功能的情感模式。以纳博科夫的《洛丽塔》为例,恋童本身是一种存在于成年与未成年间的“自然情感”,在“道德情感”里恋童癖是要接受制裁和惩罚的,而纳博科夫将这种恋童情感以文学的方式提炼为“审美情感”。纳博科夫还通过人物自序,在“道德情感”与“审美情感”之间设置了可以来回审看的空间,这也是当年这部小说引起争议的主要原因。

现代心理学及伦理学对情感及其各项机制早有探求。基于情感本身的复杂性,学者们不断认知和整理情感的过程,就是情感知识化的过程。情感知识化是用客观分析主观,认知和探寻心灵自我的理性途径。鉴于情感理论的复杂,参与讨论的学者众多,学术内部尚有各种争论等现实情况,本文只做简单介绍。总体说来,情感知识化分为三个阶段。第一阶段中,对情感的各项界定还很模糊,对情感的划分还很简单。例如柏拉图认为人心有理与欲之分,亚里士多德认为愉快和痛苦的情感因知觉而起。第二阶段,16 至 17 世纪,讨论得更多的是情感产生的机制及其对社会、经济、政治等多个学科方向的作用,比较有代表性的是霍布斯、笛卡尔和斯宾诺莎三人。霍布斯认为“简单情感”分为七种,即冲动、欲求、爱、憎避、恨、喜和忧,其他情感均可以用这些加以说明。笛卡尔认为人的“原始情感”一共是六种,即爱、恨、欲望、快乐、痛苦和惊异,而其他情感都能在此基础上推导出来。斯宾诺莎在两者的基础上,把情感理解为身体的活动力量得以增加或减少、促进或阻碍的身体的情状,以及这些情状的观念。第三阶段是现代心理学发展的阶段,对情感的讨论更加专门化,更加精细深入,代表学者有弗洛伊德和詹姆士。弗洛伊德主要对本我、自我、超我和意识、潜意识等进行深入讨论。詹姆士的《心理学原

① 张晶:《审美情感·自然情感·道德情感》,《文艺理论研究》,2010 年第 1 期。

理》则认为情绪的多样性是很难被简要概括的。如今,情感知识化的工作还在持续当中。

那么,将情感知识化放在“创意写作”视域之下又会产生什么效果呢?首先,我们应该讨论大众情感与个人情感的问题。笔者认为,“创意写作”与专业情感理论所讨论的情感,关注点是有所差异的。根据前文爬梳,哲学、伦理学、社会学、心理学等专业情感理论的讨论,主要讨论的还是大众情感的普遍现象。而“创意写作”视域之下,情感知识化恐怕更加针对写作者个人。

个人的情感知识化有助于写作者更为理性地审视历史中的自我情感。在时间的线性流淌中,个人情感也是一个变化流动的概念。这便导致个人情感的随机性是比较强的,当中既可能存在后一阶段对前一阶段的继承和发展,也可能在各阶段当中出现突转、混乱和矛盾。将情感落实到个人头上,个人对自我情感的各项权利也相应放大。我们要承认天才作家对情感的敏锐感受和驾驭能力,情感知识化对他们来说可有可无,并不会对作品质量产生较大影响。除此之外的大部分作家,不妨引入专业的情感理论,去审视分析各阶段的自我情感,探索自我情感在写作中的表达。理性地审视历史中的自我情感,最终是为了更好地创作。但是我们应该看到,写作技巧属于综合技巧,情感知识化只能解决当中的部分问题。

帮助作者在写作中理性分配情感是情感知识化的作用之一。激烈或节制的情感表达,能够构成作者写作的个人特点。情感知识化虽然把理性引入感性当中,但理性并不应该作为感情的对立概念。情感知识化的作用主要是对作者的“自然情感”进行判断、选择或加工,使之成为“审美情感”。这种“审美情感”应该兼容并包,有各种程度的情感,可以是嫉妒也可以是友爱,可以是憎恶也可以是歌颂。值得注意的是,在“创意写作”当中运用情感知识化时,“道德情感”并不应该越过“审美情感”成为文艺创作的判断标准。

除了深挖作者自身情感,情感知识化还有助于作者更好地驾驭创作内容。情感知识化对写作内容的影响,突出表现在人物情感的塑造及物象的建立上。要避免人物情感在基础设定、历史流动和机遇转圜时的生硬,作者在塑造人物情感时也应当遵从情感自身的线索。特别是作者想要探寻人性幽深复杂的秘境绝地,更要掌握情感知识化。还是以纳博科夫的《洛丽塔》为例,亨伯特对洛丽塔的爱恋并不是空穴来风、一时兴起,而是有悲剧的前因。亨伯特少年时期与14岁少女安娜贝尔相恋,但少女却因伤寒早逝。因此亨伯特对洛丽塔的爱恋便有迹可循。除此之外,物象的建立也包括了情感的影响。一方面,情感本身可以作为人与物的连接。中国古典戏剧《桃花扇》便是此类的典型代表,桃花扇从普通扇子变为象征爱情的扇子,自然是由于男女主人公借由扇子进行你来我往的爱情表达。另一方面,在选择物成为物象时,情感的质感也在其中产生影响。同样是表达爱情的物象,“桃花扇”表达的是动乱年代容易破碎的爱情,与扇子美丽却容易破碎的感觉是一致的,《诗经》中的“磐石”表达的则是情侣间坚定不移的爱情,与磐石巨大的体积和无法轻易移动的重量是一致的。

总之,“创意写作”视域下的情感知识化,主要是提醒作者,情感本身存在着巨大空间,而这个情感空间也是值得作者以专业而审慎的态度去对待的。

二、情感疗愈

通过前文情感知识化的讨论,我们不妨尝试探究“创意写作”学科在情感方面更进一步的可能性。从传播路径来讲,“创意写作”学科在十年中国本土化的过程中,正呈现出一种学科下沉的过程。从高校走进中小学、从精英走进大众、从专业教育变为爱好培养,“创意写作”的写作技巧训练功能被削弱,而审美和情感教育功能相应地得到强化。“创意写作”也在当中呈现出某种情感疗愈的可能性。

黄红英观察到非虚构创作训练的情感疗愈模型,而这种情感疗愈模型与“创意写作”的学科教学方法相关。黄红英认为:“非虚构创作训练体系的流程为:激发(自由写作)→一稿评论→二、三稿→分享……可以将作者所经历的特殊情景、自动思维、情感及行为反应真实地描写出来。而在之后的修改过程中,作者将不断审视自己。在谋篇布局的过程中,更是用高于自己的视角重新审视并得到成长。这个过程如同认知治疗中,学会不接受功能障碍性信念,学习和发展更现实的功能和新信念。"[①]"创意写作"通常是小组或者团队教学模式,小组成员对作品的反馈是存在于创作过程当中的,这为作品对反馈的灵活处理提供了条件。

为了更加科学地讨论这一话题,我们需要引入"叙事心理学"的概念。"叙事心理学"诞生于1980年,麦克·怀特和大卫·爱普斯顿编写的《故事、知识、权力——叙事治疗的力量》一书,在原有的心理治疗模式外,增加一种新的治疗模式,即"叙事治疗"。"叙事治疗"如今已广泛应用在临床治疗当中,并且获得了情感疗愈的有效验证。"叙事治疗"的提出,使得"创意写作"情感疗愈的功能有了科学的心理学基础及临床应用的数据支持。

"叙事治疗"可以追溯到弗洛伊德的"谈话治疗"。根据《心理治疗与咨询的理论及案例》[②]的介绍,弗洛伊德假说痛苦记忆与未表达出来的情感综合形成癔症,而痛苦存在于童年早期经历的事件的记忆,青春期后经历的事件的记忆及后期经历事件出发的对早年事件的记忆中,因此在治疗时,弗洛伊德鼓励病人自由联想并表达出现在脑海里的任何事情。弗洛伊德的"谈话治疗"只是将语言作为一种治疗手段,虽然作为自我回忆的叙事者,但病患主要是在尽可能多地描述自己能回想起来的情况,从而抓住有可能形成伤害却并未被患者察觉的潜意识情感。

在"叙事治疗"当中,病患不仅在身份上转换为自我经历的叙述者,而且其叙述内容不仅仅是描述,而且是一种叙事。高丽等人所著的《心理创伤者的叙事疗法治疗个案报告》[③]中详细介绍了"叙事治疗"的四个治疗阶段,本文摘引总结如下:

第一阶段(治疗的第1—2次)是叙说故事的阶段,主要是为了让患者完成叙事者的身份转换,并叙述自己所面临的问题,叙说"主线故事"(即"问题故事")。

第二阶段(治疗的第3—6次)是解决问题的阶段,分为三步。第一步,

---

① 黄红英:《非虚构创作训练体系是一种认知治疗——以李华〈写出心灵深处的故事:非虚构创作指南〉为例》,《广西科技师范学院学报》,2016年第6期。

② [美]沙夫:《心理治疗与咨询的理论及案例》,胡佩诚译,中国轻工业出版社,2000年。

③ 高丽,陈青萍,李珊:《心理创伤者的叙事疗法治疗个案报告》,《中国心理卫生杂志》,2011年第25期。

“为问题命名”:“确立叙事主体,促进问题与人分离。”第二步,“跳出问题看故事”:首先“了解问题造成的影响”,其次了解患者“对问题采取的行为方式”,最后“从过去经验中找寻产生问题影响的原因,看到故事中有意义的内容并引出例外事件”。第三步,“寻找例外”:鼓励患者在叙述当中察觉与“问题故事”无关而被忽略的积极内容,积极内容的积累有助于改观患者原初的“自我负性评价,同时提升信心和自我效能感,为故事重构做准备”。

第三阶段(治疗的第7—8次),“重构主线故事”:主要是将积累的积极内容植入“主线故事”里,丰富或者改写“主线故事”,为患者“提供新的选择,以构建新的生活视野和积极力量”。主体治疗在第三阶段结束。

第四阶段(治疗的第9—10次),“仪式礼强化正性自我”:主要是医生需要在主体治疗结束后,长期随访并跟进病患的远期治疗效果。总结起来,《心理创伤者的叙事疗法治疗个案报告》认为“叙事疗法”是通过叙事的方式重新建构“问题故事”,“为生活事件提供正向意义的解释”。

论文最后评价“叙事疗法”的优势时写道:“与精神分析疗法相比,对闪光事件的关注可减少因反复回忆创伤经历而引起的重复创伤体验并使疗程缩短;与眼动脱敏与再加工技术相比,治疗方法更简单、更易操作;与艺术疗法相比,对创伤心理的修复不只停留在表面,更可对人生经验与自我认知进行重建。”

若是跨越学科,将“叙事治疗”和“创意写作”结合起来,我们会发现“叙事治疗”的治疗模型和“创意写作”的教学模式具有高度相似性。这种高度相似性表现为二者对故事的回转叙述上,反复地回看与修改故事是“创意写作”的教学模式,而修改故事的时候主要服务于情感疗愈的目的便是“叙事治疗”的治疗模型。以这种二者高度重合的故事机制为基础,再结合前文所述的情感知识化的目标,我们似乎能抓住“创意写作”视域下情感疗愈的可能性——为普通写作者疗愈普通的情感创伤。

“为普通写作者疗愈普通的情感创伤”意味着“创意写作”学科的情感疗愈功能拥有广泛的应用场景。“叙事治疗”是专业的心理治疗方式,目前主要应用在对各类特殊心理创伤患者的治疗当中。如果掌握了“叙事治疗”的原理和步骤,再结合前文所述情感知识化的原理(“叙事治疗”也算广义上情感知识化的内容),创作者便有可能通过写作达到对日常情绪的疗愈。这些日常情绪包括失去好友的伤心、失恋的痛苦、思乡之情等,但不应该是已经严重到医学上认定为抑郁症、躁郁症等情绪疾病或心理创伤,后者必须要有医生的专业指导,遵照医嘱治疗。

因此,需要严正指出的是,“创意写作”的情感疗愈虽然比“叙事治疗”的应用场景更为广泛,但并不具备“叙事治疗”的医疗专业性。林奕含便是“创意写作”情感疗愈无效的案例。她的长篇小说《房思琪的初恋乐园》主要讲述了少女房思琪被补习老师李国华长期性侵的故事,而这正是由她本人真实经历改编的故事。看起来林奕含经历了正视痛苦及回转描述等“创意写作”情感疗愈的步骤,但缺乏“叙事治疗”里对积极情绪的积累和重构。林奕含最终的结局还是悲剧。

强调“创意写作”情感疗愈的局限性,并不代表它没有有效的应用场景。本篇论文的受访者便提供了“创意写作”情感疗愈有效的日常经验。2019 年秋季学期,受访者是“写作课”的教师,他接触到一位没有见到病重外婆最后一面的学生。这位学生通过邮件告诉受访者关于这个创伤经历所产生的痛苦,而受访者建议学生虚构一个与此相关的故事,以叙事者的身份重新看待这份痛苦,并通过虚构把痛苦抽离出来。这位学生尝试之后反馈给受访者,自己已经走出了失去亲人的痛苦。

跟“叙事治疗”的有效案例相比,本文所提供的“创意写作”情感疗愈的案例的确略显单薄。因此,笔者希望更多“创意写作”的研究人员关注这个方面,为“创意写作”情感疗愈的可能性提供更多的可靠案例。

理清“创意写作”情感疗愈的应用场景及其功效和局限后,我们可以做一个成立“创意写作情感疗愈工作坊”的初步构想。在人员结构上,工作坊可以继续“创意写作”的教学模式,以多人团体的形式开展,考虑到情感疗愈的特殊性,还应该增加有“叙事治疗”或是心理治疗相关专业背景的医师作为顾问。在情感疗愈的过程方面,则可以进行情感疗愈针对性的创作,不同人有不同的题目,并主要以“叙事治疗”的四步方法来书写、修改和重构创作者的故事,最终达到为普通创作者疗愈情感的目的。

实际上,艺术疗愈已经是心理创伤治疗的一个重要技巧,“创意写作”的情感疗愈也属于艺术疗愈的一种。与绘画疗愈、音乐疗愈、舞蹈疗愈等艺术疗愈方式不同,“创意写作”情感疗愈的优势也是显而易见的。首先,“创意写作”的情感疗愈入门门槛较低,需要疗愈的写作者只需要识字便可以进行疗愈。其次,“创意写作”的情感疗愈对外界物质的依赖性较低,可操作性强,只需要纸、笔或者电脑便可以实施。再次,“创意写作”的情感疗愈可以有效地整理写作者的人生经历和情感体验,这也是情感教育的一种体现。最后,“创意写作”的情感疗愈可以最终形成创作文本的实体,实际上便是一个现成的情感疗愈教材,不仅可以提醒创作者不时地回看、不停地思考,其他具有情感问题的读者也可以阅读、学习、反思这个情感疗愈的路径和经验。

三、结语

情感跟“创意写作”学科的联系极为紧密,认知情感并最终将情感知识化便不仅仅是哲学家的任务,也是“创意写作”研究者和创作者的课题。由此衍生出“创意写作”在情感疗愈当中的可能,它与“叙事治疗”的交叉部分展现出情感疗愈的可行性。不过,“创意写作”始终是一门新兴学科,高校各相关学者还在努力完善其理论、探讨其可能。

自复旦大学首次引入“创意写作”专业后,开设此专业的高校越来越多。经历十年发展,“创意写作”也经历了从置疑到热捧的外部环境。这种朝气蓬勃的学科现象正是前人学者不断努力建设的结果。然而,作为“创意写作”学科的研究者,我们也应该采取更为审慎严谨的态度,去探寻“创意写作”的无限可能。本文所思尚有不妥和不全之处,热切盼望诸位的补充、指正和质疑。

西北大学专辑·主持人语

雷　勇　栏目主持人

创意写作研究的焦点一直是欧美国家,而这在一定程度上忽视了亚太地区创意写作的发展经验。实际上,20 世纪 90 年代,创意写作已经被新西兰、新加坡等国和中国香港、台湾等地区引进,已经发展了数十年,积累了相对成熟的本土化经验,可以为中国大陆创意写作学科建设提供借鉴,我们关注英美经验的同时,也不应该忽视亚太经验。

李雪雯的《新西兰创意写作学科探骊》关注了惠灵顿维多利亚大学以创意写作学科为主体的国际现代文学学院的重大体制突破,为创意写作学科建设提供鲜明案例,同时也关注到毛利语和毛利文化的书写,这对汉语言和汉文化的创意写作有重要启示。

杨林子的《新加坡创意写作发展研究》关注了新加坡创意写作在多元文化融合方面的努力,同时也深入分析新加坡高等教育的历史因素和体系因素,研究性大学和职业性大学双层体系下催生的创意写作的人文性与应用性两种不同的路向,同时也是精英教育与大众教育的不同体现。

亚太地区创意写作的发展滞后于欧美,但也在努力探索属于自己的发展道路。李雪雯、杨林子的系统调研成果对创意写作的中国化建设具有重要的参考价值和实践意义。

新西兰创意写作学科探骊①

李雪雯　陕西师范大学出版总社

自20世纪20年代创意写作在美国艾奥瓦大学诞生以来，一百余年的发展让创意写作在世界各地先后生根发芽，并走向成熟、多样。中国创意写作学科相对而言建立得较晚，目前仍处在学科建设和发展的阶段，客观来说，课程设置与教学实践还是相对保守、僵化，仍旧处在学习英美创意写作理论与实践的阶段。当然，这是一个不可或缺的阶段，然而这种学习大多是复制—粘贴式的学习，少有独特性的思考与改进。因此，吸收和借鉴别国创意写作学科发展的经验、教训是十分必要的。

作为六大英语国家之一，新西兰的创意写作学科与其他几个国家相比，建立与发展相对较晚。大致来看，它师从英美创意写作学科传统，但又结合本国文化特点，逐渐发展出了具有本国文化特征的创意写作学科。目前国内对新西兰创意写作学科的研究是空白的，因此，笔者以新西兰创意写作学科为研究对象，通过对其学科的调研与分析，探寻我国创意写作学科在建立发展过程中可以借鉴的经验与教训。本文将从新西兰创意写作的历史与现状、开放性与独立性、课程的设置、对实践的强调和成果的产出等方面进行阐述，并从中发掘中国创意写作学科建设的方向与可能性。

---

① 本文是2018年教育部人文社科青年基金项目“汉语创意写作理论研究”（18YJC751025）的阶段性成果。

一、新西兰创意写作学科发展述要

虽然学科建设相对较晚,但在20世纪70年代左右,创意写作课程就在新西兰悄悄孵化了。惠灵顿维多利亚大学是新西兰创意写作的发源地,1975年,该校由著名的大学讲师、诗人、短篇小说家比尔·曼希尔首次开设了一门本科创意写作的小型课程,此后,爱尔兰的主流大学也纷纷设立了创意写作课程。20世纪80年代,斯特德在奥克兰大学设立了创意写作本科学位。1997年,惠灵顿维多利亚大学"设立了新西兰第一个创意写作硕士学位";同一时期,"奥克兰大学由阿尔伯特·温德等人牵头设立了该校的创意写作硕士学位"。[①]

发展至今,创意写作在新西兰高校里相对而言是比较普及的,主流大学均有设立,体系也比较完备。奥克兰大学、奥克兰理工大学、坎特伯雷大学、怀卡托大学设置了创意写作的学士学位与硕士学位,而惠灵顿维多利亚大学(Victoria University of Wellington)、梅西大学、奥塔哥大学(University of Otago)则比较完备,创意写作的学士、硕士、博士学位均有设立。

新西兰创意写作整体上是延续英美创意写作学科的惯例与基本教学方式的,看似中规中矩,实则也有很多创新与变通,学校与学校之间也各有不同。

就学科归属问题而言,有的学校是将创意写作归属于传统的专业院系,例如,奥克兰大学将创意写作归属在英语、戏剧与写作系,怀卡托大学将其归属于艺术系。然而有的学校则将创意写作归属于专门的中心,或者单立成一个学院,例如奥克兰理工大学将创意写作学科设立在创意写作中心;奥塔哥大学将创意写作学科下设在爱尔兰与苏格兰研究中心之下;惠灵顿维多利亚大学的创意写作学科则是发轫于一门本科小型课程,后来不断发展壮大,演变成为如今的惠灵顿维多利亚大学国际现代文学学院,并可授予学士、硕士、博士学位。

---

① Bill Manhire, From Saga Seminar to Writers' Workshop: Creative Writing at Victoria University of Wellington, The journal of the Australasian association of Writing Programs, Vol. 6, No. 1, April 2002.

就创意写作课程设置而言，新西兰创意写作发展有适应本国文化发展需求与潮流的毛利语写作、毛利文化、太平洋文化相关课程。毛利语是新西兰原住民使用的语言，然而由于英国殖民文化的入侵与后续政策的打压，毛利语渐渐走向衰微，英语则成为新西兰的主流语言。随着民族意识的崛起和语言文化保护意识的增强，毛利语在新西兰逐渐迎来了复兴。目前，新西兰政府规定的官方语言也包含毛利语，“政府为毛利语言教育投资，为毛利语学习者创造学习条件，支持毛利语言的代际传播”，并且“将毛利语言嵌入早期教育、基础教育和中等教育及高等教育来实现教育成功”。①

如今，新西兰高校创意写作的丰富产出为新西兰文化、创意产业不断输送着新鲜血液，培养了一批批优秀作家与相关行业人员，例如 Anna Smaill（入围了当代英语小说界的最高奖项布克奖）、Paula Morris（获得 2003 年的蒙大拿州新西兰图书奖）、Annaleese Jochems（获得休伯特教堂最佳处女作奖）、Michael Lamb（担任《星期日星报》的首席电影评论员）。

二、新西兰创意写作学科的特点

（一）独立且开放的体系

发展至今，新西兰创意写作学科已经相对完备，本科、硕士、博士均有相关课程。值得注意的是，新西兰创意写作在发展过程中体现出独立性和开放性倾向，这一点以惠灵顿维多利亚大学为主。

惠灵顿维多利亚大学的创意写作课程肇始于 1975 年，这是新西兰第一个创意写作本科课程，且该校于 1997 年设立了新西兰第一个创意写作艺术硕士学位。

惠灵顿维多利亚大学创意写作课程之初，仅仅作为一门向英语专业学生开放的小型本科课程，经过唐·麦肯齐的介绍，有了“原创作曲”这门课程，即创意写作课程的前身，因为这门课被学校接受的理由是该校音乐系有出色的

① 范丽娟：《新西兰毛利语言教育新政策研究》，西北师范大学 2018，年硕。

作曲课程,这也是课程名称的来源。此时还没有创意写作独立的课程、班级,整体发展趋缓,学生也就寥寥几人而已。20 世纪 80 年代,这门课程被纳入 200 级别的课程(本科课程从 100 级开始,随着学习水平的提高,继续划分为 200 级、300 级等),并且开放了申请限制,"不仅仅向英语专业的学生开放,任何想要申请的学生都可以对该门课程进行申请"[①]。创意写作课程在惠灵顿维多利亚大学迎来了快速发展期,到 1996 年,每年有超过 150 人申请这门课程。2000 年受到美国慈善家格伦·谢弗的资助,"2001 年 3 月,惠灵顿维多利亚大学国际现代文学学院(IIML)的新西兰总部正式成立"。一个学科不断发展壮大,并发展出了属于该学科的独立学院,这在新西兰也是非常独特且具有远见的。在政府资金不足、市场化竞争氛围浓厚的大背景下,继续发展创意写作是很有压力的。因此,格伦·谢弗的捐助行为可以说是雪中送炭,为新西兰创意写作的存在与发展带来了生机。这种独立性造就了新西兰创意写作发展的机遇与空间。

IIML 不仅是独立的,还是开放的。"IIML 一共有三个联合中心,其中两个在艾奥瓦大学和加州大学欧文分校,一个在拉斯维加斯的内华达大学。"[②]联合中心计划用英语来提供第三世界作家的作品,消除文学艺术之间的语言障碍,因此,诺贝尔奖获得者索因卡担任其文学艺术总监,加州大学欧文分校中心则将工作重点放在了文学翻译上。这种开放性与其他高校的互联性为新西兰创意写作的发展带来了更多的可能性。

(二)独特化与多样化的课程

新西兰高校的创意写作课程总体来说是多样且丰富的。以调研的高校为例,除了常见的工坊和研讨会之外,课程总体可以分为三大类。

第一类具有较强时代性和市场意义的新兴课程。例如惠灵顿维多利亚大学开设了电视与网络剧本写作、科学写作(包括论文写作、旅行写作、传记/回忆录写作、博客文章写作等)、世界观架构。怀卡托大学设置了公共关系写

---

① Bill Manhire, From Saga Seminar to Writers' Workshop: Creative Writing at Victoria University of Wellington, The journal of the Australasian association of Writing Programs, Vol. 6, No. 1, April 2002.

② Bill Manhire, From Saga Seminar to Writers' Workshop: Creative Writing at Victoria University of Wellington, The journal of the Australasian association of Writing Programs, Vol. 6, No. 1, April 2002.

作、演讲写作、美食写作、体裁研究（对悲剧写作、旅行写作、犯罪悬疑写作、自传进行深入研究，每年的焦点都会有所不同），除此之外，还设置了创意写作的补充科目供学生修读，例如英语、历史、影视和媒体研究、戏剧研究和写作研究。梅西大学设置有生活写作、儿童文学写作、旅行写作等，比较特别的还有生态小说与非小说写作（研究创意写作与生态问题之间的关系，涵盖的范围从生态小说、非小说、诗歌到自然写作和动物故事的形式）、后殖民理论与写作。坎特伯雷大学设立了学术写作、剧本写作、犯罪故事。这些课程都具有较强的时代性，体现了该学科关于新兴事物的灵敏度及对市场文化需求的顺应。

第二类是面向自我和灵感激发的课程。惠灵顿维多利亚大学的国际现代文学学院所秉承的理念便是不教授特定的写作技能，而是在刺激的工坊环境中发挥学生的想象力、发掘自己内心的声音，因此，该大学创意写作设置了伟大的思想课程，该课程是一门了解和学习有关塑造当今社会与文化的重要的、具有革命意义的思想的课程，旨在培养学生的批判与反思能力。怀卡托大学设置了声音与形象课程，该课程主要探索具有想象力的作品的基本要素——声音与图像，并“把课程重心集中在对于‘看’和‘说’的写作练习上”；除此之外，还设置了启发式教学专题课程，该课程探讨了灵感的概念，并通过启发式教学和一系列写作练习来发展学生的写作技能。类似的，奥克兰大学设置的自我写作课程则是带领学生探究、发掘自己内心声音的一个过程。

第三类是有关毛利语、太平洋文化的课程。这里的“太平洋”并不单单是指新西兰，而且是囊括了太平洋上大大小小的岛国，这也体现出了新西兰创意写作对不同文化的关注。惠灵顿维多利亚大学设置了毛利语与太平洋文化创意写作，该课程涉及“毛利人和太平洋族裔的视域、文化与起源、殖民化过程和归属问题”，旨在让学生批判地评价毛利文学、太平洋文学和土著文学，并在创作中使用相关文化元素。奥克兰理工大学设置了毛利作品课程，该课程是对毛利语作品进行学习、解读，探索其作品中的创造性思维。梅西大学设置了新西兰海洋文学课程，对太平洋文学的叙事、讲故事方式进行解读与学习。怀卡托大学设置了独特的语言课程，该课程针对的是已经完成毛利语中级及更高水平的学生，课程的重点是发展使用毛利语和英语的批判技能。

这样看来,新西兰创意写作的课程设置是新兴的、年轻的,相比于传统文学课程,与市场和时代更加贴近的新兴课程占比更高,并且相较于创意写作相关理论的学习,新西兰高校创意写作更加注重灵感和创意激发这个过程,重视启发式教学。除此之外,新西兰高校创意写作独特的毛利文学与太平洋文学的相关课程是其创新学科与本土土著文化的一次碰撞,既保护了传统文化与语言,顺应了文化发展需求与潮流,又是对创意写作学科的一种创新,体现出了其课程设置所具有的因地制宜的特点。

(三)实践型及成果导向型理念

新西兰创意写作对实践的重视不仅体现在课内,也体现在课外。

首先,新西兰高校创意写作课程非常重视练习。例如怀卡托大学的声音与形象课程,该课程申明了课堂内容主要集中在“看”和“说”的练习上,设置的创意写作补充课程里就包含了创意实践。惠灵顿维多利亚大学国际现代文学学院的院长比尔·曼希尔在澳大拉西亚写作项目协会(Australasian Association of Writing Programs,简称 AAWP)会议上的主题演讲中表示,虽然创意写作课程的最终目的在于完成一本书,然而“目前所有工作的核心还是练习”[①],并强调了练习的重要性。梅西大学创意写作硕士学位课程中,作品的完成所占的学分为 120 学分(普通课程仅占 30 学分),学制三年的本科创意写作则设置了实践学年,第三年主要学习文章如何发表、编辑及出版,并在当地社区开展一个创意写作项目。

其次,新西兰高校创意写作也将课外的写作实践提到了比较高的地位。许多学校都与出版社保持密切的合作关系,开展比较早的如惠灵顿维多利亚大学,“在 20 世纪 90 年代,惠灵顿维多利亚大学就与维多利亚大学出版社建立了联系”[②],两者可以说是共同成长,目前维多利亚大学出版社已经是新西兰领先的出版商。维多利亚大学出版社的总编辑弗格斯·巴罗曼也是新西

① Bill Manhire, From Saga Seminar to Writers' Workshop: Creative Writing at Victoria University of Wellington, The journal of the Australasian association of Writing Programs, Vol. 6, No. 1, April 2002.

② Patrick Evans (2000) Spectacular babies: The Globalisation of New Zealand fiction, World Literature Written in English, 38:2, 94-109.

兰领先的文学杂志《体育》的创始人兼编辑，因此，在这个由作家和图书构成的活跃的文学社区，惠灵顿维多利亚大学的创意写作工作室便成了其中一部分，这为学生的实践提供了更多、更好的平台与可能。奥克兰大学也与一系列出版商合作出版书籍，例如企鹅出版社、奥克兰大学出版社、布鲁姆斯伯里出版社等，研讨会也常邀请出版界、电影、戏剧、广播等从业人员参与。

除了与出版社合作，新西兰高校创意写作也办起了自己的刊物，例如怀卡托大学主办的电子期刊《混沌》，惠灵顿维多利亚大学主办的《涡轮》和《新西兰最佳诗歌》，这些无疑都是学生作品发表的主要阵地。其他学校即使没有独立的主办刊物，也都有专门的作品展示网页。实践本身很重要，但是让学生的实践、思想、灵感、创意发声，是更为重要的一个环节。

最后，各式各样的奖项及丰厚的奖励，无疑是对创意写作实践最直接的刺激。奥克兰大学有詹姆斯华莱士爵士创意写作奖，而惠灵顿维多利亚大学的奖项就更多了，例如亚当基金会创意写作奖、比格斯家族诗歌奖、布拉德·麦甘电影创作奖、现代文学创意小说奖、现代文学创意非小说奖等。

三、新西兰创意写作学科对中国的启示

首先，新西兰创意写作专业的独立与开放是值得我们学习的。中国创意写作学科仍处在初期的学科建设阶段，整体而言，还没有实现学科的独立，大多还是挂靠在中文、新闻传播、戏剧影视文学等专业之下。然而新西兰的经验提示我们，如果想要发展起来并形成一定的品牌效应，那么创意写作专业的独立性是必不可少的。独立是摆脱束缚的重要途径，也是申明创意写作与传统学科差异的方式之一。除此之外，在学科建设的过程当中，应当避免闭门造车，除了本国学校加强沟通交流之外，还应当探寻与别国创意写作学科建立联系的可能及方式，这样既可以相互借鉴，又可以通过协同效应增加国际影响力。在这一点上，惠灵顿维多利亚大学为我们树立了一个很好的榜样。

其次，专业人才的缺失是亟待解决的问题。教学实践方面的僵化主要还是由于专业人才的缺失，新西兰高校创意写作教师都是有出版经验的作家、

专业学者及相关从业人员。例如奥塔哥大学的教师由利亚姆·麦尔文尼(获得2014年恩加伊奥·马什最佳新西兰犯罪小说奖)担任,奥克兰理工大学创意写作教师由小说家詹姆斯·乔治(入围2004年的蒙大拿新西兰图书奖和2005年的塔斯马尼亚太平洋小说奖)担任,小说家宝拉·莫里斯和诗人赛琳娜·马尔什则作为教师在奥克兰大学进行创意写作专业的授课。新西兰高校创意写作的各种访问作家和驻校作家更是数不胜数,惠灵顿维多利亚大学还专门为学生提供了太平洋文学驻校作家和毛利驻校作家。教师教学质量与课堂氛围相辅相成,好的教师带动课堂氛围,而良好的课堂氛围也会激励教师的教学实践,充满激情与碰撞的课堂氛围才能激发学生的灵感、想象力、创造力和思辨能力。因此,如何吸纳更多的专业人才进入创意写作教学领域是我国亟待解决的问题,该问题的解决甚至是解决其他问题的先决条件。

再次,新西兰创意写作的课程有可圈可点之处,尤其是其独特的毛利语文学、太平洋文学相关课程。新西兰创意写作依据历史与现实的需求,开设了毛利语/毛利文化、太平洋文学相关的创意写作课程,这种经验值得我们借鉴。中华文化博大精深,与毛利语/毛利文化写作相类似的,中国创意写作可以大胆地从传统文化、地域文化,甚至是方言文化中汲取灵感和创意,探寻和创造专属于我们的文化因素和文学作品。另外,新西兰创意写作课程还具有与其他专业互联的倾向性,如怀卡托大学将历史、影视、媒体、戏剧专业的课程作为创意写作的补充科目供学生选择,这种互联性也是一种借鉴。在我看来,创意写作既应当是独立的,又应当是互联互通的。独立性体现在专业的独立上,而互联互通则体现在满足学生对各种学科的需求上。这种互联互通是具有必然性的,因为写作并不是一门孤立的学科。除此之外,市场对一些特定题材作品的严谨性也有了新的要求。写悬疑侦探小说,就要对刑侦手段有一定的了解;写历史小说,那么基本的历史框架应该是正确的;写科幻小说,就难免需要涉猎理化知识,尤其是近年来市场对优秀硬科幻作品的需求,更体现了创意写作与其他学科互联互通的必然性。

最后,重视创意写作学科的平台作用,增强与各相关行业从业人员的关联,尤其是与出版社的合作。新西兰高校创意写作在这一方面做了一个很好的范例。在以前,一个作家会花三四年时间在小杂志上发表作品,可能尝试了很多年都没有投稿成功过。然而创意写作让这种情况得到了改善，新西兰高校创意写作与出版商进行合作，这是互利共赢的模式，高校为出版社提供优质的学生作品，而出版社则为高校的学生提供了成名的可能与捷径，就像曼希尔说的，"一旦一个小说家的短篇小说集被接受出版，那么接下来可能就会开始出版她的第一部小说"①。创意写作学科应当是学生与出版商之间的一座桥梁。中国高校创意写作与出版社的合作相对来说比较少，联系也不够紧密，当然这与我国创意写作刚起步的现实状况有很大关系。不过新西兰的经验提示我们，在建构、发展学科的过程中不能疏漏这一重要环节，这是学生、学校、出版社共赢的一环，学生作品的出版意味着高校创意写作实践的成功产出，对创意写作学科在中国的进一步发展、扩大有着重要的意义。

四、结语

整体来看，新西兰创意写作学科体系完备，拥有经验丰富的师资队伍，在吸纳英美创意写作传统的同时，又根据本国文化发展了具有民族特色的与毛利文化相关的创意写作课程。除此之外，新西兰创意写作还很重视写作实践，并为学生搭建良好的、与社会互联的平台，让学生的作品拥有更多的发表机会。其独立性、开放性、课程设置的独特性及对实践的强调都是值得学习的。

正如前面所说，在六大英语国家中，新西兰是创意写作学科建立相对较晚的国家，其学科建设目前势必也存在着一些问题。与同期建立该学科的爱尔兰相比，新西兰创意写作稍显逊色。在课程设置上，新西兰创意写作虽然有可圈可点之处，但是与其他国家相比，其课程的丰富度与灵活度相对较差，与其他学科的互联程度也比较弱，仅有少数学校在课程的设置中考虑到了互联性这点。除此之外，新西兰高校创意写作学科有一种明显的发展不平衡倾向，惠灵顿维多利亚大学和奥克兰大学的创意写作学科存在感比较强，且惠

① Bill Manhire, From Saga Seminar to Writers' Workshop: Creative Writing at Victoria University of Wellington, The journal of the Australasian association of Writing Programs, Vol. 6, No. 1, April 2002.

灵顿维多利亚大学在学科建设方面有许多值得我们借鉴的经验,而其他几所学校创意写作学科的存在感则相对较弱。

中国创意写作目前还在蓬勃发展,借鉴他国学科建设的经验是十分有必要的,尽管新西兰创意写作也存在着不足,但不论是经验还是教训,都可以给我们带来许多有意义的思考。

新加坡创意写作发展研究[①]

杨林子　西北大学文学院

创意写作最初起源于1936年美国艾奥瓦大学“创意写作项目”，与创意写作艺术硕士学位（Master of Fine Arts，简称MFA）的建立紧密相连。这标志着创意写作学科的正式诞生，随后也在全世界范围内掀起了创意写作的“系统时代”[②]，新加坡国内的创意写作发展自不例外，也受到了来自英美创意写作的影响。目前，虽然新加坡创意写作学科发展的起源未有资料可以考证，但是南洋理工大学作为最早倡导华语教学的新加坡高校，也是唯一一所有较为完善学科体系建设的中英文创意写作项目的新加坡高校，是新加坡高校创意写作学科建设中较为完善的先例。目前来看，新加坡国立大学、南洋理工大学、新加坡理工学院、拉萨尔艺术学院等高校的创意写作学科发展较为充分，具有一定的代表性。

一、新加坡创意写作调研的缘由

本文之所以选择新加坡创意写作作为调研考察的对象，基于如下考虑。

一是尽管当前有关国内外创意写作发展史的研究日趋丰富，但是新加坡

① 本文是2018教育部人文社科青年基金项目“汉语创意写作理论研究”（18YJC751025）的阶段性成果。

② 雷勇：《国内外创意写作研究综述》，世界华文创意写作协会高峰论坛（2016—2017）会议论文合辑：《上海市华文创意写作中心》，2018年，第159—174页。

创意写作发展研究似乎是未曾涉足的处女地。新加坡作为华人占据人口绝大多数的新移民国家,华文写作一直是新加坡文学的传统,加上新加坡政府历史上对华语教育的扶持,虽然自20世纪80年代以来,华语教育因为政策的改变而逐渐陷入低谷,但是近年来中国经济腾飞,文化软实力不断增强,加之创意写作的全球化发展,新加坡政府也及时调整了华文政策。新加坡已故总理李光耀先生也多次表示,“我们认为应该确保华文(在新加坡)长存不衰,这是非常重要的”。与此同时,“新华文学”(新加坡华文文学)也是所谓的中文离散文学的重要组成部分,新加坡创意写作的发展情况对我国中文创意写作该如何坚守中文写作阵地有着至关重要的借鉴意义。

二是由于新加坡特殊的多语文化政策。新加坡政府倡导“母语”加“英语”的语言模式,新加坡教育体制下的所有学生都必须在英语学习之外,再根据自己的民族在汉语、马来语或泰米尔语三者中选其一作为“母语”课程的修读。大多数新加坡的青年写作者都是天生的双语甚至多语者,因此,新加坡创意写作学科体系的建设很大程度上需要面向并非单一的语言写作模式。从对新加坡创意写作课程体系的设计来看,虽然多语写作并未能够完全地在学科建设中实施开来,但是新加坡高校创意写作在发展中,积极与社会组织的创意写作项目合作,开展一系列凸显新加坡民族语言写作特殊性、多样性的创意写作工作坊与研讨会,例如由AHL(Art House Limited)运营的艺术屋项目,一直以来致力于新加坡民族特色艺术与写作的发展。而这一点恰好和我国出现的越来越多的方言写作联系紧密,如何通过创意写作的学科建设将个人写作的地域性与独特性融入文学中,从而凸显文化多样性与民族特色风格,是我们应该重视和学习的本土化经验。

三是出于新加坡独特的国家情况。新加坡作为一个国土面积724平方公里、人口570万(2019年)的国家,其教育部(Ministry of Education,简称MOE)往往可以直接参与教育政策的具体实施,例如新加坡所有的中小学校长必须在教学领域中产生,由教育部选拔任命。在这种教育部门可以直接影响政策施行的情况下,新加坡教育部在创意写作高校之外的发展中,出台一系列与创意写作直接相关的政策项目,例如著名的CWP(Creative Writing Programme)与CAP(Creative Art Programme)项目以帮助新加坡学生培养其在写作与艺术创作方面的创造力,以及与高校(如新加坡国立大学)合作,为创意写作人才提供专门的居留资助政策。除此之外,新加坡的众多社会组织、商业公司举办创意写作工坊,组织创意写作培训项目,编纂创意写作教材。西北大学陈晓辉在其《中国化的创意写作学科体系猜想》一文中说道:“在我看来,创意写作最主要的特征有三点:一是创意性,二是实践性,三是商业性。”[①]在这一点上,新加坡创意写作在高校之外的发展经验对我们思索中国创意写作发展的实践性与商业性有着重要的启示意义。

二、新加坡高校创意写作学科发展背景

(一)新加坡高校创意写作学科发展“双层体系”

新加坡在1965年之前一直处于被殖民中,这段时间的高校只有马来西亚大学在新加坡设置分校区。1965年新加坡独立后,马来西亚大学新加坡校区也随即成为独立的新加坡大学。此外,当地华人社团在多方帮助下于1953年创办了为华裔学生提供汉语教育的私立大学——南洋大学,这两所大学构成了新加坡殖民时期的高等教育系统。1965—1990年是新加坡各大学的发育成长期,新加坡政府为了巩固对社会政治与经济的管理,将曾经的南洋大学收归国有,并与新加坡大学合并为新加坡国立大学,同时创办了南洋理工大学。一批理工及教育学院也在这一时期成立,并逐渐形成了由两所大学和多所职业技术学院组成的双层体系。[②]

这种“双层体系”发展至今日,已经形成了体系较为完善的公立大学结合理工学院,辅以数目众多的私立院校作为补充的高等教育体制。这种体制类似于我国国内的本科院校与专科院校之间对学生群体的分流作用。(理工学院的学位大多是 Full-time Diploma 或者 Part-time Diploma,类似于国内的大学

① 陈晓辉:《中国化的创意写作学科体系猜想》,《湘潭大学学报》(哲学社会科学版),2016年第1期。

② 公钦正:《新加坡世界一流大学建设经验与思考——以新加坡国立大学为例》,《中国高校科技》,2019年第4期。

专科文凭)新加坡政府在高等教育层面不遗余力地进行资源投入,尤其是以新加坡国立大学和南洋理工大学两所大学为主导的公立院校,新加坡政府对公立院校在培养研究型人才、发展科学研究、提高新加坡教育声誉方面给予重任。而理工学院更多是针对培养应用型人才、培训职业技术、推动就业实践进行特定方向的培养。

与此同时,新加坡创意写作的发展也无时无刻不映射着这种"双层体系"的特性,在公立院校中开展的创意写作专业,如新加坡国立大学及南洋理工大学开设的创意写作课程,多是以"无学分制课程"(Non-credit-bearing Creative Writing Class)、创意写作项目下的兴趣工坊(Creative Writing Workshop)或者副修方向(The Minors)为课程形式,并且大部分只面向本科教学(Undergraduate)。反而在诸如新加坡理工学院、拉萨尔艺术学院这样的理工及私立院校中可以见到创意写作硕士学位较为完整的构建,比如新加坡理工学院的电视新媒体创意写作专业(Diploma in Creative Writing for TV & New Media)及拉萨尔艺术学院的创意写作文学硕士专业(MA Creative Writing)等。从这方面可以看出,新加坡高校创意写作学科建设的发展如何适应新加坡的"双层体系"式的教育机制,如何在理论研究、作品创作和技能培训中平衡与定位,是新加坡创意写作未来发展的重要方向。

(二)从"精英教育"到"大众教育"的新加坡创意写作

新加坡政府长期以来奉行"精英教育"的原则,对高等教育发展规模一直有所控制,即使20世纪后半叶新加坡国内生产力大幅提升,跻身"亚洲四小龙",民众对高等教育的需求激增之时,新加坡政府仍然保持着较为保守的高等教育发展政策,没有选择在高等院校扩大招生规模,而是选择将部分生源分流至技术培训教育。但是在20世纪80年代第一次经济衰退之后,为了提高劳动力素质,促进经济结构改革,新加坡官方开始积极推动高等教育规模扩大发展,自1985年到1995年,高校的在校人数增长率为185.25%,大学、理工学院及研发机构的数量也获得稳定增长。[①] 目前,新加坡的高等教育系

① 乔桂娟,杨丽:《新加坡高等教育发展趋势、经验与问题——基于近三十年研究主题变化的探测》,《黑龙江高教研究》,2018年第10期。

统由新加坡国立大学、南洋理工大学、新加坡管理大学、新加坡科技设计大学、新加坡理工大学、新加坡新跃社科大学等六所公立大学，以及新加坡理工学院、义安理工学院、淡马锡理工学院、南洋理工学院、共和理工学院等五所理工学院组成。值得关注的是，五所理工学院从 21 世纪初就招收了超过40%的适龄学生。

新加坡政府在 20 世纪 90 年代以后大力推动新加坡高等教育从“精英教育”向“大众教育”转变，而创意写作刚好在这之后作为“大众教育”的典型被逐渐引入新加坡的教育体制之中。在葛红兵教授与许道军教授合著的《核心理念、理论基础与学科教育教学方法——作为学科的创意写作研究》中，曾将创意写作的民主性概括为“创意写作祛除了写作神秘的面纱，在写作民主化、生活化及个人化的基础上，将创意与写作的权利交还给每一个人，实现‘创意写作为人民、创意写作从人民’，极大解放了创意与写作的生产力、积极性”①。创意写作专业的民主性特点刚好迎合了新加坡官方有意倡导的“大众教育”。因此，21 世纪，创意写作在官方支持之下得到了发展。

进入 21 世纪后，新加坡的高等教育有两大革新之处：一是模仿英美学科建设模式，引入学分制；二是建立主、副修制度。学分制的引入既可以给予学生较大的自由去选择自己感兴趣的课程，以不同的课程组合方式完成专业考核，充分发挥自身的特长，按照个人意愿修读不同方向的课程，又可以与国际上通行的英美学制接轨，为学生的海外游学、交流生活提供更多方便；而主、副修制度的建立，则可以允许学生在修读自身专业的同时，有机会同时修读一个不同的副修专业（Minor），并且主、副修专业之间不需要有特定的联系，这为学生的多元化、多方位发展提供了平台。

在新加坡高校创意写作学科的建设中，这两大革新可以说起到了至关重要的作用，学分制与主、副修制度的引入，为创意写作硕士学位尚未普及的新加坡高校创意写作学科发展另辟蹊径。接下来，笔者将以新加坡开设的创意写作专业与创意写作相关项目的高校学科建设具体情况为依据，分别从培养

---

① 许道军，葛红兵：《核心理念、理论基础与学科教育教学方法——作为学科的创意写作研究（之一）》，《写作》（上旬刊），2016 年第 3 期。

目标、课程设置、教学模式、师资力量、就业实践等方面分析新加坡高校创意写作学科建设的两大革新是如何促进新加坡创意写作走出自己的一条路的。

三、新加坡创意写作发展述要

（一）培养目标

新加坡开设创意写作的高校主要分为两大类：一类是以拉萨尔艺术学院为代表的单独开设创意写作艺术硕士学位点的高校；另一类是以南洋理工大学为代表的，没有单独开设创意写作艺术硕士学位，但是通过设置学分制课程，或者无学分制课程，以创意写作相关项目、创意写作工作坊、创意写作副修专业等形式来进行创意写作教学安排的高校。

在培养目标上，前者主要是培养有志从事创意写作相关职业的专业人才，帮助其凭借在创意写作专业习得的知识顺利完成自身的职业规划。如拉萨尔艺术学院所开设的面向研究生的创意写作艺术硕士学位，明确表示专业要培养学生“发出自身的文学声音，写出生动的故事，让写作从书本延伸到舞台和荧幕”。拉萨尔艺术学院创意写作硕士点称本专业是新加坡和东南亚的首创，专注于毕业后出版的作家、评论作家等创作的新文学和书面作品。在创意写作课程中，学生将通过正式的模块、定期的写作工作坊和同伴学习，获得对书面文字和书面形式结构的深刻理解，如诗歌、创意非小说、小说、剧本和小说评论写作。该项目培养的是为成为作家、编辑、出版商、文化策展人及未来的写作教师做好了准备的学生，他们将叙述从书本转移到舞台和荧幕上，从而使得新加坡和东南亚也将与全球成倍增长的文学创作、出版和教育市场接轨。除了拉萨尔艺术学院之外，新加坡理工学院也开设有电视新媒体创意写作专业，与拉萨尔艺术学院的艺术硕士学位不同，新加坡理工学院的电视新媒体创意写作专业提供给毕业生的是全日制专业文凭，面向的更多是本科生群体。通过三年制的课程设计，培养学生发现、塑造和实现自己故事的能力，并将其调整为适合各种媒体平台（如平面、电视和跨媒体）的内容。学生通过学习儿童故事、新闻通讯、纪录片、电视剧、网站和手机应用的创作来学习构思和创造故事,把它们变成文字和图像并呈现给观众。

而后者更多是培养对创意写作有兴趣的学生开始创意写作的入门,在学习创意写作的过程中提高自身的创意写作技巧,找到自身的写作风格。例如南洋理工大学所开设的中英文创意写作副修就着重强调:“本课程旨在开拓学生的文学创意写作技巧,认识小说、散文和诗歌等各类行文流派的知识。以原创性和创造力为基础,学生将进行不同主题类型作品的写作,并且通过阅读其他知名作家的文字,锻炼出审美和批评的鉴赏能力,然后通过循序渐进的文字练习,从中发展出属于自己的创作风格。”而在南洋理工大学英语文学专业下的英语创意写作,则以一系列的课程供英语文学专业的学生选择,学生可以在本科及研究生课程中学习创意写作,副修创意写作,在毕业课程中选择创意写作项目或者创意写作作品为自身的毕业作品。南洋理工大学的英语创意写作强调:“无论学生是否以专业写作为目标,创意写作都能培养学生的智力和审美能力。每一篇文章都是对世界的一种创造和接受。这些发明让学生能够以具体的方式探索植根于日常生活实践中的社会学、经济学、历史、语言学和心理学真理,并想象新的可能性。在某些方面,这与哲学家所说的思想实验相似。那些自己写诗写故事的学生通常对语言的细微之处更敏感。创造性的写作鼓励概念性的思考。它使情绪、反应、意见和直觉判断的表达合法化。学术写作的规则不鼓励这些行为,但它们在语言、人际关系、内心和智力的发展中发挥着巨大的作用。”可以看出,南洋理工大学创意写作的培养目标与拉萨尔艺术学院等私立院校的设计并不相同,它并没有如后者那样注重培养学生的完整创意写作技能,帮助学生进行创意写作相关方向的就业,它更类似于一种与传统中文系所相背离的“通识教育”,培养的是学生的创造性思维与概念性思考,注重激发学生的想象力与创造力。

(二)课程设置

对于新加坡高校对创意写作专业的课程设置,也应该将其分门别类来讨论,在还未能建立创意写作艺术硕士点的高校,创意写作课程多通过较为零碎的短期学分课程或者无学分课程、创意写作工坊、创意写作短期项目等形式来开展。而已开设创意写作艺术硕士学位的高校则有足够的学制空间来安排较为体系化、层次化、人性化的课程设计。

以新加坡国立大学的创意写作课程安排为例,因为新加坡国立大学并没有正式的创意写作硕士点,其创意写作课程一方面是作为英语语言文学系英语文学专业下的特殊项目存在的,课程分布主要以诗歌写作、剧本写作、散文写作三线并行,并且该校强调这三门课程的难度都为 2000—4000(2000—4000 在新加坡国立大学的难度评级体系中多为只有本科生才能选修的课程难度),并且在每门课程中都进行了入门、中阶、高阶的选读要求分级,以便适应不同基础水平的学生群体。另一方面,新加坡国立大学的创意写作项目还与新加坡国立大学的“大学学者计划”(The University Scholars Programme,简称 USP)及亚利桑那州大学的创意写作中心进行了十余年的合作,迄今已举办了近十次 USP-Piper 创意写作项目。该项目分为两部分:一是为期六周的本科生写作课程;一是为期三天的短期工作坊,目标对象是大学预科学生。课程和工作坊的目的都是向学生作家介绍更多样化的作品和作者,通过相互之间的反馈和支持,帮助他们磨炼自己的写作技巧,并使他们对如何出版文学作品有基本的了解。除此之外,新加坡国立大学的创意写作课程还以无学分创意写作工坊的形式进行。例如 2019 年 8 月首次开设的由出版过短篇小说集《这些愚蠢的事物以及其他的故事》的作家、翻译家杨薇薇领衔授课的创意写作工坊——“短篇小说的艺术”得到了学生们的一致好评,并作为长期项目一直在新加坡国立大学开展。

而以拉萨尔艺术学院与新加坡理工学院为代表的创意写作艺术硕士点开设高校为例,拉萨尔艺术学院开设的创意写作硕士学制分为一年半的全日制与三年的非全日制两种,全日制创意写作硕士课程分成三个学期开设,非全日制则扩充至六个学期。全日制课程连续三个学期,为期一年半,第一学期和第二学期各有两个 30 学分的模块。第二学期则有 30 学分的选修课模块可供学生选择。而第三学期也是毕业学期,则有 60 学分的模块以供学生完成自身的毕业写作项目或作品集。拉萨尔艺术学院第一学期开设的 30 学分的课程,主要按照虚构与非虚构写作分为两门导入课,一是创意艺术的研究方法,课程的前半部分通过对艺术的研究方法和分析技术的透彻研究向学生介绍艺术研究,从而为文学硕士一级的艺术和批评实践提供可靠的信息,课程的后半部分则是非虚构类作品的创作环节;二是故事课,该课程为硕士课程的所有其他课程提供相互联系的信息,重点在于故事和讲故事的性质,包括了非虚构类作品在内的所有形式和类型的创作的基本要素。学生将研究故事的起源、历史和理论,讲故事的艺术和虚构类小说创作,特别是叙事型散文化小说。通过对研究案例的仔细探讨,学生可以全面了解如何在不同文化和历史时期采用不同的故事元素和结构,包括最新的当代作品实例。第二学期的课程同样根据戏剧写作及语言诗歌写作技巧两种不同方向开设,培养学生实用性写作与审美性写作双向发展。第三学期则是一个完整的60学分的毕业论文,学生可以选择提交一篇长篇文学作品或一系列主题相关的作品集,要求毕业作品必须能够反映并展示出学生在创意思维上的细节化、系统化的理解与应用,以及学生能够具有创造性地关联综合不同形式的概念与技术的能力。

(三)教学模式

通常,西方的创意写作教学模式分为工作坊制与研讨会制两种。[①] 新加坡创意写作的学科建设自然是相当程度地受到了英美创意写作模式的影响,但是由于新加坡自身高等教育逐渐走向大众化与市场化,因此,在这两种教学模式之外,新加坡的创意写作学科教学模式衍生出了更加贴近于创业就业方向的实践特性,这一点可以大致被概括为项目制教学模式及竞赛制教学模式。

1. 工作坊制教学模式

工作坊一般以一名在某个领域富有经验的主讲人为核心,通常是一位著名的作家,配以1至2名助教、10至20名学生,由此形成一个小团体。在该主讲人的指导之下,通过活动、讨论等多种方式,共同探讨某个话题。学者高翔将创意写作工坊定义为教学实践空间、写作的实践载体和创意活动空间

① 陆涛:《西方创意写作与我国大学写作教学》,《宁波大学学报》(教育科学版),2013年第4期。

"三位一体"的教学模式①,他认为创意写作工坊是创意写作的核心特征,也是一个完整的复杂的意义系统。在新加坡高校的创意写作发展中,工坊制教学屡见不鲜。如前文中提到的新加坡国立大学开设的短篇小说创意写作工坊,乃至与亚利桑那州立大学的 Piper 创意写作中心合作举办的创意写作工坊,参加者将在这个为期一周的写作工坊中阅读一些已发表的短篇小说,完成写作练习(个人或合作完成),并写出(部分)短篇小说或诗歌。除此之外,新加坡国立大学还与非营利性艺术组织艺术屋有着长期合作关系,共同举办了一系列具有新加坡民族特色的写作工坊,如艺术手记工坊(Art Journaling Workshop)、世界文学工坊(World Literature Workshop)等,其中最值得关注的是由泰米尔族诗人 Harini V 和演员 Sivakumar Palakrishnan 共同举办的泰米尔语创意写作工坊,工坊全程用泰米尔语进行写作,通过泰米尔语散文和诗歌探索新加坡民间区的历史遗迹,从而探索新加坡民间故事神话与新加坡人日常生活之间的交会处,提升泰米尔语作为民族语言的影响力。在泰米尔语写作工坊的例证之中,我们可以看到,创意写作工坊是如何在新加坡语境之中将民族语言写作教学、民族语言写作实践与民族文化创意思维激发结合在一起的,这种带有新加坡特色的创意写作工坊建设也值得我们学习借鉴。

2. 研讨会制教学模式

研讨会制教学模式,在英文中称为 Seminar 课程,多是指就某一主题由专业人士展开专门的讨论研究与交流的活动,与工作坊相比,其规模更大,主题更集中,形式更正规,学术色彩也更浓厚。在规模上,研讨会邀请工作坊之外的相关专家、作家、行业人士做主题发言,参加人数最多可达 200 人,一般控制在 20—50 人,少于 50 人的研讨会一般采用圆桌会议形式进行。在主题上,主要就某个具体问题展开讨论,参与成员可以从各个角度发表意见,展开交流与交锋。② 以新加坡的新跃社科大学为例,虽然该大学并没有正式的创意写作硕士学位,但是其将创意写作作为继续教育短期培训课程开展,

---

① 高翔:《西方创意写作工作坊研究热点梳理——兼谈中国化创意写作体系建构》,《山东青年政治学院学报》,2020 年第 1 期。

② 陆涛:《西方创意写作与我国大学写作教学》,《宁波大学学报》(教育科学版),2013 年第 4 期。

并且在此后，人文与行为科学学院围绕该课程举办了两年一度的"这太文学了：新加坡〇〇后写作"大型创意写作研讨会。该研讨会邀请了十余位成名作家、教授、诗人、翻译家，乃至出版商，集中讨论了英文、马来文和中文的写作出版及翻译口译问题，同时论坛对学生、校友和公众成员开放，与会人员中也不乏小说家、诗人等文学创作者。

3. 项目制与竞赛制教学模式

项目制与竞赛制教学模式，笔者认为是新加坡在已有的传统创意写作教学模式上的基于新加坡特性的创新。项目制与竞赛制教学模式都有一个明显的共同之处——实践性与回报性。首先，无论是创意写作项目还是创意写作比赛，都需要参与者创作创意写作相关作品（包括文学写作、影视策划、创业项目等），以作为项目开展、竞赛评选的依据。其次，在创作的基础上，项目制与实践制教学模式都会有明显的回报性，项目制多以培训证明、作品发表、学分奖励等形式给予学生回报，而竞赛制则更直接地以获奖证书、作品宣传、经济奖励等形式进行回报。实践性与奖励性，都是在新加坡高校教育体制大众化、商业化之后的实际要求，学生需要在创意写作中获得即时性的反馈，从而产生对自身写作与创意写作专业本身的信心。正如村上春树在其自传作品《当我谈跑步时我在谈些什么》中曾言，正是自己在 30 岁时出版的第一部小说《且听风吟》获得了日本群像新人奖，这种信心才支撑着自己一直写到现在。新加坡作为一个岛国，国内本身的文学市场较为狭小，也没有太多的文学刊物可供新人发表作品，因此，其选择了与中国台湾创意写作类似的道路——以依托众多高校的创意写作比赛、文学奖项作为发现鼓励新人写作者的方式。如新加坡国立大学内部两年一度的"吴信答创意写作大赛"，这个大赛是西尔维娅·吴博士送给新加坡国立大学的礼物，以纪念她已故的丈夫——新加坡著名的作家吴信答。参赛作品形式以吴信答擅长的短篇小说为主，设三等奖项，奖金从 4000 新元到 10000 新元不等，以鼓励新人写作者。而新加坡最为著名的创意写作项目则是新加坡教育部与诸校合作的"新加坡创意写作项目"（Creative Writing Programme，简称 CWP），通过申请为一定年龄以上的新人写作者提供创意写作培训的机会，有兴趣的学生通过提交他们的创作作品集来申请CWP。通过申请的学生将于9月假期内获安排参加为期三天的非住宿式集训营。集训营为参与者提供与名作家互动的机会，可以就如何磨炼自己的写作技巧与名作家进行沟通。

四、新加坡创意写作发展特性与启示

（一）国际化与民族化并存

综观新加坡创意写作发展与现状，其一大特性就是国际化趋势与民族化风格的并存。一方面，虽然新加坡作为一个多语国家，官方规定了四种官方语言，但是英语实际上是第一行政语言，这毫无疑问是迎合经济全球化、自由市场化趋势的举措。在新加坡创意写作的发展上，大多数高校开设的创意写作课程大致遵循英美创意写作学科建设机制，以英文写作为主，使用英语为语言媒介，把自身纳入英语写作国家的系统之中，这也是新加坡创意写作发展在受到发展成熟、市场广大的英美创意写作学科建设启发之下的自然选择。另一方面，我们仍然能够看到在新加坡创意写作发展过程中不断生发的对新加坡民族文化的自我反思与自我拯救，从越来越多高校、组织、个人写作者对华语写作、马来语写作、泰米尔语写作的重新发现和重视可以看出，新加坡社会对少数族裔的文化、语言的未来是充满忧虑的。例如新加坡青年作家冯启明的新选集《图马斯克》审视了新加坡的诗作，并抵制了新加坡多元文化主义式的虚伪政策。《图马斯克》选集除了英文作品外，还收录了中文、马来语和泰米尔语的英文译本。在前言中，冯启明指出，“尽管这本选集是用英语呈现的，但它的许多声音并不符合单一文化的期望：它们游走于各种语言、方言、习俗和规范之间”。冯启明作品的可贵之处在于，它象征了新加坡创意写作发展中的国际化与民族化趋势并立时的矛盾与苦痛，有意识地试图跨越新加坡国家内部的语言和文化分歧，以引起人们对用单一语言呈现新加坡文学作品的多语性质问题的关注。

（二）精英化与大众化并立

新加坡创意写作的发展，无法脱离新加坡政府对高等教育该往何处去的方向规划。从今日新加坡创意写作学科建设的现状来看，存在着精英化坚守与大众化趋势并立的局面。以新加坡国立大学、南洋理工大学等在新加坡乃至世界高等教育界都首屈一指的公立高校为例，其内部创意写作的学科建设其实并不完善，作为高校却无法授予学生以创意写作专业立足之本的创意写作艺术硕士学位。归根究底，这与新加坡教育部自20世纪90年代起建设“研究—应用型”大学的严格规划脱不开干系，新加坡政府深知劳动力和资源是新加坡发展的瓶颈和限制，因此，政府不仅要建设世界一流大学，开发教育产业，还要求大学在人才与技术方面为国家经济发展做出贡献，使新加坡在全球竞争中占据优势地位。① 而创意写作专业在精英主义教育视角下似乎是难以与能直接影响社会、改造世界的STEM（Science，Technology，Engineering，Mathematics）类专业处于同一优先级，这种精英主义式的保守使得创意写作在新加坡一流高校始终难以获得“名分”。然而与此同时，尽管新加坡政府在对待一流高校发展情况时仍然持精英态度，但是实际上整个新加坡的高等教育都随着全球化、市场化趋势走向了大众教育的一端。新加坡的大部分适龄学生就读的学校还是以理工院校、职业教育学院等面向职业技能培训的高校为主，创意写作在诸如拉萨尔艺术学院、新加坡理工学院、新跃社科大学等私立院校生根发芽，离不开的就是这种正视学生及社会需求，注重培养上游创意思维与下游写作能力并重的创意写作人才的“以人为本”的育人精神。而这种大众化的教育倾向和创意写作专业本身“写作民主”的特质不谋而合，因此，新加坡创意写作发展中，精英化与大众化趋势是“并立”并非“对立”，正如马丁·特罗所强调的那样：“在大众化阶段，精英高等教育机构不仅存在，而且很繁荣。”他认为，精英教育与大众教育是相互融合、相互渗透的。② 从新加坡创意写作学科发展的现状来看，“精英教育”和“大众教育”是可以并立共存的。

① 公钦正：《新加坡世界一流大学建设经验与思考——以新加坡国立大学为例》，《中国高校科技》，2019年第4期。

② 马丁·特罗：《从精英向大众高等教育转变中的问题》，王香丽译，《外国高等教育资料》，1999年第1期。

（三）艺术性与商业性并重

如上文所述，新加坡开设创意写作的高校主要按照是否开设创意写作硕士点分为两大类，实际上这两种分类应该归纳为一流公立院校与大部分私立院校的区分。未开设硕士点的一流公立院校更多是把创意写作课程作为培养本校学生文学创作思维、提升艺术敏感程度的辅助课程，以此来培养所谓全面发展的精英学生。这样的课程设计更加注重创意写作本身的艺术性，以南洋理工大学的创意写作为例，其英文创意写作项目是挂靠在英语语言文学专业之下的"特殊项目"，是修读英语文学专业课程之余的可选选项，以此提升学生的文学创作能力，从而巩固本专业知识的学习。其中文创意写作项目则是依托整个人文学院，作为专业辅修存在的，它的宗旨是培养学生对华文写作的兴趣，以及提供给学生各种文学形式与写作技巧的课程，如散文创作、诗歌创作、小说创作、戏剧创作（传统舞台剧）、媒体写作等。从它的课程设置可以看出，创意写作副修相较于"创意"，更偏重"文学写作"，注重创意写作中贴近传统中文系的艺术鉴赏创作的一类，缺乏足够的创新性、时代性。而以新加坡理工学院开设的电视新媒体创意写作专业为例，其专业结合广播电视制作与叙事艺术，在三年的学习中，从风格化的模块课程到层出不穷的实践项目，到设计新颖的"写手房间"，再到毕业作品与课外实习，无一不体现新加坡理工大学对培养学生创意精神与实践能力的并重，培养目标精确面向就业行业，正如他人对新加坡理工学院电视新媒体创意写作专业毕业生的评价："很明显，他们已经学习了从研发到制作再到编辑艺术的所有方面，因此，当他们进入这个行业时，他们已经准备好了。"在新加坡创意写作发展的未来，艺术性与商业性也如同精英化与大众化趋势一样，并非无法共存，它们都是创意写作发展的一体两面。

新加坡创意写作的发展是立足于自身国家民族特性基础上的，对英语国家创意写作学科建设成规的一次创造性融合，其与自身的国家政策、语言文化、民族特色的碰撞与和解都是值得我们借鉴、学习的。不管是新加坡创意写作发展中的优势还是不足，相信都是中国创意写作立足当下、展望未来的重要参考。

重庆移通学院专辑·主持人语

刘卫东　栏目主持人

自2009年以来,创意写作在中国的发展已有十余年,在这个过程中出现了多个不同的发展路径。重庆移通学院以其"面向普通人的创意写作"教学探索为特色,建立了创意写作学院,开设了包括小说、诗歌、影视戏剧、非虚构等多种不同类型的工坊课,构筑了创意写作课程群,在打造精品作家班的同时,还面向整个学院所有专业的学生开设创意写作课。重庆移通学院在创意写作的教育探索中,率先在高等院校里设立了作家岗,15名作家全职担任不同课程的工坊导师。此外,学院还推出了项目制写作、"钓鱼城大学生中文创意写作大赛",如今又开始尝试推动以实践为中心的创意写作研究与教学的有机结合。重庆移通学院在创意写作方面的探索,成了中国创意写作近十年来发展的重要个案。它的探索呈现了创意写作在中国生根发芽的过程,对创意写作教育教学中的难点、要点等也有相应的展现。如今,重庆移通学院凭借自身教育机制的灵活性优势,在不断丰富创意写作课群的同时,也在探索设立创意写作本科专业,设置专门的小说、诗歌等方向的专业,设计专门的课程体系可能方案。聚焦重庆移通学院的创意写作个案,可以看到创意写作在中国的真实面貌,为中国创意写作下一个十年的发展提供前瞻性的视角。

面向普通人的创意写作：丁伯慧谈创意写作教育①

丁伯慧[1]　刘卫东[2]　1. 重庆移通学院创意写作学院　2. 西南交通大学人文学院

重庆移通学院创意写作学院从 2013 年开始进行创意写作教育教学的探索，在提倡“面向普通人的创意写作”之余，不断推进工坊教学课程体系的开发和设计，寻求创意写作教育的专业化、社会化相结合，同时注重对具有潜力学员的专门训练和引导，走出了一条具有特色的道路。本次访谈聚焦重庆移通学院创意写作学院②，从源起、课程、理念与教学等多个角度展开，具体分为移通创意写作的源起、课程与理念，移通创意写作的多向度探索，以及教学实践和团队建设等三个方面，以期呈现其“面向普通人的创意写作”这一路径的特色，并对其创意写作教育教学中遇到的难点与未来方向进行探讨。

一、移通创意写作的源起、课程与理念

刘卫东：尊敬的丁院长，您好，很高兴有机会进行这次访谈。目前中国的创意写作学科发展已有十余年，您在大院创建创意写作学院至今也有八年

---

① 本次访谈于 2020 年 10 月 16 日在重庆移通学院进行。本文为 2020 年度重庆移通学院高等教育教学改革研究项目“创意写作教育教学实践研究”（项目编号：YTJG202053）、国家社科基金项目“网络小说的类型学批评方法研究”（项目编号：20BZW041）的阶段性成果。

② 为行文方便，下文中重庆移通学院创意写作学院简称“移通创意写作”，重庆移通学院简称“大院”。

了。您在创建了创意写作学院之后，很快就确定了它的发展方向，即面向普通人的创意写作，这个思路最初是从何而来的？

丁伯慧：其实我们当初创建创意写作学院的情景，跟很多人想象中的可能不太一样。很多大学是做好了充分的准备之后再来做创意写作的，多是从既有的文学教育课程改革而来，而我们的情况则有所不同。我们的创意写作教育是从2013年开始的。有一次我们翔美教育集团的董事长彭鸿斌博士在学校网站上看到一篇新闻，他当时对我们说，那篇新闻他“差点儿看吐了”，全是陈词滥调。他痛感现在大学生写作能力的匮乏，同时深感写作能力对大学生的重要性，所以授命我在大院（原重庆邮电大学移通学院）和晋中信息学院（原山西农业大学信息学院）创建创意写作中心。

我不知道大家有没有关注过这个问题。对于我们这一代人来说，我们小时候，身边很少有人上大学，能够读完中学就被称为“秀才”了。那个时候，在农村有很多人不识字，给亲友写信都要找我们代笔。有时候有些纠纷要写个诉状陈述情况，也会找我们这些读过书的人代写。以前我们这些上过高中的人都被称作知识分子，而写作是知识分子所要具备的各种能力中较为基本的一种，是必须要有的一种能力。但是现在这种状况被改变了。所以彭鸿斌博士看到这个问题，就有了这样的想法，即能不能让我们两所大学的毕业生都成为会写作的大学生。我就是在这个情况下开始创建这两所大学的创意写作中心。当时开始创建创意写作中心的时候，彭博士只是给了我们一句话，也就是我们的目标：让两校的大学生成为会写作的大学生。这就是我们最初做创意写作教育的缘起。所以当时开始搞创意写作的时候，我们并没有一个具体的系统的方案，确实是有些猝不及防。我经常开玩笑说，人家是摸着石头过河，我们连石头都是现找的。

刘卫东：感谢丁院长对移通创意写作的源起做了这样详细的介绍和回顾。这个问题的提出，其实也是对中国创意写作学科建设的背景和动因进行回溯。八年来，关于移通创意写作的教学探索，已经进行了很长一段时间，也推出了很多课程，建了自己的课程群。到目前为止，创意写作学院在面向普通人的创意写作的理念下，主要开设了哪些课程？或者说这些课程中有哪几门课程是面向普通人的创意写作课？

丁伯慧:我们的创意写作课程,目前总体上来说可以分为两部分,其中一部分就是面向全体学生。我们的创意写作课程从设置以来,先是面向两所院校,现在是三所院校都在开设这门课。[①] 可以说,“创意写作”课是三所学校的核心课程之一。这门课程承载着多个功能,首先是改造学生的写作思维,同时还承载了教授创意写作技法、不同文类写作等方面的功能。另外我们创意写作学院承担的课程还包括一些通识课,我们把它们建设成为一个小课群,包括“300 年的世界文学”,这门课主要承载着我们对学生基本文学理论的培育,同时还要让学生对近现代文学史有个大概的了解,尤其是要了解我们今天的文学是怎么来的;“经典演讲”,主要是培养学生演讲稿的写作能力,其中是以文本写作为主的,强调演讲稿写作的创造性;“修辞与论理”,这是来自荷兰罗斯福精英学院的一门课程,“拿来”这门课程之后,发现与国外的学生相比,我们的学生直接上这门课的话还缺少一些基础,所以就对这门课进行了中国化改造,使之成为培养学生修辞能力和辩论能力的课程;“劝服与说理”,培养学生的说服技巧,将来可以应用到谈判、说服等工作场合。这几门课共同组成了我们大院的一个课群。

除此之外,我们还有一个作家班。作家班是我们进行创意写作精英化和专业化教育的一个尝试。每年新生开学报到之后,我们会通过宣讲的方式,让新生了解作家班,主动报名,然后从报名的学生中选拔出一百名有兴趣、有基础的学生。作家班的课程与大院的课程有所不同,开设的课程都是专门定制的。作家班实行工坊导师制,包括严肃小说工坊、诗歌工坊、类型小说工坊、非虚构工坊、戏剧工坊等五个工坊,下个学年还打算新增网络文学工坊和儿童文学工坊。作家班第一个学期开设“创意阅读”和“创意写作思维训练”课程,第二个学期主要是工坊课和“故事写作”课。另外,我们还有各种形式的讲座,包括系列作家对谈和讲座,为作家班的学生“加餐”。

关于“创意阅读”这门课,当时我的想法是,虽然阅读是每个人都熟悉的,但是作为一个写作者如何去阅读,如何从别人的作品当中去学习写作则是需

① 三所院校是指重庆移通学院、山东科技大学泰山科技学院、晋中信息学院。三所院校都开办了创意写作学院,均为丁伯慧主持创设。

要专门学习的。我们上课的方式也和常见的阅读教学有所不同。在课堂上,我们会先提出一个作家作品中的思想,鼓励学生先于作者而思考。我们也会提供一个经典作品的故事梗概,让学生先去自己思考:如果我是作者,我会怎样构思这部作品?我从这个题材当中能够发现什么?我又该如何表达我的思考?在这些步骤之后,学生才开始阅读,来看一看经典作家是怎么写的。这样可以训练学生主动思考和反思的能力,学会主动去思考写作,从别人的作品中去学习写作。

“创意写作思维训练课”主要承载的功能就是改善学生的思维能力。因为我们的学生都是从中学传统的作文教育中走过来的,而文学写作和作文是完全不同的。所以我在这门课的第一次课上,都会跟学生讲一句话:我这个学期的任务不是要给你们东西,而是要拿走你们的东西。拿走的是什么呢?那就是你们习以为常的写作习惯,还有一些作文写作的理念,我们要把这些东西拿走。“创意写作思维训练”具体分为“写作前”“写作时”和“写作之外”三个板块,从写作的三个阶段来探讨创意写作的思维问题。从近几年的教学实践来看,这门课的效果是最好的。很多学生上完这门课之后就开始写作了。我听说国内很多大学都想开这门课,所以受世界华文创意写作协会会长、高等教育出版社大学“创意写作丛书”主编葛红兵教授之邀,我正在写《创意写作思维训练》教材,希望把这门课的一些理念和方法进一步理论化,推广开来。

第二个学期开设的故事课,是去年我们新增设的。近年来,我们在教学中发现,大部分学生的故事叙述、情节建构能力太差,思路还停留在原来的作文写作训练模式中,还没有走出来。这个课程的细分内容比较多,包括写什么,包括素材从哪里来,包括如何去写(讲故事),等等,主要聚焦故事写作的各个方面。

另外较为重要的课程就是工坊课,我们目前分为前面所说的五大工坊。这些工坊课彼此之间是相互关联的,前三门课是思考和尝试写作的一个准备,工坊课就是实际写作的过程。我们的工坊课上,比如说严肃小说工坊,有可能有些同学从来就没有写过这样的小说,我们就以创作实践为导向,以完成一部小说为教学目标,大家边学边探讨,最终在学习的课程中完成一部小说。在课堂上,大家一起相互分享小说创作的各个阶段。在课程考核方面,最终学生能否拿到这个学分,取决于他是否完整地写出了这部小说。这是我们课程的一些基本情况。

刘卫东:您就移通创意写作这几年来的主要课程做了一个总的介绍,可以说是一个相当多元的课程体系。那么面对这么多课程,我们可能有不同专业的同学在参与学习,也就是说跨专业的学生到创意写作学院来学习。对于不同院系的学生来说,他们到创意写作课堂上来,那我们整套的课程对他们这类大学生来说,这些学习的意义在何处?

丁伯慧:在谈到这一点之前,我想先说一下关于这些课程设计的一些理念层面的思考。最初在创建创意写作学院的时候,在对国内外的情况有一个基本的调研和了解后,我写了一个总体的创意写作的发展方案。当时方案里面提出的远景目标是要建立四个体系:第一是我们需要建立创意写作的理论体系,第二是创意写作教学的理论体系,第三是创业写作社区与文化服务的体系,第四就是创意写作产业化的理论体系。

这四个理念的提出,实际上首先面临的问题就是创意写作的中国化。我们知道创意写作无论是概念还是学科实践,最初是从美国开始的。我们从一开始就考虑到一个问题,那就是创意写作必须结合中国本土的文化,同时必须适应中国本土的学生,所以一开始我们就非常坚定地走中国化的路子。

第二个理念则与我们中国的教育思想有关。我非常认同孔子的两个教育理念:其一是"有教无类",其二是"因材施教"。有教无类很容易理解,每个人都可以从创意写作教育中获得自我的提升。我之前曾经说过,我们的学生中有很多是跨专业来学习创意写作的,刚开始的时候甚至没有任何兴趣,没有任何阅读积累,没有任何理论基础,可以说是"三无人群"。但是这并不妨碍他们参与到创意写作的学习中来,每个人都可以通过专门的训练不断地发掘自己的写作能力、创造性的表达能力。因材施教也是我很认同的一个观点,是要根据我们的授课对象、教学对象来决定采取什么样的教学方法。经过这几年的探索,我们慢慢地有了一些心得,在面对非文学专业学生的创意写作教育教学时,有了相应的一套方法。这些都是在长期的教学过程当中,不断地调整、总结出来的,从开始比较纯粹的理论化的内容,到后来向比较通俗易懂的教学方法演进。

在这些尝试背后隐含的一个问题就是,如何从理念层面重新理解写作,重新定义写作活动,乃至重新审视写作对我们普通人的意义。想清楚这个问题,才能将面向普通人的创意写作做到实处,用缺少相关基础的人都能够接受的方式讲授写作。在这种思考之下,我们的教材和很多的课程设计都是在实践中积累起来的,从教学的现实中提取问题,再不断地提炼这些问题,总结出相关的教学法。我们就把这些创作活动、涉及的文学问题聚合起来,然后对文学重新进行解读,从内部找出它的一些规律。例如教授写作素材的获取和经验唤醒的时候,我们就指出,写作素材从根本上说全部来自经验,只不过这种经验有直接经验和间接经验之分,而虚构只不过是对这些经验的重新使用。在此基础上,我们从创作的角度出发,分别讲解这些经验的差异及之间的关系,包括如何去唤醒自己的经验,还有如何去寻找新的经验,等等。这是我们面对非文学专业学生的一种解读方式。我们发现这样的解读方式非常实用。除此之外,还有关于如何教的问题,我们最终形成了激活—重构—共建的培养路径。这是目前我们教育教学的总路径。

二、移通创意写作的多向度探索

刘卫东:创意写作兴起于 19 世纪,最初的形式可以回溯到 1880 年温德尔在美国哈佛大学开设的英语写作课(English Composition),它被视为创意写作的前身。您刚才已经讲到这个问题,指出了创意写作作为一个舶来品,它在中国的落地生根需要经过一个“中国化”的过程,创意写作教育教学的具体内容都要结合我国的实际情况来进行设计和建设。我接下来想请教的一个问题是,创意写作学院对于整个大院来说,是大院教育理念的一部分,那么我们如何理解面向普通人的创意写作和学校大的教育理念之间的关系?

丁伯慧:这是一个非常好的问题。我们都知道,作为二级学院,所有的教育教学都必须服从并服务于我们学校的定位、培养目标和教育模式。我们学校的定位为“信息产业商学院”,培养目标是培养具有专业背景的商业领导和管理人才,学校的教育模式总体上可以概括为“四位一体双院制”:“四位”就是通识教育、完满教育、专业教育和商科教育,“双院”是指学习在学院,活动、生活在书院。从理念上讲,创意写作学院的教育模式与我们学校的培养目标是相匹配的。在我们学生的能力模块当中,有两个非常重要的模块:一是艺术与人文修养模块,一是表达与沟通能力模块。而创意写作学院所开设的课程,主要就是培养这两个方面的能力的。我们学校有一个基本的教育理念,那就是摆脱传统机械化的、把人当作机器的培养模式,注重人性化、个性化的培养,要把人还原成人,不断地发掘人的潜能和需求。我们培养的学生最终要走向社会,成为“社会人”。这种“社会人”不仅要有工作的能力、解决实际问题的能力,要承担公民基本的社会责任,还要懂得生活、享受人生。而文学和写作教育在这些层面上正好无缝对接。

我们开设的课程中的重点是表达与沟通能力的培养,这方面的能力培养以创造性为核心,以创意思维能力为主要工具。通过创意写作各个方面的学习和训练,我们尝试提升学生独立思考的能力、表达能力、思辨能力、与人交流的能力、演讲的能力、辩论的能力。通过相关训练,学生掌握了各种表达技巧,养成了自我表达和独立思考的意识,这些能力的习得对他们将来的工作都有非常重要的意义。无论将来我们的学生在哪个行业、做什么工作,这些表达、思辨和交流能力都是普适性的。总体而言,这些课程直接面向各个专业的学生,具有很强的通识色彩,与我们学校的教育理念是一体的,彼此互相支撑。

刘卫东:在高等教育出版社出版的《创意写作》这本教材里,您讲到一个观点,大致意思是,目前中国创意写作十余年的发展,形成了三个重要的路径,包括培养传统作家、培养市场化产业化写作人才,以及移通创意写作这种培养普通人的写作能力。能否请您详细介绍下移通创意写作的特点和具体的教学目标?

丁伯慧:这个问题实际上是一个比较大的问题,关系到中国创意写作的发展路径和人才培养思路等。在第四届世界华文创意写作大会上,我提出了一个观点,尝试对当前中国创意写作的培养模式和路径做出基本的划分,主要是从教育对象、培养目标的角度来考虑的。第一个就是复旦大学、中国人民大学等的培养传统的严肃文学作家的模式；第二个则以上海大学、西北大学、广东外语外贸大学、广东财经大学等为代表的院校，相对来说，侧重培养市场化的具有高级创意写作能力人才的模式；第三个就是我们翔美教育集团所属院校的面向非文学类专业的普通人的创意写作培养模式。后来我又在《创意写作》教材里进一步强化了这种划分。当然，这些模式的划分有特定的出发点，它们彼此之间也绝不是泾渭分明的，内部的教学和实践方面也是有非常多的交叉和互通，这是从总体层面进行的划分。

最近几年我也一直在思考这个问题，面向普通人的创意写作，到底能给创意写作带来什么？关于这个问题，我想从三个层面来阐述。

第一，面对普通人的创意写作，相对于中国传统文学也就是比较高层的严肃文学或者纯文学，它的意义在哪里？我们都知道 20 世纪八九十年代的先锋文学，在那段时期，中国作家差不多用了二三十年的时间，把欧美的现当代文学复制、演绎了一遍，尤其是在现代和后现代文学这一块。那个时代，文学的创造性主要是以西学东渐的方式来进行的。但是 20 世纪八九十年代之后，尤其是进入 21 世纪之后，我们面临一个问题，文学的精英化不断被消解，先锋之后，文学的创造力去哪里了？在这种情况下，面向普通人的写作，关乎未来写作者的兴起，它下一步应该往何处走？

大家都知道，现在中国文学一个基本的现实就是文学阶层开始固化。我们其实都可以简单地把现在的文学界划分成几个圈层，即以几大期刊为核心的文学圈层、以高校和鲁迅文学院为核心的文学圈层，还有基于几个大奖所构成的文学圈层等。这几个文学圈层的形成，主宰了当下中国文学的审美和趣味，是文学阶层开始固化的象征，而文学阶层的固化将会严重地束缚文学的创造性发展。我们要从底层来解决这个问题，从未来写作者的层面来解决这个问题。创意写作其实具有这样的力量，尤其是面向普通人的创意写作，关乎未来的写作者，每个人都可以参与进来，这就可以教来新的活力和流动性。美国文学之所以一直具有非常强大的生命力，正是和他们大学的创意写作密不可分。在我们学院举办的第二届钓鱼城大学生中文创意写作大赛颁奖的时候，评委会主席毕飞宇曾经讲过一句话，他说创意写作大赛要这样一直办下去，希望将来中国文坛当中的新生力量有一半出自创意写作大赛。其实这也是我们办大赛的初衷之一:以创意写作之名来办文学大赛,正是期盼文学从未来写作者、从新兴力量开始,实现底层突破,保持文学的创造力。

第二,在市场化写作领域,面向普通人的创意写作更能有所作为。我们现在提出的面向普通人的创意写作,它所体现的就是一种底层写作模式。以前市场化写作的力量多是来自前面所述文学圈层的专业人士,但是现在时代变了,新的工具出现了,普通人的写作在这些技术和传播媒介的支撑下具备了新的可能。比如《今日头条》、微信公众号等新的写作平台上,很多文章都是来自各行各业的普通人的原创。这些写作者最突出的问题就在于,没有经过系统训练,主要是靠自己总结,作者群也存在良莠不齐的情况。而创意写作在这方面正好有所作为,它不仅可以带给这些作者基本的写作技巧,还可以在文学素养、写作思维等方面提供很大的帮助。

第三,面对普通人的创意写作有一个基本的特点,那就是不以培养专业作家为目的,它更为侧重的是一个人通过写作展现出来的独立思考能力和深度表达能力。如前面所言,现在的大学生都不会写作了,而我们面向普通人的创意写作,正可以让写作能力重新回到知识分子的能力库中。比如,学习创意写作的学生可能是学计算机的、学通信工程或者是学财会的,他们照样可以通过创意写作的训练来学会系统地、创造性地进行专业表达,而不仅仅是文学表达。

三、移通创意写作的教学实践与团队建设

刘卫东:在创意写作教育领域,作家型教师往往兼有多重角色和身份。有时候我看到您的作品,彼时您是以作家的身份出现在我们面前,有时候在课堂上您又担任了导师的角色,有时候我们谈论创意写作的时候,大家又似乎兼有研究者的角色。在这忙碌的过程中,您如何处理这些身份之间的关系?

丁伯慧:这个问题我们学校的作家可能都会遇到。我在来这所大学之前,是一本杂志的主编,各种行政管理事务很多,要耗去很多时间。当时翔美教育集团的董事长彭鸿斌博士邀请我来这里工作的时候,最吸引我的一句话

就是:不是每一个人都有写作天赋的,一个作家不应该因搞这些行政管理工作而浪费了写作天赋。当时这句话太有诱惑力了,我甚至幻想着上完课后,在夕阳西下的时候,坐在亭子里读书写作的场景。后来我发现这个幻想没法成为现实,到学校之后我照样还要做很多教育工作。说实话,开始的时候我是有些痛苦的,也很抗拒。后来我就慢慢地喜欢上了教育工作,觉得它的价值可能不比写作的价值低。于是我开始转变角色,重新开始思考自己的几个角色和身份。以前我觉得自己的第一角色是作家,其次是老师,最后才是一名管理者。但是慢慢随着时间的推移,这个顺序就开始变了,我觉得我的第一责任、第一身份应该是一个教育工作者,其次是一个管理者,最后才是一位作家。可能有人听了之后,觉得好像一个作家就这样放下了自己的创作,很可惜。如果我们换个角度来看这个问题,就会明朗很多。

其实现在真正专业从事写作的人越来越少,即便在国外也是一样的。例如,在美国差不多有一半的作家在大学校园里当老师,许多老师都从事创意写作教育、研究工作。我们每个人在社会上承担着多重身份,其中工作身份就是自己的主要身份之一。我非常同意我们学院的苏瓷瓷老师经常在课堂上强调的一点,她说人首先要有自己的生活,生活是先于文学的,文学应该是我们生活的一部分。另外,来到学院之后,在这样的环境里,我反而更能安心创作了,虽然有时候也很忙,但是,现在任何行业、任何工作都很忙碌,这个不是根本问题。在这样的环境中,我觉得静下来了,逐渐不再那么功利了。以前写作的时候,我还想很多写作之外的问题,比如说怎么快点拿出更多的作品,这个作品能够有多大市场,等等。现在反而不会考虑这些问题了,写作和教育、研究结合在一起,创作似乎变得更纯粹了。我是因为喜欢和快乐而写作,而不是为了某个功利性目的。当然,做管理者的时候还是会有时间分配方面的难题。不过,我觉得带领一帮志同道合的人一起去干一番有价值的事业,也是一件有功德、有价值的事情。我想我的后半生,应该是左手拿笔做学问,右手拿笔搞创作,然后把自己的这些探索用到教育教学实践中去。

刘卫东:目前国内从事创意写作的主要都是学者、教授们,而你们几所大学似乎另辟蹊径,建立了自己的作家团队,并以作家为主来教授创意写作,这是基于怎样的考虑,能否请您给我们介绍一下?

丁伯慧:坦白地说,我经常跟我们的老师讲,国内的很多创意写作从业者都是“一条腿走路”。大部分搞创意写作的人自己却没有写作实践,只能是纸上谈兵。我们知道,在美国,有很大一部分作家就待在大学教授创意写作,他们既是学者,也是作家,既有理论,也有实践。正是基于这种考虑,我们才大量引进作家,建立了国内第一个大学作家群。和很多大学引进作家作为驻校作家不同,作家们都是学院的专职教师。其中光是大院,就有十五名作家。这些作家来自全国各地,分别从事严肃小说、类型文学、影视文学、非虚构文学、诗歌等不同领域的创作。为了解决很多作家没有文凭和职称的问题,我们专门设立了“作家岗”这一创造性岗位,来解决作家的待遇问题。作家们的最大特点是有大量丰富的创作实践,而且还在持续不断地进行创作。但是他们的缺点也是显而易见的,那就是理论的缺乏。事实上,我发现,作家们的阅读量其实是非常大的,尤其是在文学作品的阅读上,他们要比科班出身的教师多得多。但是他们所缺乏的是系统的理论思考和训练。所以我们也是“一条腿走路”。我们很早就认识到这个问题,所以在选择作家的时候,首先就会在作家的知识结构和表达能力上有所考量。同时,作家进来之后,还要经过大量系统的培训,包括采取“师徒制”等方式,让新进作家尽快适应我们的教育理念和培养模式。我希望包括我在内的所有的作家都要左手做学问,右手搞创作,成为真正的双师型教师。就目前的实践情况来看,作家团队的教学还是卓有成效的。学生们的接受度和参与度更高,他们更喜欢大量的实践而不是理论。而这正是作家们的长处。

刘卫东:移通创意写作以实践为中心的项目设计比较多,全校范围内的学生都有机会参与进来,大量不同专业的学生创作了很多独具特色的作品,每年“钓鱼城文丛”会出版十种图书。项目制实践这一块的整体情况,能否请您给我们介绍一下?

丁伯慧:我们在“钓鱼城文丛”推出之前,就已经有过一次这样的实践。那次实践是在创意写作课程开设之前。当时董事长彭鸿斌博士亲自指定了一本书,叫《三江之城》,让我们的学生去采访合川的各个行业,把每个行业的故事都写一写,去了解它们是怎么来的,现在是什么情况。当时,学校集全校之力,花了两年多才弄出这本书。但是开办创意写作之后,我们的“钓鱼城文从”每年都能推出十本书。一年十本是如何做到的？这就是我们团队的力量，以及我们相对成熟的项目制写作模式带来的。

我们的项目制写作首先有一个基本理念，那就是必须结合我们本土文化来写，用彭鸿斌博士的话说，就是“要让我们的学生从自己脚下的这块土地开始，去了解这个世界”。所以我们每一本书都是跟本土文化相结合的，像毕然老师带着团队做的《巴渝最后的古村落》《巴渝最后的古镇》和方刚老师做的《古诗中的巴山渝水》等。项目制写作开始之前，我们所有的老师都带着自己核心的学生团队报选题，在选题会上，有些选题可能会经过修正。选题通过之后，报选题的老师就会成为这个写作项目的指导老师和这本书的主编。选题确定之后，教师带领的团队再在一起研究计划、大纲，接下来老师开始面向全校招募参与项目写作的学生。学生报名非常踊跃，最多的一年，全校有四千多名学生报名。尽管不是所有学生的作品最终都会被收入书中，但这并不影响他们学习的积极性和学习的成果。我们的学生都是没有多少写作基础的，他们正是通过项目制写作，在完成项目的过程中培养自己的写作能力，也就是“在做中学”。

项目制写作的最大特点就是先有目标，然后围绕目标来做各方面的工作。在一年的过程中，学生需要不断地锻炼各方面的技能，甚至包括如何跟人打交道。学生刚入学时，有的跟陌生人说话都脸红，但是经过这个项目制写作培训之后，个个都变得能说会道，胆子也大了，敢于表达自己了。不仅如此，项目制写作还是一个系统的能力培养工程。学生需要在这个过程中锻炼选题策划能力、采访能力、资料搜集整理能力、田野调查能力、写作能力、编辑加工能力，甚至还有团队合作能力等。特别是写作能力，它并非课堂上教出来的，而是在具体的实践中得到的，是在路上学会的。所以当时我给项目制写作的学生定了一个口号，就叫“读万卷书，行万里路，写万言文”。目前，我们的“钓鱼城文丛”第四辑已经交付出版，第五辑正在进行之中。令我们没想到的是，“钓鱼城文丛”得到了地方上的肯定和大力支持，中共合川区委宣传部甚至专门为我们召开了新书的首发式。我们也将前三辑所有图书赠送给了合川区的一百家农家书屋。

刘卫东：谢谢丁院长接受我们的采访。感谢您从多个角度为我们详细介绍了移通创意写作的情况,对其中的理念与实践方法都有细致的阐述,这对我们借鉴移通创意写作提供了很多的参考。移通创意写作近年来的探索成果可谓相当丰富,构筑了颇具特色的课程群,这些尝试构成了中国创意写作教育教学重要的组成部分,相信这些经验和探索可以为更多的同人带来启示。

作家工坊教学与研究的四个问题

——以重庆移通学院创意写作学院为例①

苏瓷瓷[1]　刘卫东[2]　1. 重庆移通学院创意写作学院　2. 西南交通大学人文学院

2009年至2020年，随着中国创意写作教学与研究地不断深入，与工坊教学相关的研究也成为重要的论题之一。工坊教学作为英语国家创意写作标志性教学法②，从一开始就受到了国内高等院校的重视，将其作为课堂教学的重要方式。在中国创意写作教育与教学研究的视域中，“作家工坊是创意写作教学和研究的核心构成，具有教学、研讨、创作、参与社会实践的多元主体功能”③。在创意写作中国化的第一个十年，工坊教学以其强互动性、注重“像作家一样阅读”，将文学教育的重心放在作品的原创、作家创作能力的培养和激发等方面，呈现出了独特的魅力。同时，作家工坊实践在中国的普遍被接受，也蕴含了创意写作力求以其实践性品格确立自身在当代文学教育与研究机制中的独立身份的追求。

以中山大学戴凡，上海大学许道军、张永禄等学者为代表，学术界对创意写作工坊教学进行了深入研究，包括世界华文创意写作大会第三、四届会议

① 本文是2020年度重庆移通学院高等教育教学改革研究项目“创意写作教育教学实践研究”（项目编号：YTJG202053）、国家社科基金项目“网络小说的类型学批评方法研究”（项目编号：20BZW041）、2018年度教育部人文社科青年基金项目“汉语创意写作理论研究”（项目编号：18YJC751025）的阶段性成果。

② 戴安娜・唐纳利：《作为学术科目的创意写作研究》，上海大学出版社，2019年。

③ 刘卫东：《国外作家工坊研究：类型与实践》，《当代文坛》，2019年第1期。

都专门设立了工坊主题讨论和教学专场①,中国人民大学出版社主办的国际创意写作会议也设立了工坊。目前,从工坊教学方法、类型等角度展开的研究也已经成为创意写作课堂教学的突破点。② 但整体来说,对工坊教学存在的问题仍缺少系统的归纳与梳理,这制约了工坊教学和研究的深入。随着工坊教学的开展,由于对工坊教学的完整个案、设计理念、内在机制的研究尚处于初级阶段,教学理念模糊、课堂设计粗糙的工坊教学遇到了瓶颈。尤其是对工坊所倚重的"自我表达"理念缺少专门研究,对工坊制度的演进与教学的变迁缺少历时性的梳理,教学较多地依靠导师的直觉与经验进行组合。这固然能够跳出学科束缚,不断地推出新的方法,却未能进行深入梳理,较多地停留在感性的思考阶段,其学科核心理念与方法的关系无法稳固下来。

在当代英语国家创意写作教学与研究中,工坊的优势、缺陷等问题也是学界关注的热点之一。2010 年,创意写作研究学者戴安娜・唐纳利在《工坊还有用吗?》一书中,将工坊研究作为创意写作研究的主要方向之一,并指出了工坊教学存在的诸多症结。作家工坊作为创意写作教学的标志性方法之一,相对于传统的知识传授型文学教育,在创意思维培养、深入阅读、审美体验、创作方法教学等多个层面具有优势,但也存在突出的问题。工坊教学在中国落地的时间还较短,在实际的教学实践中缺少足够的共识,方法和设计差异性较大。目前存在教师过度主导使学生无法有效参与互动、课堂设计粗放造成无效沟通泛滥、工坊成员参与意愿与个体观念差异较大、工坊教学伦理问题等四个方面的问题,尚待深入研究。这不仅是工坊教学进一步确立自身合法性和独特性的基础工作,也是中国创意写作教学实现多元工坊建设与课程体系搭建的必要的问题清理和深化准备工作。有鉴于此,本文结合重庆移通学院创意写作学院(以下简称"移通创意写作")的工坊课堂实践,以课堂教学、观摩与实际研讨、对话所得到的启示为基础,分别从四个方面对前述这

---

① 葛红兵:《创意写作学理论》,高等教育出版社,2020 年,第 8 页。

② 许道军:《"作家如何被培养"——作为教学法的创意写作工作坊探讨》,《华东师范大学学报》(哲学社会科学版),2020 年第 2 期。

些问题加以辨析和回应。[①]

一、教师过度主导干扰学生深度参与

在过去的十余年中，工坊教学法在中国被逐步接受，开始成为高等院校课堂教学设计倚重的形式之一，其重互动、重参与与重启发的特点深受师生的欢迎。但是目前对工坊设计的基本原则和问题的实践与研究都还处于初步阶段，工坊教学中也存在不少问题，其中最为突出的问题之一就是教师对工坊课堂的过度主导，影响、阻碍了学生的深度参与。为解决这些问题，移通创意写作从多个角度进行了尝试。

首先，从课堂的具体过程观察，教师的过度主导，影响了学生深度参与工坊对话，参与思维激发的主动性降低。工坊教学对学生主体参与一向较为重视，这意味着需要逐步引导学生参与工坊的多个环节。教师的引导方法和教学模式对此具有明显的影响，通常可能是具有决定性的。在移通创意写作教学的课堂上，老师采取以实践为导向的教学模式，“创意写作思维训练”“创意阅读”工坊课堂[②]将课堂短短的 45 分钟划分为若干个强互动的环节，包括给学生发挥想象、小组讨论、互相点评、理论思考、现场创作的机会，借助教育学的理论，最大化地用多种方式带动学生，减少教师过度主导而干扰学生深度参与，挤压学生独立创作的空间，同时用不同的教学方式提升学生吸收知识、获得自我思考的能力。通过这样的设计，尽量避免学生的发言无法触及重点，或者给出的互动时间不足等问题。

其次，从学生的接受效果看，教师主导不容易发挥工坊教学模式化、形式化，原创性、启发性的特点，教学又回到传统的教师讲授—学生接受的单向知识灌输的模式。教师在心理上也需要适应工坊制对导师身份权力的下放与

---

① 目前，移通创意写作的工坊教学已经开设了多个方向的工坊，包括严肃小说工坊、戏剧工坊、非虚构工坊等，这些工坊类型共同构成了创意写作学院的核心课程，支撑着创意写作学院日常教学与实践在激活—启发—引导的总理念的指引下开展。

② 创意思维的教学方案和大纲由丁伯慧设计，“创意思维”“创意阅读”等课程都在这个框架和基本共识下行课，每个教师可以根据具体情况进行授课细节调整。

分解。以移通创意写作开设的“创意阅读”工坊课为例,为了避免这些问题,我们在课堂设计中分为回顾、分组陈述、故事现场等部分。对于知识性、理论性较强,且不容易在短时间内讨论出结果的问题,通过布置阅读作业和课后练习,将这些训练放在课后进行。课堂则以引导学生反思、参与观点的提炼为主。学生们在发言过程中针对特定文本阅读的感受,提出不同的理解文本的意见,我们现场将观点总结起来,它们就在互动中生成了,这是师生共同参与、交互创造出来的一种鲜活的文本分析。

避免教师过度主导工坊课堂的难点和症结在于,教师需要对传统的文学知识等进行新的转化,使之以互动性、启发式的形式在课堂上呈现,这对教师的知识结构、思维习惯都是一种很大的挑战。另外,教师过度主导也并不仅仅是性格问题,解决问题的根本在于要在教学法、教学理念层面改变教师为权威的模式,在互动和引导、启发的环节消化文学知识,体会创作的过程和复杂心理,乃至思想层面的辩论等,使得书本上的知识以这种强互动的形式转化为学生真实的体验。无论是在移通创意写作还是其他院校,教师在入职后都面临这样的角色转变,需要在思维和方法层面逐步适应。我们的岗前培训因此较为注重理念层面的共识及对重要的基本的教学大纲的理解和消化,每个老师前期可以根据自己的爱好和知识结构选择感兴趣的文本,以便更好地带动学生参与课堂;教学进行过程中还要对学生进行观察,按照学生阅读与理解的进度,及时进行阅读数量调整和文本难易选择。

客观上来说,创意写作工坊教学在中国落地与实践时间还很短,经验积累少,目前作家型教师的人才储备相对较为匮乏。过去习惯于自己主导课堂的教师,也需要时间适应新的教学方式。学生被动地参与教师设计好的框架中去,个体经验就不容易表达出来。针对这些问题,工坊教师需要在心理上、角色上理解作家型教师、工坊导师的角色特点,不仅在教学方法上需要改,在自我意识和教师角色层面也需要重新适应,其实这也正是工坊教学的难点之一,关系到兼有作家、教师(The Writer-Teacher)复合身份的自我认知,从作家创作与具体实践层面开展写作教学等多方面的研究,彼此之间互为掣肘,关系较为密切。

二、课堂设计粗放造成无效沟通泛滥

与前述工坊教学中遇到的问题相反，第二种常见的教学问题在于课堂设计过于简单粗放，对课堂的细节缺少足够的考虑，造成学生和教师在互动中缺少方向感，整个课堂容易呈现碎片化，课程的多个环节缺少足够关联性。这样的工坊教学给予学生足够的发言机会，看似参与度高，学生发言积极，但是实际上可能质量并不高。在缺少有效引导的情况下，容易偏离教学方向，是移通创意写作教学中的重要问题之一。

工坊教学中的无效沟通泛滥现象形成的主要原因：一方面是粗放的设计；另一方面是过于强调学生的自我表达，甚至走向一种极端的反智主义。虽然工坊成员或创作者的主观体验价值非常重要，但过于夸大主观体验的重要性，容易使工坊成员沉溺于语言细节或者自我情绪之中，影响对更为深广的时代命题、人性问题与根源的探讨，甚至可能回到传统的精英主义、“天赋论”的观点中去。这种现象的出现并非偶然，有其内在原因，注重创造性实践，也是它对理论抵抗的一种极端反应，这是创意写作学科本身困境的体现。但是如果忽视这个问题，就容易使工坊课上多个授课环节时间的分配和师生互动、思路激发等环节出现问题。有时候，学生看似在不断地积极发言表达自己的观点，但实际上由于缺少细节掌控，无法有效引导、激发学生的深度思考，容易偏离教学目标。当然，除了课程设计粗放的原因之外，也有教师不善于提问、互动和启发，不具备临场发挥和调度课堂氛围的能力和原因，这些原因需要综合考虑。

课程设计过于粗放的另一个重要原因在于，教学人员对工坊模式的理解还较为浅显，对其运行机制和核心理念的把握较为片面。工坊教学具有自身的渊源和理念，“它以创意思维拓展、写作技艺提升和作品产出为目标，采取跨艺术、跨媒介、过程化的创意教学法，注重艺术民主和写作伦理”[①]。但是由

① 高翔：《从价值定位到范式建构：西方创意写作工坊教学法研究述论》，《中国创意写作研究（2019）》（2019 年创意写作研讨交流会论文集），第 187 页。

于对工坊教学的理解尚处于初步阶段,对"自我表达"的理解缺少系统的认知,对英语国家创意写作教学中"自我表达"产生的渊源与思想内涵缺少研究,容易走向过度强调学生为主、缺少有效引导的自我表达。由于课堂设计与备课过程中对这些环节的设置较为粗放,给予学生大量的时间表达自己的想法,但没能给出积极的回应,教师的引导、交互参与减少,容易造成无效的讨论,偏离教学目标。长期的粗放式课程设计,在经历最初的一段新奇感之后,由于无法深入发掘个体经验,不能有效解决症结,会使工坊教学逐渐失去活力。针对这些问题,我们的课堂设计在给予学生自我表达空间、时间的同时,也始终围绕课堂的主题进行。例如,在"创意写作思维训练"课程中,我们对每个小的讨论、动手写作、亲身体悟环节都给出足够的时间,让学生围绕具体的文本、创作心理等焦点多角度发言,这就使得可以在一个看似简单的教学目标下,不断深入发掘学生的潜力,引导他们不断深入探究问题。

与传统的文学课堂不同,工坊教学更注重师生交互、生生互动,乃至课堂上采取多位老师同堂授课(师师互动),这三种互动相互影响,共同构成了创意写作工坊教学的动力循环机制。例如,在移通创意写作学院的"创意阅读"工坊教学中,我们对课堂互动、引导和激发的设计,同时考虑了学生、老师之间的多种交互,学生可以互相点评,老师也可以介入讨论,并对话题的走向进行引导,为每个小环节设定时限。如果有老师同堂开课,那么他们之间也可以有一些互动,如一位老师可以鼓励和加入小组讨论,另一位老师则可以负责课堂调度,起到总控作用。

针对上述情况,我们在工坊教学中较为注重课前的细节设计,课堂三种互动关系的时间分配和方向引导,多元参与带动课堂氛围,激发学生的参与热情,导向对问题的深度讨论、多元思考,而非信马由缰,走向无效沟通。对于工坊课堂上时常出现的偏离教学目标的情况,老师们需要灵活地掌控,及时地引导话题走向。教师不仅需要了解创作方法,还需要通过对创意写作的研究加深自己的思考,例如对创作的心理和情绪的认知等都是重要的问题。这就可以使课堂摆脱过度强调模式化、类型化而弱化了学生主体想象、认知和创造性表达发展的机会。

三、工坊成员参与意愿与个体观念差异大

如果说前述两种问题主要是工坊中的话语主导在教师、学生之间摆动造成的两极化，那么第三个问题则主要存在于工坊成员内部。工坊成员的成长经历、性格与文化背景等差异较大。这给课堂教学的素材选择、话题设计与互动方面带来了相应的压力。如果忽视这些细节，可能会使得课堂氛围变得压抑，失去应有的活力。

工坊成员的这种差异是客观存在的，可能体现在年龄、性格、价值观念、成长经历、社会身份等方面(尤其是在成年人较多的工坊中)，使得教学设计存在困难，既需要考虑素材的筛选，又需要仔细选择提问、互动的方式，细致考虑到学生的心理等问题。特别是对于本科生而言，其处于成长期，心理素质、价值观念等都还不够稳定，而且，他们的需求和兴趣点也经常游移，如何避免过度情绪化、过于注重语言的运用而忽视作品思想内涵这两种极端情况的出现，也是工坊教学人员需要认真考虑的。

另外，由于工坊成员的资料和个体情况材料一般由学校提供，所以工坊设计所参考的信息并不是很多，可以在工坊开始阶段进行预备和筛选时，进行一些基本的了解，之后再根据情况进行工坊成员的分组。目前工坊教学大多是直接进行分组，教师主导进行设计素材和内容，由于时间和精力问题，也难以照顾多样化的需求。前期沟通和交流，可以为工坊导师设计课程、选择素材、选择提问方式等提供参考。通过掌握不同工坊成员的学习特点、观念差异等，可以进一步优化课堂设计的细节。

针对上述情况，我们在课程开始之前，会有意识地控制工坊的成员数量，使得规模在一定范围内。同时还需要在设计的过程中，针对不同学生的特点，注重搭配组合分配小组，而非简单地按照专业、年龄等客观因素进行划分，目的在于更多地实现小组内部的多元化组合。在这个方面，移通创意写作的成员来自不同的专业，彼此的爱好和兴趣差异也很大，这就需要着重在细节上分析和讨论。此外，如果工坊导师能够具备教育心理学、认知心理学

等多学科的知识背景,也有利于缓解上述问题。因此,课堂上不同知识背景、专业身份的导师的搭配和组合在一定程度上有助于解决这类问题。但是,同时也应该注意的是,工坊成员之间的这些差异本身又构成了工坊内部多元化的重要基础,如能有效加以调动,可以更进一步激发工坊的活力。

四、工坊教学伦理问题尚待深入研究

与前述三个问题相比,目前国内创意写作研究学界对工坊教学伦理问题的思考还尚待展开。在当代创意写作教学与研究的视域中,“作家工坊是现代创意写作运转的核心机制,是连接教室、社区、创意城市的重要构成,也是将写作的技艺、文学教育的培养、社会文化创意的生产衔接并融合的有效实现形式”①。在参与主体多元化、实践路径多层次的情况下,如何推进工坊教学伦理研究和探索成为不可忽视的问题。工坊教学伦理问题既是课堂上实际存在的,也是相关研究中的重要话题,它有多种内涵,其中较为常见的问题集中在学生的话题参与和隐私处理,教师对工坊主题、素材的取舍问题,以及客观层面工坊成员筛选和小组分配等原则问题。

第一,就工坊教学伦理常见的第一种问题来说,它主要是学生愿意参与,但对隐私问题有所取舍。学生的参与和分析带有选择性,涉及个体隐私或者性格时,其情感或心理状态会有相应的起伏,这需要工坊教学人员根据具体情况进行抉择、调整。在不同阶段、不同的文化环境中,工坊教学需要尊重学生,注意保护学生的隐私。在移通创意写作工坊课堂上,老师会事先进行相应的了解和准备工作,将学生的隐私、性格等因素考虑在内。如果设定或者指定,甚至强迫学生进行发言,可能会带来相反的作用,不利于工坊的氛围形成,使得学生畏惧发言,乃至产生厌恶的心理,其主体的身份被削弱,可能会导致教师话语权过大,无法有效地交流和互动。

第二,就教师给出的话题与讨论内容来说,在设计进行之初就需要考虑到学生的习惯、社会身份、接受程度,乃至文化习俗、信仰。尤其是在国际化

---

① 刘卫东:《国外作家工坊研究:类型与实践》,《当代文坛》,2019年第1期。

的创意写作工坊教学过程中，性别、种族、伦理等问题会更加突出。例如，面向特定语言、民族或少数群体的工坊设计就需要充分考量前述因素，它还关系到文化对话的有效性问题。工坊教学需要注意的第二种伦理问题，主要表现在教师在讨论的话题、素材或作业的设定上，需要充分了解工坊参与成员的文化背景、社会身份及价值观念等方面的信息，根据情况对工坊加以把握。

第三，在前面讨论的问题之外，在工坊人员的筛选、分组方面也涉及伦理问题，这也是当前创意写作教学与研究中容易被忽视的地方，相对于前面所述问题来说，它显得更为隐蔽。在特定的环境中，录取的人数、筛选的标准都是由政策制定者和导师共同设定的。尤其是国际化的工坊教学，为平衡不同种族、身份或专业，人员上会做一些调整。不同主题、目的的特定工坊设计也会涉及这些问题。如果将中国正在不断增加的立足于社群活动、英语创意写作展开的各类工坊教学纳入考虑范围内，那么这方面的问题会更为突出，亟待展开研究。

在重庆移通创意写作学院，目前老师们的工坊教学已经对上述问题有了初步的考虑，如何结合教学与研究进一步提炼问题，形成一种问题意识，将之作为创意写作教学与研究的重要探索方向，构成了下一阶段的重要目标。其实，上述三个作家工坊教学中常见的伦理方面的问题，不仅仅是移通创意写作在思考的问题，也是国内创意写作教研中工坊普遍存在的、进一步深入推进工坊建设难以回避的问题，它们经常被有意无意地忽略。注重工坊教学中的伦理问题研究，也并非简单地照顾学员情绪，或仅仅是为了寻求某种公平感。对工坊教学的伦理问题的探索和研究可以为各种不同类型工坊提供经验支持，与前述的“教师过度主导干扰学生深度参与”及“课堂设计粗放造成无效沟通泛滥”等都有密切关系。但是，目前这些方面的研究还比较少，这也说明了我们的作家工坊教学需要与研究进一步结合，不断地发现问题、提炼问题，使工坊教学研究的整体框架更完整、细分研究方向更多元，这些都是下一阶段中国创意写作设置以具体的诗歌、小说等文类为核心的工坊课程体系的基础工作。

五、结语

创意写作在中国如今已有十余年的发展历程,工坊教学法引进之后,对其利弊进行深入的研究与剖析,是创意写作教学与理论研究都不可回避的问题。这些问题影响着创意写作工坊的教学质量、教学成效。在这种情况下,以2019年中国创意写作的发展情况为例,各院校已经开始注意这一问题,“对国内外工坊制经验与理论研究的继续深入,构成年度创意写作教学与研究的主线”①。不对工坊教学活动中突出、典型的问题加以清理,这些问题就会掩盖经验,使教学设计者的视野和方法存在盲区,降低工坊教学的效率和质量。而这些问题又会影响进一步的概念化、系统化提炼,对工坊研究的理论化深入也有一定的阻碍。移通创意写作学院的工坊教学探索也正是在这一宏观背景下持续进行的。从移通创意写作实际的工坊教学出发,对这些问题加以系统剖析,理清它们之间的关联性,了解工坊教学潜在的问题与难点,对创意写作工坊教学等课程的教学绩效评估标准的制定也有重要意义。当然,前述四个问题也只是工坊教学和研究中的诸多研究题目之一,尚需进一步探查。

总体上,与英语国家创意写作研究对工坊教学展开的大量的、长期以实践为导向的研究相比,唐纳利对工坊教学法的分类研究、贾内尔·阿德斯特对创意写作教学制度的历时性追溯②、安娜·莱西对工坊教学中权力与伦理的关注等表明国外在这个领域已经有了相当深入而广泛的探索,国内在工坊研究方面的工作则尚待进一步展开。工坊教学存在的问题与难点,一方面需要在教学实践中不断完善;另一方面也需要教学与理论研究形成配合,不断发掘和梳理英语国家百余年工坊教学的经验和理念,打破教学与研究的二元对立局面,从工坊教学中发现问题,从工坊研究中辨析问题,使之形成良性的

① 刘卫东,张永禄:《2019年中国创意写作研究年度观察》,《中国图书评论》,2020年第3期。

② Adsit J. Toward an inclusive creative writing: Threshold concepts to guide the literary writing curriculum. Bloomsbury Publishing, 2017.

互相促进的关系。这些问题并非仅在中国创意写作教学中存在,同时也是英语国家创意写作教学中的难点。前述所讨论的四个问题,是创意写作中国化过程中,工坊教学法亟待完善、必须克服的问题,同时也构成了中国创意写作研究的重要着眼点。近年来,工坊教学被高等院校逐步接受,开始承担更为重要的功能,对它进行更为深入、细致的研究也成为当务之急。摆脱对工坊教学印象式、概念化的理解,从实际课堂中发现问题、总结问题、提炼问题,并进一步加以研究,是一份重要且有实际意义的工作。如果这些问题得不到解决,更多元的工坊类型设计和实践都会滞后,不利于工坊教学法的成型,对立足于单个文学类型的工坊的专门化建设也难以形成支持。这些反过来又会影响中国创意写作学科的建设与创意写作学研究的推进。

基于实践的创意写作教学:项目制实践写作教学法探析

——以重庆移通学院"钓鱼城文丛"实践写作项目为例①

毕　然[1]　佘　飞[2]　1. 重庆移通学院　2. 创意写作学院

项目制写作,即是将创意写作课程教学与图书出版项目相结合,以指导学生在完成一部图书的过程中学会写作为预期目标,由教师带领学生参与图书项目的策划到实施的全过程。2014 年 10 月,重庆移通学院创意写作学院正式启动与本土文化接轨的实践写作项目,项目由创意写作学院的作家教师指导学生完成书稿,并结集出版"钓鱼城文丛"系列图书。重庆移通学院坐落在重庆合川,比邻钓鱼城。钓鱼城因历史上的钓鱼城之战而名扬海内外②,是合川的文化地标,也是重庆的十大文化符号之一。丛书取名为"钓鱼城文丛"彰显着项目设计与教学实践和地方文化资源相接轨的初衷。

"钓鱼城文丛"项目制写作时间周期为一学年,上学期主要完成相关的培训、田野调查、外出采风等写作前期的准备工作,下学期则以指导学生写稿为主,解决其在写作中遇到的具体问题。在"钓鱼城文丛"写作项目教学中,学生有机会亲身经历完成一部图书的全过程,从选题策划、田野调查、采访实践、写作讨论、提炼加工、修改润色、编辑成稿,到最终形成一部完整的作品。

---

① 本文为 2020 年度重庆邮电大学移通学院高等教育教学改革研究项目"创意写作教育教学实践研究"(项目编号:YTJG202053)阶段性成果。

② 1259 年,南宋王朝与蒙古大军在合州钓鱼城展开生死决战,最终蒙古大汗蒙哥战死于此,钓鱼城保卫战取得胜利。

项目制实践写作不仅教会了学生如何写作，而且培养了学生的选题策划、调查采访、组织协调、社会活动、资料搜集、文学思维、编辑加工等多方面的综合能力。本文以“钓鱼城文丛”项目为例，介绍项目制实践写作教学法的实施步骤，以及总结这一教学法的成效、难点和问题，并反思其价值和意义。探索创意写作中国化过程中与本土地方文化相结合的方法，以期为中国创意写作教育教学的实践提供新的路径。

一、项目制实践写作教学法实施步骤

第一步：搜集资料，确定项目选题。

在正式启动写作项目前，教师团队需提前搜集资料，研究、甄选，提供写作选题。然后由各个教师申报选题，再经集体讨论、头脑风暴，确定最终的写作选题。

我们在确定图书选题时，主要考虑三个方面的因素：第一，选题是否与地方文化接轨；第二，选题本身是否值得书写；第三，带领学生完成项目写作的可行性。已经出版的“钓鱼城文丛”的选题可以分为以下几类：

第一，选题根据钓鱼城的历史文化而确定。例如《钓鱼城英雄传》《钓鱼城之谜》《鱼城雄魂》《大学生眼中的蒙元帝国》《我们认知的南宋》《合川历史名人》，这些图书的选题几乎都是围绕钓鱼城的历史进行书写的。

第二，选题从地方风土人情和民风民俗中来。例如《合川民谣》《合川民间故事集》《巴渝特色方言集锦》《合川楹联题刻》《合川古迹》，这些选题有着浓厚的地方文化印记。

第三，选题从地方日常生活中的事物中来。例如《巴渝最后的古村》《行走在山水间的江湖——寻访巴渝古镇》关注的是古村古镇，《驻足花木时光——巴渝植物记》关注的是巴渝地区常见的植物，《巴渝印记——老行当里的昨日荣光》《我生君已老——那些慢慢消失的老物件》关注的是消失的行业和物件。①

从“钓鱼城文丛”图书的书名中,可以清晰地看出每部图书的选题思路,这些选题本身就是对地方历史、文化的一种挖掘和再书写,具有鲜明的地方文化特色,而且学生也能在教师的带领下完成项目。

第二步:组建项目团队,做好相关培训指导。

选题确定后,每个选题都会成立写作项目组,每个项目组由一到两位作家教师全权负责。项目组的指导教师通过在班级、课堂宣传,招募有兴趣的学生加入,然后组建项目团队,并对学生进行分工和培训。

首先,需要求学生根据选题搜集资料。例如,带领项目组学生创作《巴渝最后的古村》时,我们要求学生在国家住建部和文物局颁布的“中国传统村落名录”中查资料,获知巴渝地区国家级历史文化名村的名单,再根据名单制定全年采访古村的时间、路线及安排规划。这一步骤可以让学生在动手的过程中主动了解选题内容,并学会搜集资料的方法。这一实践过程也是学习写作的一部分——让学生在具体的实践中学会如何有效地获取素材和资料。

其次,需要对学生进行培训。培训主要教授学生如何进行实地采访,如何与人有效沟通,如何获取有价值的信息和资料,如何深入思考和写作,等等。以“钓鱼城文丛”第一辑为例,针对学生和指导教师,学院曾多次组织专项培训,由经验丰富的专家、教师担任主讲。培训内容不仅仅有地方历史文化,而且还涉及介绍搜集资料、选题策划、田野调查、采访写作、加工编辑的具体方法。对于毫无写作经验的学生来说,这样的培训是十分必要的,可以让他们快速地熟知项目制写作的操作方法,为后续的实践写作做好准备。表4-1即是当时组织的培训讲座情况:

表 4-1

时间	讲座名称	主讲人	地点	针对人群
2014 年 10 月	《介绍合川民谣》	池开智	4103 教室	学生

① 除了上面的三种情况外,其他与“钓鱼城文丛”相关的选题也可以入选,例如《镜中重庆——电影中的重庆文化元素》《铁马金戈——宋元战争中的四川》《古诗中的巴山渝水》等。

续 表

时间	讲座名称	主讲人	地点	针对人群
2014 年 11 月	《搜集民间文学的田野调查方法》	孟令法	4102 教室	学生
2014 年 11 月	《钓鱼城的历史文化》	赵尔阳	车上	学生
2014 年 11 月	《文化历史散文的采访与写作技巧》	毕然	4101 教室	学生
2015 年 4 月	《如何结合地方文化作选题策划》	丁伯慧	钓鱼城博物馆	全体教师
2015 年 5 月	《如何加工、处理、编辑稿件》	毕然	钓鱼城博物馆	全体教师

第三步:做好调研采风前的准备工作。

为了保障采风效果,在带领学生调研采风之前,教师须提前进行实地踩点和摸底调研,广泛搜集信息和资料,再制订详细合理的出行计划、调研采访路线,以及落实车辆安排、食宿、安全等相关工作。项目组外出采风时,可发挥当地学生的优势,由他们当向导,作为主力军,深入民间调研采风。

以“合川民谣”项目组采访调研为例,我们将合川区 23 个乡镇做了统一规划和梳理,明确了以钓鱼城、涞滩古镇、龙多山、华蓥山三汇坝四个地方为核心采集点,制订了学期的工作计划,以及月计划和周计划。如表 4-2 所示:

表 4-2

时间	地点	指导老师	人数	采集成果(首)	情况说明、分析
2014 年 10 月	合川城区涪江一桥、二桥	赵尔阳、毕然	7	3	桥洞下打麻将、摆龙门阵的老人很多,部分老人会唱歌谣,但都记不全。环境嘈杂,上了年纪的会唱歌谣的老人多数已经七八十岁了,有的听力不佳,采集效果不甚理想
2014 年 10 月	濮岩寺、三佛寺	赵尔阳、毕然	10	无	这些古代遗存被重新修缮粉饰,周围已经没有村落,现今高楼林立,找不到歌谣的踪迹
2014 年 10 月	文峰古街	赵尔阳	5	无	环境嘈杂,商业气息浓郁,已经找不到真正会唱歌谣的人了。
2014 年 10 月	地母庙附近的村落	孟令法、毕然	2	踩点,无	村子周围的寺庙几乎已经废弃,村里人很少,只遇到几个留守老人,耳朵听不见,交流不畅

续　表

时间	地点	指导老师	人数	采集成果(首)	情况说明、分析
2014 年 10 月	东岳庙附近的村落	孟令法、毕然	6	无	庙宇被破坏得很严重,周围的村民多数不会唱歌谣,很多是外来户
2014 年 11 月	合川城区吴作孚纪念馆、久长街等老城区街巷	赵尔阳、毕然	6	8	街头小巷子里还有个别老人会唱民谣,只是周围环境干扰大,有些老人不好意思开口唱
2014 年 11 月	钓鱼城百岁村古村和新村	毕然	22	36	即将迁移的古村里多数是留守老人,会唱歌谣的老人很多。新村已经建成了很多高楼,和古村相差甚远
2014 年 11 月	涞滩古镇二佛寺及附近的村落	毕然	24	30	在路上遇到的村民很多会唱歌谣,非常淳朴、热情,收获颇丰
2014 年 12 月	钓鱼城八角亭、学士山等地	赵尔阳、孟令法、安静、毕然	36	2	教师之间意见不统一导致此行虽然参与的学生人数较多,但是并没有太多成果
2014 年 12 月	东津沱白塔坪村	毕然	12	18	只有深入村子才能找到歌谣,年轻人很多不会唱歌谣
2014 年 12 月	草街	毕然	18	22	民风淳朴,会唱歌谣、会讲故事的老人很多
2015 年 3 月	涞滩古镇二佛村	毕然	24	46	只要深入农户,就能听到歌谣。一些同学继续寻找上学期采访的老人,收获满满
2015 年 4 月	龙多山上的庙宇及村落	毕然	24	52	正值佛诞日,前来烧香拜佛的老人很多,在这里学生收获很大,听到了各式各样的宗教仪式歌和船工号子等歌谣。学生采集歌谣的能力增强
2015 年 5 月	华蓥山附近的三汇镇、村落	毕然	28	68	刚开始没有找对方向,所以一上午时间都白白浪费了,下午有很多老人聚集在步行街广场,大家唱得很开心,采集到了非常丰富的歌谣,而且这里的歌谣与其他地方的不一样
合计			224	285	

按照制订的计划，教师带领学生在多个地点采集合川民谣，共采集到 285 首合川民谣，完成了预期目标。制订详细的计划，一方面可以把握项目进度，另一方面可以理清思路。计划就是我们行动的导览图，可以达到事半功倍的效果。

第四步：深入民间，调研采风。

完成前期准备工作后，教师和学生利用周末、节假日等空闲时间，深入街头巷尾、田间地头实地探访，采风调研。

由于外出采风路途远，时间紧，多数时间都在路上，所以，我们在采风的路上将车厢作为学生的“移动课堂”——在车上将当地情况、写稿要求、采访技巧等告知学生。并且，跟学生强调，在采风过程中，注意照相、录音、摄像等问题。

在组建项目组的时候，教师应详细了解组里的每个学生，然后根据学生们的特点来分配任务。比如，可以让项目组中有摄影爱好，或有专业相机的学生负责拍照和搜集、整理图片资料。给同一采访对象照相时，既要有远景图（大场景）、中景图，也要有特写（局部）图片，学生要有意识地主动与被采访者合影留念，最好是有在采风过程中自然状态下所拍的照片，而不是摆拍的照片。

基于学生们都是理工科，因此缺乏专业的采访经验和整理素材的能力，负责指导的教师专门设计了一份采集调查表格，可以使学生快速明确采集范围、采集信息及文本要求，有效完成目标任务。实践证明，在采访中，学生与当地百姓“摆龙门阵”、喝茶聊天，在自然状态下，采集到了最本质、最原始的第一手资料。

例如，2014 年 11 月 22 日，合川民谣项目组的学生来到钓鱼城附近的百岁村，在公路上遇见了郭前碧老人。于是学生们与老人闲聊起来，闲聊中就搜集到了 4 首合川民谣。

如表 4-3 所示，采访调查表格中包含了被采访者和采访者的基本信息，采访的时间、地点，以及采集来的歌谣，还有被采访者的状态、周围的自然环境和社会环境、记录者的感受等重要信息，这些内容对后期的整理、创作非常有帮助。表格明确了需要采访的内容，即使是第一次经历采访的同学，也能快速了解采访的目的，从而保证采访的有效性。

附:

表 4-3　合川民谣采集表

编号:

<table>
<tr><td>被采访人姓名</td><td>郭前碧</td><td>年龄
(出生日期)</td><td>自称 103 岁,
实际年龄不详</td><td>职业</td><td>农民</td><td>家庭住址</td><td>百岁村</td></tr>
<tr><td>采集者</td><td>李小林</td><td>班级学号</td><td colspan="2">15 班,2014210467</td><td>手机</td><td colspan="2"></td></tr>
<tr><td>采访地点</td><td colspan="4">钓鱼城附近的百岁村</td><td>采访时间</td><td colspan="2">2014. 11. 22</td></tr>
<tr><td>采访歌谣记录</td><td colspan="7">孝歌
祠见堂前灵供起,没见我妈泪奔流;
自从老儿生下地,一年一年长成器;
教我梳头教洗衣,教我宗宗学齐备;
一宗不会费尽力,免得求人去搞机;
我妈带我一十几,又办陪陵作几十;
女儿到了别家去,随时挂牵心;
又怕家屋无田地,又怕无吃无穿的;
接回家中来坐起,慢慢才来问下去;
答应我母你放心,乔明家屋本平分;
乔明都把你儿当得人。

开路歌
一提锣鼓,一提树;
女儿听见心又哭,哭去哭命我的母;
南搭孝堂有白布,三个先生来开路;
左边打的齐堂鼓,右边打的是大锣;
桌面上吹海角,海角吹起它又昂;
团转四邻来祭香,在世送的冰和糖,
死了送的纸和香。

想我婆
想我婆,想起我婆做累了;
婆婆时常教训我,叫我殷勤又见勇;
与婆也是一做多,同吃同聊又同坐;
婆婆带病床上坐,孙女说你不得话;
求神坎,祭神歌,也无清汤服过药;
清晨腾步灵台坐,还有腾步烧天砣;
还要婆婆保佑我,保佑孙女才安乐。

山歌
你个没的啰儿我个多哟,
没的我身上茅草多哟。
放牛娃不知是,
过了一坡又一坡。</td></tr>
</table>

续 表

<table>
<tr><td>情境记录（被采访者的状态、周围的自然环境、社会环境，听者、记录者的感受，400—600字）</td><td>被采访者：
郭前碧老人自称130岁，后又称103岁，从村民口中得知她可能八九十岁。因老人年龄较大，耳背，与她交流时需要贴在她耳边大声说话才能听见。老人头发花白，牙齿几乎掉光，说话不清晰。据村民说，她脑子有些糊涂。但是她唱起歌来一点也不糊涂，神采飞扬，精神抖擞，一气呵成，歌声动听。村民说她现在和小儿子一家住在一起，经常受儿媳辱骂，生活凄惨。可是从老人脸上看不出这些生活的折磨和压力，相反唱起歌来很快乐。

周围的自然环境和社会环境：
阴天，我们顺着公路一直往下，在古村的路上见到郭前碧老人，她拄着一根泛黄的竹竿，头戴一顶红色的毛线帽，一个人站在路边看起来很孤单，单薄的身体显得摇摇欲坠。路边的坡下长着茂密的竹子，还有金橘挂满枝头。

记录者感受：
郭婆婆看起来虽然已风烛残年，但我和她打招呼的时候她显得很友善，因为听力不好还以为我是问路的，并很热心地帮我指路。当我们让她唱歌的时候，起初她还有点不好意思，一首歌唱完了以后，还捂着脸不好意思地笑着。随着我们关系的亲近，她唠唠叨叨地聊了很多关于她的家庭及一些村里的事情，甚至还讲了一段她曾经死去又被龙王救活的经历，这个经历有点奇特，感觉亦真亦假。热心的婆婆给我们唱了好几首歌谣，有的是年轻时候挖红薯时唱的歌，有的是打草时唱的歌，还有的是唱了一段就说时间久了，记不起来了。有村民路过和她打招呼，她还叫上了关系好的其他村民给我们唱歌，一时间大家快乐地对歌。在我们周围有梁佰叔及黄远群、黄远芬姐妹俩。</td></tr>
<tr><td>备注</td><td></td></tr>
</table>

第五步：指导、督促学生写稿、改稿，同步整理图片。

采访完成后，接下来需要做的就是指导和督促学生写作。我们要求项目组的每位同学至少交一篇完整的作品。学生上交的作品也是学生修学这门课必须上交的期末作业，这门课的期末考试方式是考查，学生提交的作品是期末评分的依据。所以，大多数学生都会认真完成。学生在写稿过程中，还要同步整理采访照片。一方面，图片可以作为资料保存下来；另一方面，有的照片可以插入正文，图文对应。

由于我校学生多数是理工科学生，写作水平普遍欠佳，学生提交的作业还达不到发表、出版的水准，所以，需要教师指导学生改稿。根据我们的实践经验，多数学生在第一阶段回稿的情况并不理想，有的即便是写几百字的短文,也会出现语句不通、错别字多、标点符号不规范等诸多问题。教师利用寒假修改学生的第一批回稿,并针对学生的问题教授具体的写作技巧,有的则通过网络平台在线指导修改。写稿和改稿的过程漫长而又艰难。甚至有的学生拿到这门课的学分以后,就不愿意再花时间和精力改稿。老师沟通无果后也只能放弃其中的部分稿件。最终能出版的作品,都是经过反复修改的。

第六步:指导学生编辑书稿,使学生了解整个编辑出版流程。

编辑加工书稿主要是由项目组的学生与教师一起整理完成,教师在此过程中负责教学生了解和学习编辑、加工散乱零稿的手段和方法。学生初步完成书稿后,由指导教师编辑加工,再将规范格式的文稿、图片发送给主编审核,主编审核后再交给出版社。

二、项目制实践写作教学法的成效

(一)探索了新的创意写作教学法

我校从 2014 年 10 月开始启动“钓鱼城文丛”实践写作项目,在国内创意写作教育教学实践中,是最早开始实施项目制实践写作教学的高校,探索了新的创意写作教学法。我校的项目制实践写作教学主要有以下几个特点:

第一,作家担任指导老师,全程指导学生写作。

我校 2013 年成立创意写作研究中心,2016 年成立创意写作学院,我们最初在招聘创意写作教师时就特别注重教师的创作能力,后来随着学院的发展,专门设立了作家岗,招聘作家担任全职写作教师。“钓鱼城文丛”实践写作项目,也是由写作经验丰富的作家带头来完成的,每一部图书都由一到两位教师全权负责指导。作家因为其自身拥有丰富的写作经验,所以在指导学生写作时具有天然的优势。可以说,如果不是作家担任项目组的指导教师,让学生完成项目制写作可能会变得更难。

第二,让学生在实践中学习写作。

我们开展项目制实践写作的主要目的是教会学生写作。所以,所有的工作都围绕着这一个目标来实施。课堂教学主要教写作的基础知识和写作理论,项目制实践写作则是带领学生走出教室,走向社会,走向田野,在实践活动中学习写作,并最终完成一篇或多篇作品。

第三,将写作教学与发掘地方文化相结合。

“钓鱼城文丛”项目制实践写作创造性地将高校写作教学与发掘地方文化结合起来。在项目启动之初,我们就已经考虑到项目制写作最终成果的价值问题。为了保证作品有价值,所以在选题策划阶段,我们就力求图书选题与地方文化相结合。然后教师带领学生根据选题完成作品,最终的作品由出版社结集出版。而因为出版的这些图书与地方文化紧密结合,所以地方政府、博物馆、图书馆、学校、旅游景区、农家书屋等都愿意收藏。

(二)学生在项目制实践写作中学习写作,完成作品后发表获奖

在项目制实践写作中,学生得到了最大程度的锻炼,尤其是从生活中寻找、提取素材的能力得到增强。通过视野的拓展、灵感的激发及写作实践的深入,许多同学创作的文学作品在国内各级文学刊物上发表。例如,“钓鱼城小说集”项目组的学生杨柯,是重庆移通学院 2013 级远景学院财务管理专业的学生,在加入项目制实践写作前,写作基础较为薄弱。进入项目组后,在指导老师丁伯慧和苏瓷瓷的指导下,挖掘了写作的兴趣,找到了写作的方向。并且在写作过程中得到了项目导师的精心指导,在反复修改、探讨中,体验到写作的魅力,了解到写作的思维和方法,继而挖掘了创作潜力,其创作的小说在《三峡文学》发表。①

(三)学生在项目制实践写作中取得的成果,有助于学生就业

参与过“钓鱼城文丛”项目制实践写作的学生,在就业时,相较于其他学生更具有竞争力。例如,2013 级淬炼商学院财务管理专业学生朱林国凭借“钓鱼城文丛”第一辑中的三部图书及自身的写作优势,在诸多科班毕业的面试者中脱颖而出,顺利进入人民网重庆记者站从事记者、编辑工作。2013 级

---

① 2014 级通信工程专业学生雷程云,在采集合川民谣的过程中创作的玄幻小说《舍利塔之徐僧墓》收录进图书《合州奇谭》(长江文艺出版社,2016 年)。2014 级远景学院英语专业学生陈晓思,在“巴渝最后的古村”实践写作项目中创作的非虚构散文《綦江情思》,获得首届大学生中文创意写作大赛优秀奖。

管理工程学院管理工程专业学生朱红熹,进入重庆有限电视台工作。2016级淬炼商学院财务管理专业学生乔利,在重庆消防局从事宣传工作。2015级淬炼商学院财务管理专业学生王羽凭借“钓鱼城文丛”第二辑中的一部图书,进入《环球人文地理》杂志社从事编辑、多媒体运营工作。2016级通信工程学院广播电视专业学生赵威凭借着自身的文学写作优势及“钓鱼城文丛”两部图书,进入国企单位从事企业文化宣传工作。

(四)有利于挖掘地方文化资源,服务地方文化事业

每一个地方都有着丰富的独具地域特色的文化资源,“如何挖掘地方文化资源”其实是许多地方都面临的难题。“钓鱼城文丛”实践写作项目,将地方文化资源作为写作的资源宝库,由作家教师带领学生挖掘、搜集、整理地方文化,通过写作重新讲述地方故事,书写地方风土人情,记录地方历史人文。学生在项目制写作实践过程中,有机会走出校园,走向生活,在接触真实的社会生活中学会如何写作,而且,最终完成的图书其实也是对地方深厚而丰富的民间文化资源的挖掘、整理、保护和弘扬。因此,项目制实践写作创造性地为“如何挖掘地方文化资源”这一难题提供了切实可行的解决方法,并为地方文化事业的发展做出了贡献,得到了学校、政府和社会的普遍认可和好评。

三、项目制实践写作教学法的难点与问题

(一)面对的是非文学专业的学生,增加了项目写作的难度

由于我校是一所理工科院校,没有文学院,所有项目组的学生都是非文学专业的学生,他们写作基础薄弱,也无写作经验,进入项目组后几乎是从零开始学起。此外,由于学生底子薄,写作功力不够,导致最终提交的作品质量不高,大多数的稿子还达不到出版、发表的水准。这就要求指导老师指导学生改稿,直到稿件质量过关。改稿过程难度很大,甚至有学生中途放弃。这些毫无疑问地增加了实施项目制实践写作的难度。

（二）项目制实践写作对指导教师提出了更高的要求

首先，是时间和精力的要求。项目制实践写作持续时间长，每一个项目通常需要一到两年时间来完成，有的项目甚至需要更长的时间。而要完成这些工作，需要占用教师大量的课余时间，倾注大量的精力。其次，每一个项目都由项目指导教师全权负责，教师需统筹安排学生完成写作任务，从搜集资料，到外出采风、到创作修改，再到图书编辑，每一个流程都需要指导、跟进和严格把关。再次，教师带领学生外出采访，教师承担着重要的安全责任。最后，在实施项目过程中，有时候会临时出现各种情况，从而影响项目制实践写作的顺利进行，比如学生生病、项目组成员中途退出等。这些不仅考验着教师的业务能力，也考验着教师的耐心和责任心。

四、项目制实践写作教学法的价值与意义

（一）项目制实践写作对挖掘地方文化与培养学生实践写作能力具有双重意义

创意写作实践如何与地方文化衔接是一个非常有价值的研究课题。“钓鱼城文丛”是重庆移通学院对本土深厚而丰富的民间文化资源进行挖掘、整理、保护和弘扬的系列图书。主要由作家教师带领学生共同采集、创作而成。在“钓鱼城文丛”项目中，不仅教会了学生如何写作，而且还锻炼了学生作为写作者的综合能力，并且最终的作品对保护和宣传地方文化也具有价值和意义。

同时，“项目制写作让学生全程参与选题、采访、创作、编辑等流程，对培养学生社会活动能力、搜集资料能力、学术与文学思维能力，以及写作能力大有裨益”①。在实践写作中，有大量的民间采风、田野调查、采访沟通等活动，这些实践活动成了锻炼学生写作能力和社会实践能力的重要方式。

---

① 佘飞：《普通地方院校创意写作教育教学实践研究——以重庆移通学院为例》，《广西科技师范学院学报》，2020 年第 3 期。

(二)项目制实践写作教学是对传统课堂教学的翻转

创意写作课程的理论只有在实践中反复演练,才能发挥理论的有效性。传统的写作课堂教学存在着重理论而轻实践的缺陷,而项目制实践写作恰好是对传统写作课堂教学的一种翻转。

在项目制写作教学中,教师的授课方式发生了改变:课堂教学转换为课外教学,由“我讲你听”转变为“一起到实践中学习写作”,这对于教师教学本身也是极大的挑战。在这一理念的指导下,教师要转变为写作的实践者,既引导学生关注自身、观照内在,还要引导学生走出校园、融入社会、观察生活,关注社会民生、热点话题,从生活中汲取素材和养料,使写作由狭义的学科意义升级为无处不在、无所不包的“行为与现象”,甚至是生活、工作和思维的方式。

相对于传统课堂,项目制写作很好地将教学贯穿在日常之中,这亦是创意写作项目制实践写作教学的特色。在项目制实践写作中,教师与学生有更多相处、交流的机会,尤其是在外出调研采访期间,教师的一言一行都会影响学生。因此,教师在项目制实践中所提供的写作教学,体现出言传身教的特色。也正是因为如此,项目制写作对教师提出了新的要求——教师必须同时具备扎实的理论知识、丰富的写作经验和出色的实践能力。只有如此,创意写作课的教师才能践行好创意写作理念,并指导学生顺利完成写作项目。

五、结语

重庆移通学院的项目制实践写作教学法是基于写作实践的创意写作教学法,实践是项目制实践写作教学法的核心,项目制是实践的具体形式。由教师带领学生在项目实践中学习写作,让学生进入具体的图书项目中,全程参与图书选题策划、资料搜集、采访调研、创作编辑、出版等流程,在具体的实践活动中学会写作。以“钓鱼城文丛”实践写作项目为例,该项目实则是跨学科、跨领域的实践性写作,项目将挖掘地方文化、创意写作教学、学生学习写作融为一体,既锻炼了学生的写作和实践能力,又为培养创意写作人才提供了科学有效的训练方法。未来,重庆移通学院的项目制实践写作教学将会进一步综合创意写作领域的各类教学方法,使之与田野调查方法、田野写作进一步融合,使项目制写作与日常写作训练密切结合,以期能够更好地锻炼学生的综合实践能力,同时为其他跨专业的创意写作实践项目设计提供相应的经验和参考。

浙江传媒学院·主持人语

叶　炜　栏目主持人

浙江传媒学院创意写作已发展多年,拥有良好的网络文学与创意写作研究基础,学校 2015 年成立浙江网络文学创作与研究机构,2018 年成立创意写作研究中心。2019 年,浙江省作家协会和学校签订战略合作协议,共建网络文学创作与研究基地和网络文学院。由此,我国首家由公办高校和省作协共建的网络文学院——浙江网络文学院依托我校文学院正式成立。《光明日报》、新华社等媒体认为,这填补了国内网络文学学历教育的空白。目前,浙江网络文学院、浙江网络文学创作与研究基地、网络文学与创意写作专业(方向)和网络文学文科实验室已形成合力,“四位一体”的发展格局已然形成。本次推出的两篇研究论文,即是该专业学生的研究成果。

创意写作教育对严歌苓的影响

——以《金陵十三钗》为例

丛斯嘉　浙江传媒学院文学院

创意写作兴起于19世纪末期美国高校的文学教育改革，具体指的是以写作为形式、以作品为成果的创作活动。该门学科训练的基本过程是通过阅读及训练的方式，使作家在创作上实现从模仿到独创的过程。在我国的教育体系中，写作学一直是处在夹缝中的一门课程。很多人认为写作能力应当是一种天赋，而不是教出来的。尽管近年来，北京大学、南京大学、上海大学等高校陆续开设了创意写作专业，以马原、王安忆、贾平凹为代表的作家也陆续进入高校教授创意写作课程，为将来创意写作学科的发展奠定了良好的基础。但与此同时，我们也不能忽视学界对该学科的发展依然持有不同的声音。

严歌苓是受创意写作教育影响的作家中的经典范例。本文将通过考据严歌苓本人在各类访谈中涉及创意写作训练的内容，配合芝加哥哥伦比亚艺术学院的官方课程，从创意写作的角度分析严歌苓的作品《金陵十三钗》，论证创意写作教育对严歌苓的创作产生的正面影响。

一

严歌苓是华裔女作家，1958年出生于上海，并成长于文化底蕴深厚的家庭。1970年，她考入了成都军区，成为一名跳红色芭蕾舞的文艺兵。1979年，她走上对越自卫反击战前线,成为一名战地记者。战地记者的经历激发了严歌苓的创作热情,使其创作出《磁性的草地》(1989 年)等与其军旅生涯息息相关的作品。其创作走向成熟是在 1989 年赴美国留学之后。在芝加哥哥伦比亚艺术学院拿到艺术硕士及写作学位(MFA)之后,严歌苓进入了职业生涯中的高产阶段,其创作风格逐渐形成特色,内容上更是独树一帜。她的作品内容支脉广阔,其中不乏充分关注中国移民在海外的生活状况和心理困境之作,"移民题材""海外华人生活"等都是其叙述的主要内容。

毫无疑问,严歌苓是位高产的作家,同时其作品质量和受欢迎程度亦是有目共睹。严歌苓是华语文坛上不可多得的瑰宝,她擅长用细腻的文字刻画宏大的画面,勾勒大历史下的一个个小人物,将对文化的感受和理解化为人物的品性。其小说题材具有民族性的特点,但同时又超越本土刻画,与国际文学产生关联,为推动民族文学走向世界做出了贡献。

二

创意写作是指以写作为样式、以作品为最终成果的一切创作活动。作为一个历史概念,它最初仅仅是指文学写作,后来泛指文学写作和一切面向现代文化创意产业及适应文学民主化、文化多元化、传媒技术的更新换代等多种形式的写作。[①]创意写作训练一向按照系统的授课方法,循序渐进、因人而异地向写作学习者讲授。系统化的学习,不仅指在学习的过程中模仿小说、散文等各类文体,还包括设置悬念、回忆记忆中最深刻的部分、选择人物及设置故事背景等具体的写作技巧,更是涵盖了调动感官等独特的训练方式。同时,创意写作教育不是一味地灌输理论,而是按照写作学的基本规律,使写作学习者实现从模仿到独创的过程。更重要的是,创意写作教育的训练是因人而异的,它会根据学生个人的基础能力,为学生选择最合适的训练方式。

20 世纪 80 年代是严歌苓与创意写作结缘的开始。1988 年 3 月,美国新

① 张旭东:《创意写作专业文学类课程教学改革探索》,《写作》,2018 年第 9 期,第 66—71 页。

闻总署向严歌苓发出邀请，这使她进一步了解到了美国青年作家和艺术基金会。20 世纪 90 年代，严歌苓决定到美国留学。1995 年，严歌苓完成了在芝加哥哥伦比亚艺术学院文学写作系的学习，获得了艺术硕士及写作学位。

她的写作技巧得到了写作界众多作家、批评家的肯定。如在严歌苓应邀担任北京师范大学受聘作家的新闻发布会上，莫言充分肯定了严歌苓在技术上的造诣："严歌苓能来给写作专业的研究生讲课，确实是一个福音。她是真懂小说技术，我们是蒙头蒙脑地凭着感觉去写，她一定可以条理清晰地给大家进行写作技术方面的指导。"①

除此之外，根据严歌苓于 2018—2019 年分别接受《新京报》、凤凰网文化频道等媒体采访的资料，严歌苓自述其在芝加哥哥伦比亚艺术学院读书期间曾接受过多种方法的训练，且这些方法十分科学。同时，参考芝加哥哥伦比亚艺术学院官方网站关于创意写作—虚构写作（Creative Writing-Fiction）课程的公开资料，梳理罗列了严歌苓曾在以下几个角度接受过创意写作的训练。

（一）系统化阅读作品

严歌苓在美国读书的第一学年，需要系统、大量地阅读欧美和拉美的名著，以补齐本科阶段的学习内容。"比如，一个学期要把南美洲全部魔幻主义作品读完；读美国作家的作品时，会系统地分为南部美国作家、黑人美国作家等。"②在阅读大量材料的同时，教师会就段落的写法向学生们传授经验，加以指导，以此让学生们学会用自己的语言复述名著。这种学习方法，会使写作学习者对所看的书籍印象深刻。

芝加哥哥伦比亚艺术学院官方网站显示，课程 CRWR 630A 创意写作工作坊（Craft Seminar）便是这样一门课程。"学生阅读特定时期的文学作品和运动，以产生这些阅读依据。在过去的几个学期中提供的创意写作工作坊包括诗歌翻译、混合诗学和文学学院。"

严歌苓本人也在采访中表示了在创意写作教育中阅读与作家自我教育

---

① 许荻晔：《大作家可以培养吗？看严歌苓就知道了》，澎湃新闻，2014 年 11 月 27 日。

② 徐学勤：《专访|严歌苓：写作一定要得诺奖？我觉得很可笑》，《新京报》，2019 年 9 月 16 日。

的区别,她说:“人是懒惰的,在学校里,有阅读的纪律,有讨论的环境,有不断写作的要求,在这种情况下,他可以在不断写作的过程中改善自己,确立一种写的纪律和方式。”[①]同时,她认为这种训练模式是有优势的:“在大量阅读当中,一边写一边参考优秀的文学作品,可以使人少走弯路,摸索的时候不那么艰苦。”[②]

将文学史上的作品按地域、时期等不同的规则分类,促使创意写作专业的学生在短时期内精深某一个维度——大量的阅读材料的输入,是进入创意写作教育领域的第一步。在积累了作品材料、资料之后,写作者会对各时期的作品题材有所了解,历史宽度也被不断扩展,这十分有利于他们自己在撰写时选择与设置作品题材和历史背景。

(二)模仿名家写作

“模仿果戈理的喜剧、卡夫卡的《变形记》等,就像是拄着拐杖走路,让你熟悉全世界所有的写作手法技艺。”[③]在学校,严歌苓接触过各种类型的小说写作,从历史小说、侦探小说、意识流小说,到临摹卡夫卡、果戈理、海明威的著作。正如芝加哥哥伦比亚艺术学院的教授所认为的那样,写作和绘画在一定程度上有异曲同工之妙。从临摹出发学习相关技法,较之自我探索,是更有效的办法。

芝加哥哥伦比亚艺术学院传媒与写作系,对创意写作-虚构写作专业的描述,体现了该课程的教学方式:“当你在结构化的环境中参与写作工坊时,你将认真研究启发你的作家,并研究他们的创作过程。”

课程 CRWR 612A 研究生批判性阅读和写作(Graduate Critical Reading and Writing)更是直接指明了该部分课程的培养方式:“课程要求合格的学生通过阅读和研究出版的小说、短篇小说、日记、信件和访谈及作者传记来研究作家的作品、风格、技巧和选择。学生将对作者作品的文化背景有深入的了解。学生探索著名作家的写作过程,以及对阅读的反馈可以滋养和促进他们

---

① 许荻晔:《大作家可以培养吗?看严歌苓就知道了》,澎湃新闻,2014 年 11 月 27 日。
② 许荻晔:《大作家可以培养吗?看严歌苓就知道了》,澎湃新闻,2014 年 11 月 27 日。
③ 徐学勤:《专访|严歌苓:写作一定要得诺奖?我觉得很可笑》,《新京报》,2019 年 9 月 16 日。

发展自己的小说或其他形式的创意写作。”

模仿名家的作品是接近作家本身最好的方式,可以学习到他们的写作风格、写作技巧,以及选择内容和构建结构的方法,并且可以设身处地地感受作家所刻画的时代图景,这是写作学习者提升技巧的极佳的方式。通过模仿和学习,很多内容选择、结构设置的技巧便能在写作学习者的心中留下深刻的印象,为他们未来的创作打下基础。

(三)视角转换技巧

在芝加哥哥伦比亚艺术学院参与的创意写作训练,使严歌苓充分掌握了视觉转换技巧。她不止一次在采访与访谈中提到了创意写作教育对其视角转换技能的帮助。比如,她曾表示系统的训练解决了她的技法问题,使她不会卡在一个视角里无法转换。“内心活动与外部景观的转换,就没有什么难题。再比如说用对话转换是最容易的,从一个女主人公转变到男主人公,或者从她的心理世界转换到他的心理世界,其实是非常有技巧在里面。”①

诚然,许多没有接受过创意写作教育的作家依然能够在作品中体现出视角的转换,但严歌苓在 2014 年的受聘仪式上表明了其中的区别:“写作课程能够解决写作中的基本问题,比如视角转换等技巧,减少一个写作者自我摸索的阶段。”②创意写作教育中的视角转换训练可以帮助作家在较短的时间内学习到该技巧,将理论付诸实践,这能够大大节省作家自我探索的时间,进一步提高作家的写作效率。

灵活的视角转换技巧使严歌苓在作品结构的构建上如鱼得水,这在《舞男》《金陵十三钗》《花儿与少年》等作品中都有所体现。

三

本文的核心部分是从创意写作的角度分析严歌苓作品中与创意写作相关联的技巧。在众多的作品中,《金陵十三钗》在故事背景选择、文章结构设

---

① 徐学勤:《专访|严歌苓:写作一定要得诺奖?我觉得很可笑》,《新京报》,2019 年 9 月 16 日。

② 许荻晔:《大作家可以培养吗?看严歌苓就知道了》,澎湃新闻,2014 年 11 月 27 日。

置、视角转换技巧等层面均体现出了创意写作教育的痕迹。本文将在以下部分截取《金陵十三钗》的原著资料,从创意写作的角度对该作品进行分析。

(一)主题:历史与人性的双重书写

根据上文的分析,严歌苓在学习创意写作的初始阶段,便被要求阅读大量的欧美、拉美及其他类别的名著。通过对史料的大量阅读和深度挖掘,作家的历史宽度和对历史的理解能力都得到精进。也就是说,广泛的阅读使得作家心中有了一个关于历史的"坐标系",这会使她更容易找寻到历史中值得回忆、值得撰写的那一部分,从而选择精准的历史阶段,塑造、撰写出令人惊艳的人物和故事。

严歌苓在设定故事背景与主要人物时一向精准,如《扶桑》描绘的是第一批抵达美国的华人群体,通过妓女的视角勾勒时代的面貌;《陆犯焉识》写的是中国当代政治变迁对人物的影响,同样选取了受时代背景影响巨大的知识分子群体;《第九个寡妇》撰写了20世纪40至80年代中国土地改革背景下农村寡妇的故事。学者刘艳在《严歌苓论》中也多次提到了严歌苓在作品的主题上实现了历史与人性的双重书写。

尽管描写大时代与小人物是作家的一贯手法,但能够持续地、高质量地反映历史并不容易。在严歌苓的作品中,于2011年完整出版的《金陵十三钗》写的是发生于1931—1945年抗日战争时期,与南京大屠杀有关的故事。故事还原了南京大屠杀这段惨痛的历史。战后"我的姨妈"孟书娟搜集了浩瀚无垠的资料,她看到了她们曾于1937年12月藏身的那个教堂。这个教堂不仅是十六名女学生和十四个妓女的藏身之处,也是少校戴涛和几个中国军人的藏身之处。随着军人们被杀害,女学生们也因被发现而陷入危机之中。数量对等的妓女替换了女学生,成为日军的"阶下囚",却实现了属于她们的拯救与救赎。

在精准选择历史维度之后,严歌苓又能准确地选择故事人物。正如她在很多作品中选择妓女、寡妇等群体来反映历史一样,《金陵十三钗》也不例外。严歌苓选择的赵玉墨等秦淮河的娼妓是不入流的"见证人",绝妙的选择塑造出惊艳的人物——她们处于底层却灵动丰满,且能够进一步促进历史记忆在民族的集体记忆中复活。

实现历史与人性双重书写的前提,是选择恰当的、可以引发共鸣的历史环境,并在其中找寻值得刻画的人物。严歌苓始终保持选择背景与人物的水准,使其书写不仅局限于大历史配合小人物,更有典型的历史配合惊艳的人物。

(二)结构:叙事弧线理论的应用

按照创意写作学科的观点,作家们在有创作的想法后,一般会先构建一个写作的草图,即使遇到了意外的情况,也可以随时修改草图。这样一来,作家们可以相对容易地搜集那些写作草图中需要的素材,从而避免将精力浪费在不必要的线索上。

杰克·哈特在《故事技巧·叙事性非虚构文学写作指南》中提出了构成叙事弧线的五个概念。他表示,在任何一篇完整的故事中,叙事弧线都会经历五个阶段,分别是阐述、上升动作、危机、高潮(困境得到解决)及下降动作(结局)。

综观《金陵十三钗》整部作品,正是由于作者在构建作品结构时使用了创意写作中叙事弧线的相关技巧,才使得作品层次清晰、引人入胜。

第一部分,阐述。在阐述部分,作者会告诉读者主人公是谁,读者需要足够的信息来理解主人公即将面临的困境。[①]《金陵十三钗》中,在介绍背景的部分交代了故事的主人公——孟书娟和其他的女学生、英格曼神父、法比副神父及其他两个教堂雇员。而故事也在开篇交代了女学生们的困境——在日军的侵占日益严重的环境下,她们没赶上离开的船舶,被迫回到教堂避难,等待可以离开的契机。由于身处战火之中,她们的情况十分危急。英格曼神父接受女学生父母们的嘱托,时刻为保护她们的安全而努力。而作为叙事主视角的孟书娟,正面临着极度的身体不适——初潮来临。

第二部分,上升动作。在大多数的故事里,上升动作实际所占的篇幅最大。上升动作制造出戏剧张力,只有当故事达到高潮,困境得到解决之时,这

① 杰克·哈特:《故事技巧——叙事性非虚构文学写作指南》,叶青、曾轶峰译,中国人民大学出版社,2012年,第22页。

个张力才能获得释放。[1] 在精心设计过的上升动作环节,每一步的发展都会带来一个新的问题,并伴随着希望的起伏而展开,并在悬念中进入下一阶段。主人公在不断推进的上升动作中不断面临新的问题,应对复杂的情绪,从而获得进步与成长。

在《金陵十三钗》中,上升动作由“女人们的闯入”和“男人们的闯入”两部分推进。

一方面,秦淮河畔女人们的闯入为孟书娟等女学生带来了“饥荒危机”。在等待神甫想办法带她们走出南京的过程中,秦淮河畔的窑姐们以见缝插针的对话与方式迈进了教堂的大门,堂而皇之地侵占了教堂的资源,使教堂内本不富裕的资源雪上加霜。“我们还有一担米粉,米只有不到一升,水就是洗礼池那一点……嗯,不过还有两箱酒。”[2]陈乔治口中的这些食物要供养二十几口人,可以说,窑姐们的闯入使女学生们赖以生存的物质资源越发匮乏,困境更为突出。同时,两伙意识形态完全不同的女性被迫生存在同一空间下,意识形态的差异也会为其带来很多隐藏的危机和困境。

另一方面,中国士兵的闯入带来了“安全危机”。英格曼神父所带领的教堂,一直以不参与这场战争的中立地位来保障自己的安全,而收留中国军人则意味着立场的偏颇,从而给自身带来灾难。最终教堂还是迫于无奈,偷偷收留了戴涛和李全有这两位军人,这一行为使教堂及其中的女学生陷入了不安全的境地,为后续情节的发展做出了铺垫,同时也为故事的推动留下了悬念。

第三部分,危机。大多数现代故事分析家更偏爱将情节的突变称为“危机”,这个更加宽泛的概念预示着故事强度的增加,以及高潮的到来。危机是叙事弧线波浪的尖峰。波浪虽然瓦解了,但是它的力量会带来深刻的变化。[3]危机是高潮的铺垫,是人物情绪升级、与现状斡旋的前序。第二部分的上升

---

① 杰克·哈特:《故事技巧——叙事性非虚构文学写作指南》,叶青、曾轶峰译,中国人民大学出版社,2012 年,第 27 页。

② 严歌苓:《金陵十三钗》,作家出版社,2018 年,第 19 页。

③ 杰克·哈特:《故事技巧——叙事性非虚构文学写作指南》,叶青、曾轶峰译,中国人民大学出版社,2012 年,第 33 页。

动作带来了安全危机，这个危机在第三部分随着日本官兵两次闯入而爆发。第一次闯入教堂，使教堂内的窑姐和学生们人心惶惶。作品中，严歌苓用大佐听到的一声似是而非的少女的嘤咛作为他们第二次闯入的借口。在经过了第一重危机的铺垫之后，日本兵的第二次闯入带来了实质性的伤害——中国军人被以一种极其残忍的方式杀害了。在这个部分，教堂里的几名男性用死亡解决了此次危机，也将故事推到了高潮——教堂已经不再安全，女人们该何去何从？

第四部分，高潮。高潮是解决危机的一系列事件。承接“安全危机”，在这样的环境下，教堂里的人会陷入怎样更加扣人心弦的危机中？作者在高潮部分做了如下的安排：日本兵第三次叩响教堂的大门，伪善地邀请教堂里的女学生参加唱诗表演，但实际上是其心可诛的举动。在一片惴惴不安的情绪中，赵玉墨带领窑姐们身先士卒的表现使人性的光辉绽放于陷入战火的教堂中——女孩们得救了，尽管那代价依然是惨痛的，但是，这样的抉择保护了其他的女孩。至此，故事已达到最高潮，一切即将尘埃落定。

第五部分，下降动作（结局）。此时，下降动作已经释放了故事所有的戏剧张力。读者想知道一些问题的答案，但故事动力的引擎已经关闭，留下的动力不足以再带动观众前进了。[①] 严歌苓在作品的尾声也遵循了这样的原则。她不再对秦淮河的女人们去日本军官那里的过程和结果进行详细描述以使读者产生悲痛、怜悯等情绪，而是在第三方视角中一笔带过，转而描写新的事件，简单交代一些问题掠影，留更多内容以供读者想象。

（三）技巧：叙述视角的自由转换

承接前文分析，叙述视角的转换问题一直是当代作家书写的难题。严歌苓能够解决和克服这些难题，得益于她在创意写作教育中学习到的叙事结构、叙事策略等方面的处理技巧。临摹大量作家的作品，不仅可以使模仿者了解作家们的写作内容，更可以从其中学习到作家的结构构建方式和写作技巧。同时，创意写作教育用转换叙述人称的方式帮助严歌苓解决了创作停滞

---

① 杰克·哈特：《故事技巧——叙事性非虚构文学写作指南》，叶青、曾铁峰译，中国人民大学出版社，2012 年，第 37 页。

的问题,在一定程度上也帮助她提升了利用人称转换实现视角转换的写作技巧。

《金陵十三钗》以"我"为主要叙述视角,通过"我姨妈书娟"之口讲述了南京大屠杀中女学生们与十三个妓女之间的故事。原文中不乏这样的表述:"现在,我根据我的想象以小说文字把事件还原。""我不是姨妈那样的大文豪。""当然,我这样写少佐是武断的、凭空想象的。"严歌苓采用元叙事的叙述方法,自觉地暴露小说的虚构过程,产生离间的效果,进而让接受者在故事与现实中自由切换。元叙事在客观上也更清晰地推动了情节的发展——以"我"开头即可以顺利转述"我"从姨妈那里获知的信息,同时也使"我"以第三方的更全面的视角来讲述故事。

"我姨妈书娟"这样的表述使得作品具有两个叙述者:"我姨妈书娟"和"我"。这样的设置,使本来非此即彼的叙述主体合而为一。"我"作为叙述者,不仅可以拥有孟书娟没有的全局视角,更可以用"我"与"我姨妈"的交流作为故事的补充。如在第一章中,严歌苓写道:"我姨妈此时并不知道,她所见闻的是后来被史学家称为最丑恶、最残酷的大屠杀中的一个细部,这个细部周边,处处铺陈着南京市民的尸体,马路两边的排水沟成了排血沟。"[①]而"我姨妈书娟"作为故事的主体,不仅承担了观察者的角色,也在行文的过程中转述或是猜测了赵玉墨等人的想法,使故事更为丰满。

同时,"我"的介入使故事显得尤为真实。少女书娟的视角是稚嫩的、带有强烈主观色彩的,不太可能对超出年龄的场景有客观的描述,如赵玉墨向戴涛卖弄风骚、豆蔻和王蒲生的对话惹得大家发笑等内容。是"我"的介入让书娟视角以外的事件更真实、更有说服力,这是"我"的介入对作品的重要作用。

除此之外,严歌苓在《金陵十三钗》中更是体现了不依靠叙述人称的转换而实现的视角置换技巧。在《金陵十三钗》的第九章中,赵玉墨跳舞的片段混杂了"我"、"我姨妈书娟"、孟书娟、豆蔻、赵玉墨几个人的视角,并实现了流畅的置换。

---

① 严歌苓:《金陵十三钗》,作家出版社,2018 年,第 12 页。

最开始,是以“我”的视角在观察赵玉墨、孟书娟,赵玉墨开始跳舞;接着,孟书娟作为故事的参与者出现了,“书娟拦着玉墨的侧影,服帖直至?一个身子给这贱货扭成八段,扭成虫了”[①];然后,“我姨妈书娟”被“我”看到了满腔怒气——“看着这个贱货,身子作痒哩,这样扭”[②]。

故事流畅地转到豆蔻和被赵玉墨的舞蹈吸引的王浦生身上,“我”的介入想象了王浦生是“眼大嘴大”的安徽男孩的样子。豆蔻和王浦生的对话吸引了红菱等人,而此时,“我”的视角又回来了:“只有玉墨还在跳。”而后,在“我”的想象中,赵玉墨与张世祧的场景出现了,赵玉墨与他过往的情感经历也以赵玉墨的视角展现了出来。

可以说,多视角的转换、间接引语的使用和“我”恰当的介入,构成了行进较快的叙述节奏,行文也因此更加流畅。这样的叙述技巧,无形中拉近了与读者之间的距离,使受述者宛如身临其境地感受情节的变化,从而进一步激发读者的阅读快感,这便是严歌苓叙述视角转换的高超之处。

刘艳曾引述过某些学者对严歌苓与创意写作关系的评价:“由于写作上的高产,很多人揣测严歌苓写作纯粹是一种技巧性写作,甚至是西方创意写作的产物,‘写得太快’几乎是众口一词的评价……我曾经专门关注和探讨过严歌苓出国后所受的西方写作训练对她写作的助益,中国文坛和研究者中,不乏人对技巧持不屑和贬抑态度,这当然与中国文学传统大有关联。”[③]尽管创意写作对作家的具体影响机制还并不明朗,但我们可以从严歌苓等接受过创意写作教育的作家及其作品中寻得一些端倪。“作家就应该依靠天赋与自由发展”是陈旧的观点。总的来说,创意写作教育对写作者是利好大于弊端的课程。即便是颇有天赋的写作者,在正确技巧的加持下也可以让自己的天赋得到更加充分的发挥,写尽感中之物、心中所想。

创意写作学科目前依然作为艺术学或中国语言文学学科的分支存在,在中国尚未真正形成体系。但本文以严歌苓的访谈为主要考据依据,从现实的实用角度出发,从创意写作的角度分析了《金陵十三钗》中与创意写作教育有

---

① 严歌苓:《金陵十三钗》,作家出版社,2018 年,第 100 页。

② 严歌苓:《金陵十三钗》,作家出版社,2018 年,第 101 页。

③ 刘艳:《严歌苓论》,作家出版社,2018 年,第 267 页。

关的部分,证明了创意写作教育对严歌苓的影响。同时,期待创意写作学科在中国本土性的学科结构中找到寄托,逐渐发展强大,成为真正挖掘潜在能力、开启创造力的学科。

为什么男频开始流行起了“无女主”趋势？

——关于网络文学创作和阅读取向的调查报告

杨羽丰　浙江传媒学院文学院

自2005年起点中文网首次推出VIP(会员)付费制度以来,网络小说正式走上商业化道路。15年来,网络小说行业逐渐在商业化的道路上越走越远,网络小说被创作的速度也越来越快。据起点中文网所属阅文集团统计,至2019年底,阅文共有810万名创作者,1220万部储备作品。

由于男性读者和女性读者的阅读习惯有差异,男性读者更偏爱玄幻、修真等以男性为主人公的小说,而女性读者则更偏爱言情、古风等以女性为主人公的小说,网络小说因而逐渐分为两大类:男频和女频。

最近几年,男频网络小说中刮起了“无女主”新风,即要求作者摒弃作品中对女性主人公的塑造,将所有的笔墨都集中在讲男主角的故事和剧情推进上。然而,对大多数男频作品来说,女性角色往往起着满足想象、吸引读者的商业化作用。为什么男频网文开始刮起了“无女主”风?这种创作潮流是否对网络小说的创作有指导意义?

一、从几部大火作品看新潮流

男频网络小说看起点。

即便是经历了各种风波,饱受无线新媒体文的冲击,阅文集团起点中文网中的男频作品依然代表行业最高水平,同时也代表男频小说最新的发展方向。

2019 年,起点中文网公布的“男频小说年度原创风云榜”中,前十名的排位依次如下:

1.《诡秘之主》,作者:爱潜水的乌贼

2.《全球高武》,作者:老鹰吃小鸡

3.《谍影风云》,作者:寻青藤

4.《伏天氏》,作者:净无痕

5.《大医凌然》,作者:志鸟村

6.《手术直播间》,作者:真熊初墨

7.《星临》(后更名为《九星毒奶》),作者:育

8.《修真聊天群》,作者:圣骑士的传说

9.《学霸的黑科技系统》,作者:晨星 LL

10.《第一序列》,作者:会说话的肘子

其中,“无女主”小说有《诡秘之主》《全球高武》,单女主小说有《谍影风云》《大医凌然》《手术直播间》《第一序列》,其余为多女主或疑似多女主小说。

如果以单女主小说中给女性角色分配的情节和感情描写的权重作为分界的话,“无女主”小说中,要么给女性角色安排的情节很少,要么是任何一个女性角色与男主之间都没有明确的感情线。

而在对前十名作品的调查中,看似无女主小说、单女主小说、有女主小说的比例为 2∶4∶4。然而,《诡秘之主》和《全球高武》实际上却是 2019 年的两部霸榜作品。前者火到出圈,引起了新读者、老书虫的一致追捧;后者则被盛赞是“灵气复苏类的新标杆”。相比于之后的八部作品,这两本书无疑是行业弄潮儿。

更耐人寻味的是,《伏天氏》《九星毒奶》《修真聊天群》及《学霸的黑科技系统》这四部作品,尽管是多女主或疑似多女主小说(男频称“后宫文”),但多名女性与男主长期处在一种暧昧不清的状态下,读者长时间无法分辨究竟哪一位是女主。与早年间大行其道的“后宫文”相比,行文方式发生了巨大的变化。

即便是脱离起点中文网，2019 年最火爆的无线文《重生之都市仙尊》，同样遵循“无女主”文的发展方式。围绕在男主洛尘身边的女性，都是仰慕的姿态。随着主人公“修为”的提升，脸谱化的女性角色也走马灯似的换。

但如果从行业构成和网络作家群体的旧有认知来看，在快节奏都市爽文中，男主人公身边必然是美女环绕，这几乎已经成为都市爽文中必有的一种“爽点”。然而，《重生之都市仙尊》却以反常的设计表现赢得了好评。为什么？

二、不同门类的“无女主”

（一）都市“无女主”

抱着这样的疑问，我首先咨询了一位男频小说编辑（小菌，都市男频小说编辑，从业 3 年）。

小菌认为，当下，男频小说“无女主”是一种潮流。由于网络小说依然没有脱离爽文取悦读者的范畴，而不同读者理想中的女性角色又各不相同，加上相当数量的男频小说作者不太能掌握好对感情戏的描写，所以，女主的存在成为“鸡肋”。

与其刻画女主，倒不如让一群标签化的女性角色出现，满足各种读者的想象。让这群标签化的女性角色众星捧月般地围绕着男主，却无一人与男主成为情侣，还能够避免涉及审核无法通过的大尺度描写。

网络小说行业内，尽管作者、作品各异，编辑的眼光、口味也各不相同，但万变不离其宗，所有的编辑都对自己所辖类别的创作风向了如指掌，这是网文编辑的基本素养。

从编辑小菌的话中不难听出，他所理解的都市小说“无女主”，并非没有女性角色出现，而是一种多女主“后宫文”①的改良版本。

“后宫文”的野蛮生长，使网络文学一度与色情文学画上等号，长时间无法摆脱“低俗”的标签。2014 年起，随着“净网行动”的推行，网络小说中露骨

---

① 注意区分男频“后宫文”和女频“后宫文”的区别。男频的“后宫文”是在网络文学野蛮生长时期（一般指 2005—2013 年间）大行其道的创作潮流，主人公与两名以上女性保持恋爱关系，以满足男性读者“三妻四妾”的想象而被创作出来。

的性描写成为绝对禁忌,大大压缩了“后宫文”的发挥空间。因此,“无女主”小说应运而生。

当今的“无女主”小说,保留了男频小说的大部分套路,如神医救人、都市修仙等。不同的是,当今的“无女主”小说将女性彻底作为衬托男主人公的附属品。主人公不与任何一人发展出恋爱关系,但始终被多名美女环绕。如此一来,有三个好处:一是避免作者写“崩”自己书中的感情线;二是保留小说重要的爽点元素;三是避免碰到绝对不能触及的红线(即打“擦边球”的香艳场面描写)。

我们不能狭隘地认为,“无女主”小说全部都是“后宫文”的变体。商战、重生、重工、医生等具有相当专业性和偏向性的作品,以及一些反映时代特征与年代变化的作品,都可以归于“无女主”小说的行列。但这些近几年得到扶持的偏向于现实主义的作品依然仅占据网络小说的较小比重,因此,我们不予讨论。

(二)幻想类“无女主”

男频都市小说中,会充斥着大量的幻想元素。但与真正的幻想类小说①相比,还是少得多。不过,由于幻想类小说的主人公往往身处“异世界”,不需要受到都市小说创作审核的诸多限制,本应有更加自由地使用“多女主”的空间,然而,幻想类小说中,依然有大量的“无女主”小说。

前文提到,《诡秘之主》和《全球高武》这两部2019年起点中文网最火爆的男频幻想类作品,都是“无女主”小说。尽管有女性角色出现,但与作品中的大多数男性配角一样,没有跟男主人公发生过多的情感联系。

耐人寻味的是,幻想类的“无女主”小说,反而将“无女主”三字贯彻得更加彻底。许多小说中没有任何能给人留下深刻印象的女性角色,甚至在一些比较极端的小说中,从头到尾没有任何女性出现。

在知乎上有一条高阅读、收藏量的话题,便是关于“网络小说‘无女主’风潮”的。其中部分从业者及资深读者的答案,或许昭示了这种现象的成因。

---

① 幻想类小说(男频),包括但不仅限于玄幻、奇幻、仙侠、都市、科幻等门类。其中,玄幻、奇幻与都市是最鼎盛的三大门类。

观点一：以《诡秘之主》为例，由于《诡秘之主》中的世界观、力量体系设定过于复杂，情节曲折，极其烧脑，在这种书中添加女主和感情线等于自讨没趣。

观点二："净网行动"开始之后，网络小说的审核变得非常严格。女主失去了在主人公身边的"花瓶"作用，作者无法再依靠写男女主人公之间的亲密互动来吸引读者，因此，女主沦为"累赘"。

观点三：从网络小说的根本点出发。玄幻小说大多以主人公一路开挂①、等级飙升、打怪练级为推动故事发展和引领读者阅读的主要思路。然而，在一些力量体系跨度过大的世界设定中，如果女主一开始很强，那很难设置出合理的跟主人公之间产生关联的方式；如果一开始不强，很快会被开挂的主角甩在身后，沦为"花瓶"。

观点四：大量女性读者拥入男频文圈子。女性读者阅读男频小说仅只是为了发挥想象力，并不期望看到感情戏份。她们可能会因为一些差劲的感情戏破坏了阅读代入感而不希望看到有女主出现。

以上四种观点基本囊括了"无女主"风在幻想类小说中流行的几大原因：其一，小说本身的卖点并非感情戏，加入感情戏反而可能破坏读者原本对作者及作品的良好印象；其二，许多作者本身并不擅长细腻的感情戏描写，即便擅长，想写好又面临严格的审核；其三，大量女性读者开始追捧男频小说，但她们比较排斥男频小说中固有的感情戏写法；其四，女性角色跟不上主人公的修炼速度，即便花时间和心思塑造，到中后期也会沦为"花瓶"。

一个评论者总结得很到位："主要原因是读者们需求多元化，作者谁也不想得罪，只能找到最大公约数，'无女主'算接受度最广的，男读者、女读者及不是读者的老大哥都能接受，这样起码躲避了无数雷区。而且，大多数网文作者在笔力不够的情况下，发现这样简单多了，单写主角一心升级就好了。这是跟风同质化严重的结果。"

我们大约知道了"无女主"风诞生及流行的原因，却还不知道，行业内的作者是怎么看待"无女主"写法的呢？而读者们对网络小说中的女主有怎样

① 开挂：游戏术语，指玩家使用游戏之外的外挂软件来使自己获得超越游戏设置的战斗力、资源等的一种作弊手段。网络小说里的开挂是指主人公的修行速度、获取的资源、天赋等都远超常人。

的看法呢？

三、调查问卷一：作者对“无女主”怎么看？

作者对“无女主”怎么看？我针对作者群体，设计了一份调查问卷。（详情见文后所附“男频作者对女性角色创作的看法调查问卷”）

虽然问卷中仅有12道选择题，却能从中发现众多耐人寻味的信息。

（一）女性角色是“工具人”

第5题“您的作品对女主数量的控制为（　）”，50位参与调查的男频作者，仅4位选择了“无女主”，5位选择了“多女衬托男主但无任何感情线”。以广义的“无女主”定义来说，选择“淡化感情描写倾向”的占比甚至不到20%。

“淡化感情描写倾向”和“多女主”“后宫文”①的选择数量是一致的，都为9人。

而选择单女主的人数多达30人，比例高达60%。

第6题“您正在创作的小说中，比较重要的女性角色有（　）”，50人中，4人选择了“一个都没有”，与上一题中的4人选择“无女主”严密吻合，而选择“1—3个”的多达32人，同样与上题中选择“单女主”的人数并未严格吻合。

我们对第5题、第6题进行交叉分析，发现了更有趣的事：

表4-4

子问题	1个都没有	1—3个	3—7个	7个以上
无女主	2(50.0%)	2(6.3%)	0(0.0%)	0(0.0%)
单女主	1(25.0%)	24(75.0%)	5(45.5%)	0(0.0%)
多女衬托男主但无任何感情线	1(25.0%)	2(6.3%)	1(9.1%)	1(33.3%)
多女且与男主都有感情线	0(0.0%)	4(12.5%)	4(36.4%)	1(33.3%)
其他	0(0.0%)	0(0.0%)	1(9.1%)	1(33.3%)

① 我们按照女主数量对男频小说的类型进行定义，大体可以分为以下四种：“无女主”小说、“单女主”小说、“多女主”无感情线（“暧昧文”）、“多女主”多感情线（“后宫文”）。

认为“一个都没有”的 4 名作者，竟然只有 2 人是写“无女主”小说的，还有 1 人写“单女主”小说，1 人写多女衬托男主但无任何感情线小说；而创作无女主小说的另外 2 人，竟然选择了“1—3 人比较重要”的选项。最有意思的是，在女性创作类型中选“其他”选项的 5 人，在第 6 题中，分别选择了“3—7 个”与“7 个以上”。

我们可以做出以下几项初步判断：

1. 即便是创作“单女主”小说或者多女衬托男主的“暧昧文”，也有部分作家将男频小说中的女性角色完全当成“工具人”看待。

2. 创作“无女主”小说并不都是因为不会塑造女性角色。

问题是，选择“其他”的 5 人，竟都偏向于认为重要的女性角色很多，这又是为什么呢？

（二）什么样的女性角色“重要”？

我们对第 5 题与第 7 题“您的作品中，什么样的女性角色是‘重要的’？”进行交叉分析：

表 4-5

子问题	是否跟男主产生感情	是否与男主有特殊关系（亲友、仇敌、部下等）	是否能够在必要的时候衬托男主	是否得到读者的广泛喜爱	女性角色都不太重要	其他
无女主	0(0.0%)	1(5.0%)	1(6.7%)	1(5.3%)	1(33.3%)	0(0.0%)
单女主	7(63.6%)	13(65.0%)	9(60.0%)	11(57.9%)	1(33.3%)	3(60.0%)
多女衬托男主但无任何感情线	0(0.0%)	0(0.0%)	3(20.0%)	0(0.0%)	1(33.3%)	1(20.0%)
多女且与男主都有感情线	3(27.3%)	5(25.0%)	1(6.7%)	6(31.6%)	0(0.0%)	0(0.0%)
其他	1(9.1%)	1(5.0%)	1(6.7%)	1(5.3%)	0(0.0%)	1(20.0%)

由于第 7 题是多选题，按照逻辑，30 人中应该至少有 20 人选“多女且与

男主都有感线”才比较合理。①

仅从数据上看，第7题仅有11人认为是否跟男主产生感情是决定女性角色是否重要的因素之一，然而，看起来最应该注重“感情线”描写的单女主作者多达30人，其中选择“产生感情”的仅有7人。更多人都选择了“特殊关系”“衬托男主”“得到喜爱”等选项。

考虑到最近几年出现的“妹妹女主”“女儿女主”等新写法，即便我们将选择“特殊关系”的13人全部视为新写法，仍然有至少10人的缺口。

这同样能得出（一）中的初步结论：即便是写单女主小说的作者，也有一部分认为女性角色是“工具人”。

“多女主”（“后宫文”）小说的作者（9人）中，有6人认为“得到喜爱”是重要的，仅1人认为“衬托男主”是重要的。从6∶9和11∶30的比例差距来看，“多女主”（“后宫文”）小说的作者反而比单女主作者更加重视对女性角色的人物塑造。

（三）创作作品之前的构思和设计

第8题“在创作作品之前，您会（　）”是一道单选题。

表4-6

先构思出几个围绕男主逐渐出场的女性角色	7（14%）
想出女主的设定，并且将男女主感情线作为构建大纲的必要部分	16（32%）
不刻意构思女性角色，随着主线推进而随缘登场	23（46%）
压根不准备安排重要的女性角色出场	1（2%）
其他	3（6%）

这道题目是一个鉴别作者对女性角色态度的试金石。

写书之前构思女性（多女性7人，单女性进入大纲构建16人）与女性角

① 网络小说不同于传统小说。对大部分男频作者而言，如果在自己的小说中出现了一个可以称为是“女主”的角色，那么就必须要是男主人公的恋人。当然，几年来，出现了两种特殊的女主“新身份”：妹妹、女儿。但她们都同时得到满足：一是与男主之间有异常亲密的关系，二是能够有足够多的戏份以帮助其散发女性魅力。

色随缘登场(23 人)的选择量完全持平。

而对第 5 题、第 8 道题进行交叉分析,

能够再次找到印证上述推论的证据:

表 4-7

子问题	先构思出几个围绕男主逐渐出场的女性角色	想出女主的设定,并且将男女主感情线作为构建大纲的必要部分	不刻意构思女性角色,随着主线推进而随缘登场	压根不准备安排重要的女性角色出场	其他
无女主	0(0.0%)	0(0.0%)	3(13.0%)	1(100.0%)	0(0.0%)
单女主	3(42.9%)	11(68.8%)	14(60.9%)	0(0.0%)	2(66.7%)
多女衬托男主但无任何感情线	1(14.2%)	0(0.0%)	3(13.0%)	0(0.0%)	1(33.3%)
多女且与男主都有感情线	3(42.9%)	5(31.2%)	1(4.4%)	0(0.0%)	0(0.0%)
其他	0(0.0%)	0(0.0%)	2(8.7%)	0(0.0%)	0(0.0%)

“单女主”作品的创作者(30 人)中有 14 人在作品开始之前不刻意构思女性角色,只随主线安排其随缘登场。

这样的“女主”还能够叫女主吗?

被部分女读者偏爱的“单女主”男频小说,竟然近一半都对构思女主这件事完全不上心。而“多女主”(“后宫文”)小说的 9 位创作者中有 8 人选择提前构思。事实上,在人们的固有印象中,“多女主”“后宫文”一直被认为塑造的女性角色“脸谱化”“花瓶”“YY 工具”。可是就从作者们的创作态度看,“多女主”(“后宫文”)反而更加重视女性角色的登场。

我们更可以提出这样一种猜想:坚持“多女主”(“后宫文”)创作的作者,不只是因为他们的创作习惯,他们对自己的人物塑造能力也很有信心。

经过进一步的数据筛选,果然,在选择“多女主”(“后宫文”)创作的 9 名作者中,仅有 2 人认为自己的文笔限制了想表达的感觉。认为与真实女性相比失真的更是一个都没有。

(四)女性角色及地位如何

在之后的第9题[您对创作女性角色的看法是(　)]与第12题[促使您调整作品中某女性地位的最重要原因是(　)]继续深入讨论。

对5、9两道题进行交叉分析:

表48

子问题	极为重要	剧情推进和衬托男主的需要	基本是为了爽点	和男性配角出场没有任何区别	完全没有必要	其他
无女主	0(0.0%)	1(6.3%)	0(0.0%)	2(25.0%)	1(50.0%)	0(0.0%)
单女主	13(68.3%)	10(62.5%)	2(40.0%)	4(50.0%)	1(50.0%)	0(0.0%)
多女衬托男主但无任何感情线	1(5.3%)	2(12.5%)	1(20.0%)	1(12.5%)	0(0.0%)	0(0.0%)
多女且与男主都有感情线	4(21.1%)	3(18.7%)	2(40.0%)	0(0.0%)	0(0.0%)	0(0.0%)
其他	1(5.3%)	0(0.0%)	0(0.0%)	1(12.5%)	0(0.0%)	0(0.0%)

"单女主"小说和"多女主"小说("后宫文")的创作者中,都有近一半认为女性角色"极为重要"。"单女主"小说创作者中,还有4人认为"和男性配角出场没有任何区别",1人认为"完全没有必要"。"无女主"小说的创作者则更倾向于"和男性配角出场没有任何区别"和"完全没有必要"两个选项。

第12题"促使您调整作品中某女性地位的最重要原因是(　)"反馈结果则如下:

表4-9

前期构思	10(20%)
剧情需要	22(44%)
读者喜好	5(10%)
突然的灵感	13(26%)
其他	0(0%)

本题在出题时逻辑稍有瑕疵。

对网络小说创作来说,“剧情需要”和“突然的灵感”这两个选项在一定程度上是重叠的。很多时候,如果剧情发展到某一个阶段,作者突然不知道该怎么继续写下去了,往往会引入新人物,由此发展新剧情。而女性角色往往也会承担这种作用。

共同选择这两种选项的作者多达 35 人,比例高达 70%,完全符合网络小说“以情节胜”的特征。

(五)塑造女性角色的困难

在二(二)中,我们提出过四个观点。

当我们对问卷的第 2 题“您目前正创作的作品,类别为( )”、第 10 题“您在创作并塑造女性角色时,遇到过的困难有( )”两道题目进行交叉分析,完全能够印证上面的 4 个观点。

表 4-10

子问题	难以把握女性心理,塑造失真	文笔限制,表达不出想要的感觉	因感情线有变化或无变化而招致读者批评	为了感情线而产生了逻辑错误	写着写着发现女主没有用了	想写男女主的亲密互动却被审核拦截	写了好几个女性角色感觉差不多	其他
玄幻	5(23.8%)	4(14.8%)	0(0.0%)	0(0.0%)	3(33.3%)	6(42.9%)	2(33.3%)	1(25.0%)
仙侠	2(9.5%)	2(7.4%)	1(14.3%)	2(22.2%)	1(11.1%)	1(7.1%)	1(16.7%)	0(0.0%)
奇幻	5(23.8%)	5(18.5%)	2(28.6%)	2(22.2%)	2(22.2%)	2(14.3%)	0(0.0%)	1(25.0%)
都市	2(9.5%)	4(14.8%)	2(28.6%)	1(11.1%)	1(11.1%)	0(0.0%)	0(0.0%)	1(25.0%)
悬疑	1(4.8%)	1(3.7%)	0(0.0%)	0(0.0%)	0(0.0%)	0(0.0%)	0(0.0%)	1(25.0%)
游戏	0(0.0%)	0(0.0%)	0(0.0%)	0(0.0%)	1(11.1%)	0(0.0%)	0(0.0%)	0(0.0%)
科幻	0(0.0%)	4(14.8%)	0(0.0%)	0(0.0%)	0(0.0%)	0(0.0%)	1(16.7%)	0(0.0%)
军事	0(0.0%)	0(0.0%)	0(0.0%)	0(0.0%)	0(0.0%)	0(0.0%)	0(0.0%)	0(0.0%)
历史	1(4.8%)	2(7.4%)	0(0.0%)	1(11.1%)	0(0.0%)	2(14.3%)	1(16.7%)	0(0.0%)
体育	0(0.0%)	0(0.0%)	0(0.0%)	0(0.0%)	0(0.0%)	0(0.0%)	0(0.0%)	0(0.0%)
轻小说	5(23.8%)	5(18.5%)	2(28.6%)	3(33.3%)	1(11.1%)	3(21.4%)	1(16.7%)	0(0.0%)
其他	0(0.0%)	0(0.0%)	0(0.0%)	0(0.0%)	0(0.0%)	0(0.0%)	0(0.0%)	0(0.0%)

按照剧情取胜、选择人数(18 人)最多的玄幻分类下,5 人认为自己的塑造失真,4 人认为文笔表达不出想要的感觉,6 人对审核问题感到头痛,3 人认为写着写着就发现女主没有用了。

值得注意的是选择女主没用了的这三人。读者本应是对女主存在感太低更敏感的,大部分作者不应该觉得这是创作问题,但是,当作者自己也开始反思的时候,就充分证明“大量女性读者拥入男频文圈子。女性读者阅读男频小说的目的只是为了发挥想象力,并不追求看到感情戏份。她们可能会因为一些差劲的感情戏破坏了阅读代入感,而不希望看到有女主出现”观点的正确性。

在以感情戏见长的轻小说创作者中,担忧失真、文笔问题、审核问题也都有一定反馈。

最反常的一点是,都市小说的 7 位创作者中,居然没一位烦恼审核问题。进一步交叉分析之后我才发现,7 位都市小说作者,只有 1 人的作品是“多女主”(“后宫文”)小说。细查了这位作者的填写数据,他的笔龄在 0.5—2 年内,还没有一本接近完结的作品。因此,这可以作为特殊范例看待。

因此,对都市小说作者的调查范围说明,编辑小菌认为“都市小说在朝弱化女性的方向发展,转‘后宫’为‘暧昧’”的观点是可信的。

(六)老作者的态度

我们尤其有必要关注几个特殊样本:老作者。

本问卷中的第 4 题“您已经创作完成的作品有(　)”中,有 7 人选择的是 2 本或 3 本及以上。经过对比,这些作者的创作时间基本在 2 年以上,可以确定为“老作者”。

老作者的创作态度有极大的参考价值。因为能够坚持继续创作的老作者,往往对市场走向有着更加精准锐利的把握,也研究过更多的网络小说,创作经验、应对读者的经验更是丰富。

表 4-11

2. 您目前正创作的作品类型为	3. 您从事网络小说创作的时间为	4. 已经创作完成的作品有	5. 您的作品对女主的数量控制为	9. 您对创作女性角色的看法?	11. 您是否为女性角色,做出或准备做出作品定位的转变?
奇幻	5 年以上	3 本及以上	单女主	剧情推进和衬托男主的需要	单女主→无女主
都市	0.5—2 年	2 本	单女主	和男性配角出场没有任何区别	无女主→单女主
科幻	5 年以上	3 本及以上	单女主	和男性配角出场没有任何区别	无女主→单女主
玄幻	2—5 年	2 本	单女主	剧情推进和衬托男主的需要	没有转变
仙侠	2—5 年	2 本	多女且与男主都有感情线	基本是为了爽点	多女主→无女主
轻小说	2—5 年	2 本	单女主	和男性配角出场没有任何区别	多女主→单女主
都市	5 年以上	2 本	单女主	剧情推进和衬托男主的需要	没有转变

7 人中,6 人在第 5 题的类型选择中选择“单女主”,即便是选择“多女主”(“后宫文”)创作的唯一老作者,在第 11 题的类型转变中也选了计划做出“多女主”向“单女主”的转变。其余人中,没有一人是选择朝“多女主”方向转变的。

最有意思的是,7 位老作者中没有一位在第 9 题选项中认为女性角色“极为重要”。这足以说明,至少大部分老作者都很认同女性角色戏份弱化的趋势。

四、调查问卷二:读者对“无女主”怎么看?

针对读者群体,我设计了另一份调查问卷,发放并且收回有效问卷50份。

对作者调查和对读者调查,仅有极少量的样本重叠。因此,读者的样本(50人)也是客观可信的。

基于已有的数据,我们可以进行更有针对性的数据分析:

(一)性别和年龄分布

男频小说的读者都是男性吗?

不尽然。第2题“您的性别是(　)”中,参与问卷填写的女性有13人。这说明不少女性读者也喜欢男频小说。

表4-12

男性	37(74%)
女性	13(26%)

男频小说的读者都集中在青少年吗?

考虑到散播问卷的方式(QQ群、论坛、亲友等),样本的反馈数据并不绝对准确。尤其是24—40岁这个年龄区间潜藏大量的读者,但填写问卷的可能性偏低。不过,40岁以上的填写者有5个人,这足以证明男频网络小说不只是青少年的专属。

表4-13

18岁以下	11(22%)
18—24岁	27(54%)
24—30岁	6(12%)
30—40岁	1(2%)
40岁以上	5(10%)

(二)女读者也喜欢各种“美女”?

第6题“您非常喜欢以下哪一种或哪几种类型的女性角色?”的数据很有

意思。

上文的数据告诉我们,50 份统计样本中有 13 位女性。然而在第 6 题的数据里,选择了“都不喜欢”的人数仅仅 3 个。换句话说,至少有 10 位女性读者在阅读男频小说的时候,有偏爱类型的“女性角色”。

对性别和第 6 题进行交叉分析:

表 4-14

子问题	男性	女性
乖巧小妹	11(84.6%)	2(15.4%)
英气逼人	8(72.7%)	3(27.3%)
冰山美人	14(82.4%)	3(17.6%)
狐媚美人	8(88.9%)	1(11.1%)
圣洁天使	9(75.0%)	3(25.0%)
邪恶小妞	8(72.7%)	3(27.3%)
霸道御姐	9(64.3%)	5(35.7%)
温柔姐姐	15(88.2%)	2(11.8%)
视人物塑造而定	21(80.8%)	5(19.2%)
都喜欢	10(90.9%)	1(9.1%)
都不喜欢	2(66.7%)	1(33.3%)
其他	2(100.0%)	0(0.0%)

这份结果很出乎我的预料。

真正选择“都不喜欢”的女性读者仅有 1 人。其余 12 人中,竟然还有 1 人选了“都喜欢”。

这说明,即便是女读者,也不是都很抗拒这种“男生理想型”的女性设定,甚至可能会有女读者喜欢看男频“多女主”(“后宫文”)小说。至少选到“狐媚美人”这一个选项的唯一一位读者,经过细查,就偏爱“多女主”(“后宫文”)小说。

另外,仔细对比了 13 位女性受访者的选项,我发现,选择“视人物塑造而定”的 5 人中仅 1 人选择额外类型,其余 4 人都没有明显的偏向。这就意味着，其余 8 人中，去掉选择“都不喜欢”的 1 人，还有 7 人会因为性格偏爱男频小说中不同的女性角色。

在我的理解里，女读者不爱看“多女主”（“后宫文”）小说应该是必然的。但女读者竟然反而会有特定类型的喜好，这很令人费解。但综合分析之后，我才发现，被选择的相对较多的几个类型是英气逼人、冰山美人、圣洁天使、邪恶小妞、霸道御姐。这五个类型的“女性角色”有一种明显的共同特质：自尊。也就是说，遑论塑造的水准究竟如何，在女性读者眼里，外在特质有自尊的女性角色更容易得到偏爱。

至于在男性读者中（37 人），选择“都不喜欢”的仅有 2 人。对其余不同类型的女性角色，也各有喜好。这充分说明，“读者都不怎么爱看女性角色”的看法很可能是个伪命题。

（三）爱看无女主或是无奈的选择

第 7 题“您偏爱以下哪一种类型的男频小说？”的反馈数据如下：

表 4-15

无女主	11（22%）
单女主	15（30%）
多女主	8（16%）
不喜欢无女主	3（6%）
不喜欢多女主	0（0%）
没有任何偏向	13（26%）

问题涉及两个方面：喜好的偏向与厌恶的偏向。看似矛盾，实际上并不冲突。

偏爱男频无女主小说的多达 11 人，其中，有 6 人是女性读者。

而就女性读者总样本 13 人来看，6 人更偏爱无女主小说，这已经占有相当高的比例。仅这一点，就足以验证“大量女性读者开始追捧男频小说，但她们比较排斥男频小说中固有的感情戏写法”的观点。

表 4-16

7. 您偏爱以下哪一种类型的男频小说?	8. 您偏爱无女主小说的原因是什么	11. 您看过的小说中,有多少令您印象深刻的女性?
无女主	看男频就是为了看新奇的世界观和打架	凤毛麟角
无女主	塑造女主的水平实在太差了/看多女主小说看腻了/偏爱的某一个或某几个作者只写无女主小说	大多数书有
无女主	塑造女主的水平实在太差了	凤毛麟角
无女主	看男频就是为了看新奇的世界观和打架/部分作品中的女主令人讨厌/塑造女主的水平实在太差了/感觉女主的存在没什么意思	凤毛麟角
无女主	看男频就是为了看新奇的世界观和打架/看多女主小说看腻了/感觉女主的存在没什么意思	少数书有
无女主	部分作品中的女主令人讨厌/塑造女主的水平实在太差了/看多女主小说看腻了/感觉女主的存在没什么意思	凤毛麟角

筛选出偏爱无女主小说的女性读者之后,我们会发现,有 3 人选“看多女主小说看腻了”,4 人认为“塑造女主的水平实在太差了”,3 人认为“感觉女主的存在没什么意思”。而对于“能留下深刻印象”的选项,4 人认为“凤毛麟角”。

经查,唯一一个选择“大多数书有”的受访女性读者,也只是误将 11 题的范围扩大到了女频小说的行列中。

(四)读者对女性角色塑造的要求变高

当开始将关注的重点放在样本 37 人的男性身上时,得到的反馈也有许多地方出乎我的意料。

首先需要再次澄清第 3 题“您阅读网络小说(仅男频)的‘书龄’为(　)”的结果。

表 4-17

1 年以内	7(14%)
1—2 年	4(8%)
3—5 年	6(12%)
5 年以上	33(66%)

受访者的样本数量有限,不能精准地代表现代的网络小说阅读人群,现代网络小说阅读人群中以“老书虫”居多。但与书龄 1—2 年、3—5 年的读者相比,“老书虫”的数量依然遥遥领先,这足以证明,“老书虫”[①]们始终是网络小说阅读的中坚力量。

而在进行数据筛选之后,我发现,男性读者中书龄在“5 年以上”的多达 27 人(男性样本共 37 人)。而这 27 人在第 13 题“您因以下几种‘毒点’而弃书过”的回答中,20 人选择了“人物塑造太差,全是花瓶”。

在这 27 人中,仅有 5 人认为“大多数小说中的女性角色都很有个性”,也仅有 5 人认为“都很真实”。可以看出,男性读者,尤其是老书虫们,并不是不喜欢女性角色,而是对作品中女性角色的要求很高。

(五)专一性、真实性、个性

分析男性读者的 8、9 两题的数据,我们可以发现,偏爱看“无女主”小说的男性读者主要因为“看腻了多女主小说”(数据分析结果 5 选 4);而偏爱看“多女主”小说的男性读者往往会认同“爽点多”“节奏快,剧情不单调”这样的优点(数据分析结果均为 7 选 5)。

但即便是偏爱多女主小说的 7 位读者中,都有 1 人曾因“一男配多女”的情节弃书,更有 4 人因为女主塑造得太差而弃书。

① 询问“书龄”和询问“阅读本数”两个问题的设置都有必要性。很多喜欢阅读网络小说的读者因为学业、工作变化等,有阅读真空期,但他们的审美品位随着年龄和“书龄”的增长而逐渐发生变化。因此,“书龄”和“阅读数”是相互参考校正的两个必要的维度。

表 4-18

一男配多女	1(14.3%)
男女主感情纠葛太长,拖泥带水	4(57.1%)
人物塑造太差,全是花瓶	4(57.1%)
女主背叛或被性侵或死亡等情节	3(42.9%)
看了半本书,女主突然换人	4(57.1%)
其他	0(0%)

样本重新面向所有 37 名受访男性读者。在第 10 题“您更希望看到什么样的女主?”中,对真实性和个性提出要求的读者比例共占 60%以上,这无疑对作者们的创作能力提出了很高的要求。

表 4-19

更接近真实的	8(21.6%)
极具个性的	15(40.5%)
更能满足幻想的	7(18.9%)
无所谓	5(13.5%)
不希望看到女主	2(5.4%)

五、结论

在做调查报告之前,我们对“无女主”小说流行的现象粗略地做以下几个猜想:

1. 确实存在“无女主”(弱化女性存在)的创作风气;
2. “无女主”小说有可能成为网络小说未来的创作主流;
3. “无女主”风气流行有作者文笔限制的原因;
4. 读者倒逼使得许多作者不得不做出弱化女性的写作方向调整;
5. 女性读者拥入男频阅读一定程度上使“无女主”小说变得流行。

经过对“作者对无女主怎么看”调查报告的研究,我们可以肯定 1、3 两个猜想的正确性。

但综合两份不同面向的调查报告,却有更深层的发现。“无女主”创作的风潮究竟是怎么形成的呢?从报告反馈出的情况来看,是多方因素合力的结果。

“无女主”创作的风潮起因是“邯郸学步”。部分老作者名声上涨,读者群体不断扩大,他们希望拓展自己的读者群体,也拓展自己多重版权运营的可能性,因此,主动做出调整,将写作题材朝“弱化女主”的方向靠拢。因为弱化女主是各种读者都能够接受的“最大公约数”。

跟风学习的作者都以成功的作者为标杆。诸如阅文老牌作家辰东,作品中几乎“无女主”存在,开辟了“灵气复苏流”;比如爱潜水的乌贼 5 月完成的神作《诡秘之主》。可是他们的作品之所以成功是因为“无女主”吗?当然不是。他们只是过于精心地投入设定和剧情,没有将精力放在人物塑造上而已。

“邯郸学步”导致“恶性循环”。“无女主”的倾向带来读者要求标准的降低:反正女主都没有/女主就一个,塑造得差一点也没有关系,只要剧情和设定搞得好就可以了。读者的看到更多有魅力的女性角色的需求得不到满足,反过来会对“多女主”(“后宫文”)的创作者提出更高的要求。越来越多的“多女主”(“后宫文”)作者没了出路,被逼转型,写“多女主”文的作者越来越少,弱化女主存在感的作者越来越多,恶性循环便形成了。

从读者调查反馈来看,不喜欢男频小说中出现女主的读者仅占极小的部分。大部分的读者依然很期待在一本足够精彩的小说中看到对女性角色入木三分的塑造,即便是女性读者也会喜欢男频小说中不同类型的女性角色。

所以,对作者来说,无须为了迎合市场而刻意创作“无女主”小说。因为“无女主”风尚并非读者的倒逼,而是复杂成因下的“歪风邪气”。无论“无女主”“单女主”还是“多女主”,最关键的是要将作品写得精彩,写出自己的风格和特色。

附　录

男频作者对女性角色创作的看法调查

本调查仅针对男频作者，希望通过具有一定普遍性的调查，判断当下网络小说中“无女主”现象的成因与发展趋势，以便能对广大男频作者的创作提供一定参考。本问卷将严格保护您的隐私，感谢各位作者的参与！

1. 您的年龄在（　　）。[单选题]

20 岁以下/20—25 岁/25 岁以上

2. 您目前正创作的作品，类别为（　　）。[单选题]

玄幻/仙侠/奇幻/都市/悬疑/游戏/科幻/军事/体育/历史/轻小说/其他

3. 您从事网络小说创作的“笔龄”为（　　）。[单选题]

半年以内/0. 5—2 年/2—5 年/5 年以上

4. 您已经创作完成的作品有（　　）。[单选题]

尚无完成作品/接近完成或已有一本/2 本/3 本及以上

5. 您的作品对女主数量的控制为（　　）。[单选题]（以当下作品为准）

无女主/单女主/多女衬托男主但无任何感情线/多女衬托男主且都有感情线/其他

6. 您正在创作的小说中，比较重要的女性角色有（　　）。[单选题]

1 个都没有/1—3 个/3—7 个/7 个以上

7. 您的作品中，什么样的女性角色是“重要的”？[多选题]

是否跟男主产生感情/是否跟男主有特殊关系（亲友、死敌、部下等）/是否能在必要的时候衬托男主/是否得到读者的广泛喜爱/女性角色都不太重要/其他

8. 在创作作品之前，您会（　　）。[单选题]

先构思出几个围绕男主逐渐出场的女性角色/想出女主的设定，并且将男女主感情线作为构建大纲的必要部分/不刻意构思女性角色，随着主线推进而随缘登场/压根不准备安排重要的女性角色出场/其他

9. 您对创作女性角色的看法是(　　)。[单选题]

极为重要/剧情推进和衬托男主的需要/基本是为了爽点/和男性配角出场没有任何区别/完全没有必要/其他

10. 您在创作并塑造女性角色时,遇到过的困难有(　　)。[多选题]

难以把握女性心理,塑造失真/文笔限制,表达不出想要的感觉/因感情线有变化或无变化而招致读者批评/为了感情线而产生了逻辑 bug(漏洞)/写着写着发现女主没有用了/想写男女主的亲密互动却被审核拦截/写了好几个女性角色感觉差不多/其他

11. 您是否为女性角色,做出或以后准备做作品定位的改变?[下拉题](直到作品结束都没有明确感情线的作品视为无女主作品,单感情线为单女主,多线为多女主)

多女主→单女主/多女主→无女主/单女主→多女主/单女主→无女主/无女主→多女主/无女主→单女主/没有转变/其他

12. 促使您调整作品中某女性地位的最重要原因是(　　)。[单选题]

前期构思/剧情需要/读者喜好/突然的灵感/其他

读者如何看待男频小说中的“女性角色”?

最近,男频网络小说中越来越流行“单女主”甚至“无女主”写法。女性角色在男频小说中的出场参与越来越少。本问卷旨在了解男频类读者究竟如何看待这种写法上的变化,将严格保护您的隐私。感谢读者朋友们参与!

1. 您的年龄为(　　)。[单选题]

18 岁以下/18—24 岁/24—30 岁/30—40 岁/40 岁以上

2. 您的性别是(　　)。[单选题]

男性/女性

3. 您阅读网络小说(仅男频)的“书龄”有(　　)。[单选题]

1 年以内/1—2 年/3—5 年/5 年以上

4. 您完整阅读或读过大部分章节的网络小说有(　　)。[单选题]

10 本以内/10—20 本/20—50 本/50—200 本/200 本以上

5. 您喜爱下列哪一种或几种类型？［多选题］

玄幻/奇幻/仙侠/都市/悬疑/游戏/科幻/军事/历史/体育/轻小说/其他

6. 您非常喜欢以下哪一种或几种类型的女性角色？［多选题］

乖巧小妹/英气逼人/冰山美人/狐媚美人/圣洁天使/邪恶小妞/霸道御姐/温柔姐姐/视人物塑造而定/都喜欢/都不喜欢/其他

7. 您偏爱以下哪一种类型的男频小说？［单选题］（无女主指直到最后男主都没有跟任何女性产生感情线，单女主指单一感情线，多女主指多感情线）

无女主/单女主/多女主/不喜欢无女主/不喜欢多女主/没有任何偏向

8. 您偏爱无女主小说的原因是（　　）。［多选题］（第7题选择“无女主”后指向本题）

看男频就是为了看新奇的世界观和打架/部分作品中的女主令人讨厌/塑造女主的水平实在太差了/看多女主小说腻了/感觉女主的存在没什么意思/偏爱的某一个或几个作者只写无女主小说/其他

9. 您偏爱多女主小说的原因是（　　）。［多选题］（第7题选择“多女主”后指向本题）

满足幻想，爽点多/节奏更快，剧情不单调/希望借此加深对女性群体的认识/偏爱的某一个作者或几个作者只写多女主小说/想了解男性对理想型女性的普遍认知/其他

10. 您更希望看到什么样的女主？［单选题］

更接近真实的/极具个性的/更能满足幻想的/无所谓/不希望看到女主

11. 您看过的小说中，有多少令你印象深刻的女性？［单选题］

凤毛麟角/少数书有/部分书有/大多书有/全部都有

12. 您认为，大多男频小说塑造女性角色的普遍亮点有（　　）。［多选题］

都是大美女/都能很好地衬托男主/都对剧情发展有推进作用/都很有个性/都很真实/各有亮点，但不普遍/没什么亮点

13. 您因以下哪几种“毒点”而弃书过？［多选题］

一男配多女/男女主感情纠葛太长，拖泥带水/人物塑造太差，全是花瓶/女主背叛或被性侵或死亡等情节/看了半本书女主突然换人/其他

第四编

里下河青年作家评论专辑

向世俗生活的深层掘进

——汤成难短篇小说散论

孙德喜

汤成难是新近崛起的青年女作家,主要从事短篇小说创作,先后出版了短篇小说集《一棵大树想要飞》[①]和《J 先生》[②]。她的作品不仅在《人民文学》和《钟山》《作家》等大型文学期刊上频频亮相,而且还常常被《小说选刊》《小说月报》和《新华文摘》转载,从而引起了评论界的关注。汤成难的短篇小说充分显示出属于她个人的特质:在异乎寻常的平静叙述背后,却有着给读者反复沉思的灵感。具体来说,她的小说主要体现为平民化、浪漫的诗情和孤独的存在,当然还有她所表现的隐藏于现实生活之下的种种悲剧意识,散发着浓郁的地方生活气息,蕴含着深刻的思想文化内涵。

一

平民化写作是新近文学创作的一个趋势,它既不同于过去“高于生活”的典型化的书写,也不同于 20 世纪 90 年代以来的底层叙事。如果说盛行于三四十年前的典型书写突出人物、事件与社会环境的本质属性和历史规定性,底层叙事着意书写底层民众的不幸和苦难以抨击社会的黑暗和不公,那么平

① 汤成难:《一棵大树想要飞》,中国书籍出版社,2018 年。

② 汤成难:《J 先生》,文汇出版社,2019 年。

民化写作则是近二三十年来新写实叙事的发展,回到社会生活的原生状态,展现日常化的平民世俗生活,呈现平民的精神状态。汤成难将她的小说创作定位于平民化书写生活,要将读者带到当代普通民众的生活现场去感知他们的生活,体验他们的生活美学。

汤成难的小说所写的主要是仙城县的市民与小王庄的村民。仙城县与小王庄固然是虚构的地方,但是从细小的地名及其形态特征来看,其原型应该是现在的扬州市及其江都区,也可以泛指里下河地区。小说中的人物基本上都是这里的普通民众,令我们非常熟悉,既有保姆、打工妹、手艺人、小老板,又有乡村教师、生意人、空巢老人;既有辛勤的持家者,又有残疾人……这些人没有高贵的身份,也没有豪华的居所,更没有巨大的权力,是忙忙碌碌的芸芸众生,作家所叙述的也就是他们艰辛的谋生,希望与失望,追求中的幸福与痛苦。因而,汤成难在小说中将平民上升为生活的主角。《软座包厢》写的是“我”为参加一次笔会而乘坐火车的软座包厢。小说叙述的也不是包厢里发生的什么大事,几乎是没有事情的事情,大家都各自做自己的事,女一号在听她耳机里的音乐,“我”也戴上耳机在听自己的音乐,有时还发呆,而其他人其实也无所事事,有时大家都“不约而同地看着窗外”,然而“窗外什么都没有”。因而包厢里的几个人都显得很无聊,无聊或许就是他们的一种状态,不会发生任何故事。而且小说的叙述基本上没有背景,可能发生在今天,也可能发生在昨天或者明天,同样也可能发生于其他某一列火车之上。软座包厢里的乘客除了叙述人“我”之外,都没有具体的姓名,为了将他们一一区分开来,叙述人将其分别编号,称其为“男一号”“女一号”和“女二号”。这与其说是出于叙述的方便,不如说是对共名人物的一种指称方式。

以这样的方式指称人物,在汤成难的小说中大概也仅《软座包厢》一篇。不过,汤成难的小说中出现比较多的是王彩虹。《小王庄往事》《开往春天的电梯》《共和路的冬天》《搬家》《老胡记》《一棵悬铃木》中都有名叫王彩虹的人物,其中绝大多数是主人公,但是她们并不是同一个人,在各篇小说中各有自己的身份和各自的苦恼。在《小王庄往事》中,王彩虹在小王庄经营着一家小型杂货店,是一个向往读书的女青年。《开往春天的电梯》里的王彩虹则是刚刚从美丽小区搬进幸福小区的城市少妇。《共和路的冬天》里的王彩虹的丈夫虽然与《开往春天的电梯》里的王彩虹的丈夫都叫李大勇，但是前者生活在仙女镇的一个小巷子里，而且这两个李大勇也不同。前一篇小说中的是个出租车司机，整天忙着生意；而后一篇小说里的则是一个失去下半截躯体的残疾人。到了《老胡记》中，王彩虹已经不是这篇小说故事中的人物，而是王秀英讲给“我”的故事中的人物。小说中有一个细节值得注意，王秀英在讲述王彩虹的时候，一时口误，将其说成了“王彩霞”。稍后，王秀英又将王彩虹说成了“王红霞”，经纠正后，王秀英说了这样的话：“什么彩虹彩霞红霞的？都一样，都一样，都是好看的。”这话虽然出自王秀英之口，却隐含了汤成难人物叙事的秘密。在《搬家》中，小说的叙述人是一个小说家，他说得也很明确：“小说中的女性，大多叫王彩虹，她们内向而腼腆，内心丰富，追求像彩虹一样的绚烂美好。至于小说中的男主人翁（应为‘男主人公’——引者），大多又沉默木讷、隐忍坚强，无一例外地都叫作李城。”《王大华的城市生活》与《荷花小区 5 幢 601》的女主人公都叫王大华，而在后一篇中，王大华又叫“王翠华”，同样是人物名字互现。只是两个王大华的丈夫不是同一人，一个是王改之，另一个叫宏叔。名字不过是区别人物的符号，而小说中的人物就是我们身边的人，是我们熟悉的陌生人，因而，他们叫什么名字并不重要，重要的是他们的遭遇，事情都可能发生在我们身边的某个人身上，他们所说的话也都可能出自我们身边的某个人之口。而他们都拥有一个共同的名字——“平民”。

从表面看，这是叙事的一个策略，或者说是人物指称的一个符号，其实作家的本意是平民的视角与自己的民间立场。她所写的人物不是传统意义上的“工农兵”模范人物，讲述的故事也不是宏大叙事。由此可见，不愿意跟随主流话语卖萌作秀，因为她觉得只有贴近平民，才能逼近普通人的现实存在。

出于民间立场与平民叙事，汤成难在小说叙事中，往往将宏大的历史淡化并将背景模糊起来，突出的是生活中细碎的琐事，强调的是诸多细节的描述与拼贴。《比邻而居》让人基本上看不出什么背景，我们只能从小说的具体细节中了解到故事发生在当今这个互联网时代，然而小说的故事却是由一次误入楼上邻居的住所而引发的心理的波动。《我们这里也有鱼》同样没有故事背景的呈现，小说所叙述的就是叙述人的姨父与小姨一家的日常生活。《小王庄往事》叙述的是 35 年前的故事，从小说所叙述的王庄小学的情况以及王彩虹经营的小杂货店来看，隐隐而现的是改革开放初期的历史背景：一方面，农村里也可以出现个体经营的店铺；另一方面，王庄小学的条件非常简陋。在这样的背景下，上演的是少女王彩虹暗恋上了小学新来的年轻老师的故事。《冬至》基本上没有故事背景，然而所叙述的事件相对于整个社会而言或许是微不足道的，而对于当事人来说却是天大的事。汤成难的小说所写的都是这些现实生活中平民百姓的生生死死，他们所经历的事相对于社会而言是可以忽略的，而对于他们来说却是决定命运的天大的事。这就是平民化写作所显示出的意义。其实，一个民族的历史或者一个时代的存在，往往都是从这些平民生活中得到深刻的曲折映射，而平民的日常生活比起宏大的历史和重大的社会事件，也更能体现出世界存在的本质。

二

汤成难有一颗诗人的心灵。因为在其笔下，对凡夫俗子及其世俗的故事进行了诗意的表达。这是她精神世界里的"主观"诗意。尽管她看到生活中丑恶虚假的现象乃至悲剧，但她以自己的情绪化与主观诗情，就像沈从文、汪曾祺那样，将她的故事叙述在悖论想象中进行童话般的艺术处理，从而以浪漫主义的形态呈现。

平民化的生活给人的印象是极其琐碎的，往往也是比较乏味的，有时又是反诗意的。然而在汤成难这里，她既注意到平民生活的凡俗性一面，又善于挖掘出他们生活中的浪漫诗情。她小说中的许多人物虽然没有写下叫作诗的文学作品，却以其浪漫的行为和举动，表明其为实质性的诗人。《比邻而居》中的叙述人"我"这位女，应该说是一位童话诗人。"我"居住在201房间，却无意中打开了楼上301房间的门。这一偶发事件使"我"发现了一种诗意的存在，在陌生的环境中让自己的身心有所放松，让人与人之间的关系变得格外简单。成人世界的复杂，令叙述人"我"向往单纯的童话世界，希望人与人之间的关系像童话一样纯净，即使互不相识，也能够友好相处。与叙述人形成鲜明对比的是"北京男友"，他虽然经常写些所谓诗的东西，却是闭门造

“诗”。对比之下,我们不难发现诗原本就是心灵的状态,没有诗的心灵,就没有诗。《我们这里还有鱼》中叙述人的姨父在对生活的热爱中显现出他的诗意人生。无论是“整洁”“干净舒服”,弹吉他,吹口琴,还是做盆景,养几条鱼,姨父都想将日子过出情趣来,都想从生活的美中获得愉悦。他在这个功利性十分强的社会里生活确实艰难,但是他是一个诗意的存在。《寻找一朵云》同样叙述的是一个人的浪漫追求。小说中的妈妈是一家农药厂最后一道流水线上的工人。一个并不出色的推销员的话激起了她的浪漫之情,她便去了遥远的青藏高原看云。看云本来是闲散的人和诗人的举动,然而她这个农药厂的工人却能够放弃手头的工作,前往数千公里远的地方去看云。而且,她不顾高原反应和旅途的疲惫,坚持给“我”写信,叙述旅途中的感受和见闻。而她的“信写得很长,像写给妹妹的那些信一样,信的末尾写了很多‘云’,仿佛自言自语,从西宁的云写到格尔木的云,又写到昆仑山的云,她说那些云太爱跑了,一群一群地追着风跑”。当到达近五千米的海拔高度时,妈妈一点都不因缺氧而感到难受,反而是“海拔越高她越高兴,因为离云又近了一点”。妈妈的钟情于云看上去追寻的是虚幻,实际上是为了超脱世俗的羁绊,获得自我的确证。《打鸟》中的刘国栋与《我们这里还有鱼》中的姨父一样,也是一个热爱生活、追求诗意人生的人。当然,他不像姨父那样整洁,却是以忘我的精神追求一种诗意的存在。在收割机劳作的时代,他居然借一把镰刀到农田里割麦子,而他的劳作并非为了谋生,也不同于某些人的作秀,而是寻回当年劳动的感觉,为同样是浪漫之人的李局长提供拍摄艺术照的画面。到后来,刘国栋为了拍摄日出的壮丽景观,不惜起早驾车赶往市郊的红山,拍摄人间最美的照片,他们的诗意不是拍出美丽的照片,而在于探索美的过程。《到峨眉山》中的李自和《我们这里还有鱼》中的姨父相似,他喜欢弹弓、口琴和石头等,这些物件都不是实用之物,与他的诗人心态密切相关。但当这些他所恋之物被他的老婆田淑芬扔掉之后,于是他要到峨眉山去。而他对峨眉山的认识还是浪漫的想象,然而正是这种浪漫的想象赋予其诗性。最终,李自没有去成峨眉山,他的峨眉山之梦破灭了,然而他的诗性浪漫却融入了生命。一条小河在许多人眼中都是平凡得不能再平凡的事物,平凡得人们几乎忽视它的存在,然而在《一条小河》中的叙述人“我”的眼里却是一个惊喜的“发现”。

小区里的这条小河“漂亮”而“幽静”。而且,“我”可以躺到河边的石头上睡一会儿,同时将脚伸进河水中,闭上眼睛享受河边的宁静与花草散发出的气味。这个沉浸在河边世界里的叙述人从这里获得了诗意。后来,叙述人在河边遇到了一名男子。他们虽然素不相识,却有一见如故的感觉,一道欣赏水中的蝌蚪,从平凡的生活中发现诗意。

日常生活中存在着诗意,却需要挖掘和发现。同样,平民身上也存在着诗意,只是常常为世俗生活所遮蔽。这就需要作家有一双敏锐的眼睛,而且作家本人也应该具有诗性的浪漫和诗人的情怀。汤成难从本质上说就是一个诗人,在现实生活中是一个性情中人。具有诗人本性的汤成难在生活中也必然追求生命的诗化,同时这也使她敏感于凡俗生活蕴含着的诗意,并在她的小说中加以展现。小说中的诗情和浪漫照亮了小说的世界,揭示出小说中人物的精神特质,从而赋予其非凡意义。

三

如果说诗情浪漫体现了汤成难对日常生活给予的深切期望,寄寓着作家的理想,那么孤独则是现代社会里人的精神常态,更体现着世俗社会中生命的本质。其实,人的存在就是孤独。当然,各人的孤独情况不一样,对待孤独的态度也存在着很大的差异。汤成难以悲悯之心书写出这个时代人的孤独及悲哀,从而与前面所说她的浪漫诗情形成鲜明的对照。

这个世界上最易陷入孤独的是诗人。这里所说的诗人不是指那些写几句押韵而顺口的长短句的人,而是具有浪漫情怀和富有诗性的人。汤成难笔下的不少人物,具有诗人气质和秉性,表现出鲜明而突出的个性。其中的一点,是人物的孤独意识及其描写。他们的行为举止也很难为常人所理解和认同,他们的非功利的人生追求也不为这个势利的社会所容,因而他们难以与周围的人沟通,与自己所处的环境不仅很不协调,而且还可能不可避免地发生冲突,以致陷入孤立的境地。《寻找一朵云》中的妈妈之所以要到西藏去看云,也是因为在现实生活中非常孤独。既然在农药厂的流水线上像机器一样，精神枯竭，那么只有到远方去“寻找一朵云”以滋润灵魂。然而，无论是远方，还是天上的云，都具有虚幻性，并不能驱散她内心深处的孤独感。为了缓解内心的孤独，她通过写长信给两个子女，讲述其看云的欣喜。《开往春天的电梯》中的王彩虹与丈夫李大勇虽然没有什么矛盾冲突，但是没有心灵的沟通，丈夫整天忙着他的出租车生意，根本没有时间与王彩虹交谈。这使王彩虹陷入孤寂的煎熬，于是，她在电梯里碰到一个陌生的男子，便产生了要那男子抱一下自己的欲望。当她获得了拥抱之后，她情不自禁地流下了热泪，因为她感受到从没有过的温暖。这还让她“想起童年，想起妈妈”。其实，王彩虹的电梯遭遇更像是一个白日梦，是她孤独心灵流露出的强烈欲望。《比邻而居》中的“我”，最大的感触就是成人世界异常复杂，“我”难以适应，因而只能待在家里。“我”很想摆脱这种孤独，在网上结识了北京男友。可是这个男友不仅远在北京，而且是一个闭门造“诗”的庸俗之人。“我”很想找到童年的伙伴刘美红，重温童年旧梦。然而，“我”从父亲那里得到的消息则是刘美红死了。《打鸟》中的刘国栋与妻子王芳芳的争吵、《到峨眉山》中李自遭到妻子田淑芬的“憎恶”，都是源于俗不可耐和功利心很强的妻子根本不理解丈夫爱美的浪漫情怀。而妻子如此的态度构成了刘国栋和李自孤独的重要的环境诱因。

如果说诗人的孤独在于他们的诗性与功利的现实社会相冲突，那么普通的人与人之间也缺乏沟通，各人都生活在自己的世界里，将自己封闭起来。他们虽然陷于孤独，但又很麻木、漠然，根本没有诗人那种内心的痛苦，更没有挣脱现实，去寻求沟通的欲望。因而，这些孤独的人实质上是庸众。《软座包厢》里的叙述人“我”与车厢里另外三人基本上都是各自的存在。当“我”走进车厢时，先到的三个人都在玩手机，无视“我”的进来。不仅车厢里的人如此，就是候车大厅里也是“一群和我一样在玩手机、发呆或揣摩别人的人”。这些人从未想到主动与他人打招呼，更不会主动与别人交谈。即使有些人在说话，也不是心灵的沟通，而是自说自话，或者不管别人是否感兴趣是否愿意听而讲些无聊的事情。然而，对于这种状况，“人们都习惯了——每天以不同的形式死掉一些”，这里“死掉”的当然不只是社会“新闻”里的那些人，还有手机时代这些孤独而盲目的灵魂。《我舅舅刘长安》中的“我”与表妹刘贝贝应该是很亲热的小伙伴，可是和她见面时，一个该发生的拥抱却“夭折在臂弯下”。这个表妹虽然说了许多话，但不是思想和情感的交流，而是一个劲儿地忆甜思苦，痛诉“‘现在’没有人疼她”。而叙述人“我”对她的印象则是“她的语速很快，在几年前的基础上又快几拍，依然喜欢用成语，用排比，我看着她的侧面，那张嘴像一个语言生产机器，不停地翻动，在瘦小的脸上十分突兀”。从“我”的印象可以看出，刘贝贝的快速诉苦，并没有收到应有的效果，因为“我”并没有留意到说话的内容，当语速像机器一样时，语言的内容就被一连串的语音所甩脱，所指没有了，只剩下空洞的能指。因而，这一对表姐妹的心灵是隔膜的。另外，刘贝贝的痛诉表明，她在家里也一直是孤独的存在：一方面，大姑妈和二姑妈的所谓疼爱都是遥远的“以前”，而“现在”则没有人疼爱，所以她见到了“我”才急于诉说，不管对方是否在听；另一方面，大姑妈和二姑妈“以前”的疼爱是否是真，很难说，很可能就是她记忆中的幻象。《王大华的城市生活》里的王大华为了“城市户口”嫁给了王改之。王改之的母亲王老师在儿子结婚以后就离开了他们，只留下王大华和王改之父子。而王改之父子都是精神病人，在家里都只是物质的存在，就连与王大华说句话都不会，所以王大华嫁来后在精神上就是孤苦伶仃的存在。再说王大华在家里有个妹妹叫王小华，但是这对亲姐妹除了攀比之外，没有半点情感的交流。《J先生》是我读到的汤成难小说中唯一一篇非写实作品。作家以荒诞的形式虚设了购买“情人”“孩子”和“父母”的故事。由于现实中根本得不到真正贴心的“情人”“孩子”和“父母”，只能幻想到某商场去购买。而商场里的这些所谓“情人”“孩子”和“父母”也都是假的，不仅J先生知道是假的，而且大家都知道是假的，但是他们仍然要买，而且还挽着这些假人上街让人看，以自欺欺人，以掩饰其内心的孤独。小说揭示了当今时代人与人的隔膜以及每个人都想摆脱孤独而无助的状态。《稻草人》表现了另一种孤独。杨四嫂的女儿杨小梅为了所谓的做好事而落水死亡，虽然乡上和村里为她女儿办了隆重的葬礼，但是，谁解她的丧女之痛？她没有得到应有的精神抚慰，更没有人分担她的痛苦，她由不信女儿离开了人世到后来到河道寻找女儿的遗体，以致最后发疯，眼前出现了无数稻草人向她“奔跑”的幻象。

孤独是自古至今一直困扰人类的问题，尤其是存在主义哲学家们一直探讨的问题。古今中外的文学作品对此也都有所表现。汤成难写出了现代普通人的孤独,而且是来自骨子里的孤独,反映的是当前普通民众的心理和精神状态。总之,汤成难所呈现的人物之间的孤独存在,虽不完全是“他人即地狱”的存在主义,但多数人物仿佛有着加缪笔下的“局外人”之间的冷漠与阻隔。而这里,女作家又与她的浪漫主义情怀的表现相辅相成,也许,这就是汤成难的独特魅力之所在。

四

当人的孤独得不到有效的纾解,心灵的饥渴得不到解除,悲剧也就必然会到来。文学史所叙述的悲剧很多,既有英雄的悲剧(超越时代的先驱的悲剧),又有性格的悲剧(重大的性格缺陷导致);既有社会的悲剧(社会矛盾冲突所致),又有命运的悲剧(各种巧合造成人物命运的急转直下),也都具有震撼人心的巨大力量。汤成难则在普通民众的日常生活中发现悲剧的因子,将时代、性格、文化和人性阴暗等质因统一在小说的悲剧中。因而,她所写的悲剧更是人类困境所致,隐含于日常生活之中,虽然不像许多悲剧那样催人泪下,却也时时令人揪心。《失语者》中的杨泉水遭遇的是一个时代的悲剧。杨泉水是一个技艺高超的竹篾匠,可是他偏偏生不逢时,塑料制品逐渐替代了竹篾器具,他第一次感到世界发生了翻天覆地的变化。但是,杨泉水没有气馁,他迅速改行,干起了木匠活,可以打制精美的家具。然而机器制作的三合板家具取代了他的天然木制家具,而且他制作家具的那片树林也在商业化开发中消失了。这篇小说让我联想到老舍的短篇小说《断魂枪》和冯骥才的中篇小说《神鞭》,由于时代的变化,哪怕有再精湛的手艺,也会沦落到英雄无用武之地。杨泉水也想通过改行来与时俱进,然而时代还是无情地抛弃了他。他的悲剧看似发生在一个传统的手艺人身上,但是如果我们细细观察就会发现,这样的悲剧可能发生在现代社会的每一个人身上。社会的发展与科技的进步,必然使许多人越来越不适应所生活的时代,必然产生被边缘化和被抛弃的感觉,于是悲剧不可避免。因而,这样的悲剧应该说是一个悖论:科技总是要进步，社会总是要发展，而人则随时都可能被时代甩掉。《王大华的城市生活》中的王大华，为了城市户口嫁给智障人士王改之本身就是一大悲剧，这看起来是她与妹妹王小华攀比造成的，是虚荣心在作祟，实质上还是户口制度使王大华不得不以牺牲自己的爱情、青春和幸福为代价，而这代价也太沉重了。《一棵大树想要飞》中的老张及其儿子的悲剧，首先是一个偶然的过失改变了这个家庭的命运，进而导致家破人亡。张国庆的失踪缘于一只气球的诱惑，后来被人“牵”走了，又因交友不慎而误入歧途，导致悲剧。而老张的悲剧则在于带着儿子逛商场的一个小小的疏忽，竟然导致他的家庭毁灭，儿子失踪后，他的老婆得了精神病，“一到晚上就鬼似的呜呜地哭”，而老张也不得不荒了自家地，被迫到处寻找失踪的儿子。《火车穿过槐花镇》里的陆飞与叙述人“我”不仅是一对恋人，而且还是生性浪漫的人，但是叙述人的父亲杨建设厂长根本不理解女儿的心理，也不尊重女儿的意愿，滥使父亲的权威，不仅强行安排女儿的人生，而且棒打鸳鸯，迫使陆飞不辞而别。《希望的田野》从标题来看让人觉得是一篇轻松愉快的小说，但是在阅读之后，我感到的是沉重。小说中的悲剧并不惊心动魄，贵喜一生却生活在悲凉和孤独之中。他的情形与余华小说《活着》中的福贵十分相似，他一生伺候牛，与其相伴。先是合作化运动令他与牛分离，后来的工业化向农村蔓延，令他与牛失去了生存的空间。贵喜的悲剧是时代的悲剧，而这个不断变化的时代既与政治有关，又与现代社会的工业化相关，蕴含着历史的悖论。汤成难所写的悲剧显示了人类的困境，既揭示了现实社会中人类的生存境况，又具有深厚的哲学意蕴。当代社会急剧的变化，引起传统文化价值的漂移、人生理念的嬗变与人性异化扭曲的黑洞现象，造成很多凡夫俗子的个人悲剧。社会发展、科技进步与物质生活的提升是无可置疑的一面，而另一面，所造成的人性异化与扭曲以至发生的悲剧，是因为人们在精神被放逐的过程中，产生了很多非理性的、灵魂黑洞的丑恶，实质是背离了传统文化中伦理、道德的传承。这是阅读汤成难小说留给我们的传统与现代之间存在悖论的思考。

许多作家深受消费文化的影响，写作日趋功利化，所写的作品可能很畅销，也可能引起一定的轰动，还可能得到一些人的追捧，但是毕竟泡沫破灭之后其作品便会很快消失。只有向平常生活的深层不断掘进，才能把握准生活的脉象，挖掘到生活、人性深处最根本的东西，也才能使作品具有深厚的底蕴。汤成难会越来越成熟，会以她个人独特的风格与独特的思考，继续给当代文坛留下更优秀的作品。

漫游者与失乐园

——略论陆秀荔《海棠汤》的叙事方式

周卫彬

诺思罗普·弗莱在一篇论及文学批评的文章中写道:“一切的文学类型,很可能是从追寻神话延伸出来的。”我以为这种追寻反映在陆秀荔长篇小说《海棠汤》中,即是在对成长经验的书写中,去遥望那个伊萨卡岛,饱含着永恒的家的信念。由此,这篇小说从“我”这样一个类似于小城漫游者的角色出发,其漫长的成长经历,乃是为了从懵懂而深刻的人生体验中,去寻找一份疑问与证词。迄今为止,陆秀荔的大部分小说,都写到这种成长经验,这既是她小说写作的初衷与来源,也是某种自觉,因为不仅具有个人的意义,某种程度上也具有人类心灵所共有的普遍意义。

我一直在思考这部小说何以采取这样一种非线性的漫游式的结构,串联起不同的时空与人物,尤其是小说所营造的空间并非一种特殊的小城景观,而是具有20世纪80年代苏北水乡的普遍性特征,小巷、大河、街道、正在兴起的经济背景等等,直到最后“如是”部分,我仿佛渐渐明白,这种方式似乎采用了鲁迅乡土小说的写作模式,原本“海棠汤”是故园之梦,“我”之在故土的成长与游历,正是为了见证梦碎与梦醒,但这里不是当年鲁迅小说所描写的封闭的、一切都没有变化的“故乡”,而是变迁中的、不稳定的世界,因此,小说的叙事重点是不固定的,而是随着“我”的漫游而发展变化,这么做,淡化了情节的表面化冲突,而更加注重人物潜在的心灵焦灼与失落。从“海棠汤”到“光明寺”“银杏街”“病树馆”等,随着场景的转换,我们不仅看到了以“海棠汤”

为表征的伦理秩序的渐行渐远,也看到了难以回避的人生循环与现实困境。

但不得不说,这么做,某种程度上是危险的,因为这一切都要依赖“我”之一己之力来完成。虽然说突出了叙述者的功能,但要把“海棠汤”的前世今生以及所处的那条街说透,绝非易事。我以为在陆秀荔这里,她无意于描写家族往事,也无意于从故事的主要矛盾出发,以此形成波澜起伏、峰回路转的叙事重心,而是以一种流动不居的、相互叠加的方式,试图还原那个我们曾经生活的水乡,以此建构一代人的记忆共同体。因此,这部小说的叙事虽然缓慢,却显得繁复而有力,因为我的目光,一方面被当下所吸引,另一方面又不断被那些富有精神意味的事物拉回,特别是爷爷魂魄附体之前的那个传统世界,那种和谐稳定的伦理关系越过了以人力处理矛盾的边缘,因此爷爷灵魂附体不仅是一种叙事线索的需要,一种“我”之精神的有力支撑,也是作家有意设立的与当下抗衡的边界。

在这种情况下,“我”必须具有承担整个叙事重任的能力,故事中的“我”虽然极为普通,却带着一丝玩世不恭的态度和永不餍足的好奇心,“我”在发掘“海棠汤”的历史、讲述形形色色的人物的故事等,其实也是在弄明白那种传统的体系与秩序,那些埋藏在现实背后的、正在断裂的隐藏秩序与潜在伦理。比如小城中的每个俗世之人都有一个法号,这在讲述一种地方风俗的同时,也具有某种象征意义,即对神明的敬畏业已式微;再如吴琼的通灵,其实是一种不得已的选择。在观察各色人等的同时,我们发现“我”的价值与情感线索乃是对旧秩序的迷恋、对新秩序的叛逆,直到最后的彷徨,尤其是叛逆部分,甚至影响到小说的叙述语调。这是一种精神的冲动,表现为对一种超越当下现实的追寻,正如“我”对现状感到不满,其实一直积淀于成长的心灵史中,循环往复,却找不到出路。这种叛逆之所以具备充足的叙事力量,乃是因为成长原本是一种正向运动,而现实却不断地重复、拉扯,那些违背个人意志的事情一再发生,比如高考填志愿、放弃“海棠汤”、必须寻找一种体面的工作等等。“我”的生命体验,对当下的观感,个人的习惯、秉性,观察事物的角度,对某种纯真情感的渴望等,弥散在那些压抑而又不得不面对的似水流年,“我”就像一个异类,对家庭的不满,渐渐转化为对传统秩序被打乱、被破坏的忧虑。

“我”作为观察者，那些与爷爷的对白以及内心思考，仿佛莎士比亚笔下的“漫思者”，“我”在街道漫游的同时，也在进行精神的漂流，那些自言自语，在审查这个世界的同时，也是一种自省。“我”像剥洋葱那样剥开“海棠汤”的历史，同时在个人成长的悲喜中直面“海棠汤”的现实，因此“我”对整条街道心灵的勘探，基于对历史境遇与现实外壳的内省，唯有内省，才可以了解它的形态与境况，以及千丝万缕的羁绊和缠绕。这让我想起奈保尔的《米格尔街》，批判、怜悯与同情，既出于对生活的认识，也是出于对自己内心真实的把握。成长是自知与自省的历史，它允许自我活在错误与宽恕交织之中，我想起海登·怀特在《叙事的虚构性》中所说的，“历史知识是人类的自我认识，是人类在创造自己的独特过程中通过如何认知自己、逐渐了解自己而积累的知识”。

在这样的结构中，细节显得尤为重要，那些人情世故、家长里短逐渐在细节中涌现出来，那些坚固的事物渐渐烟消云散，那些矛盾在维特式的多愁善感里慢慢显露。当然这里面并没有多少复杂的关系，而是借助各种细节去观看，即便写到“我”对何晓吟朦胧又压抑的情感，也是薄薄的。我们看到所谓的初恋如何与一个离异家庭并置而抹上了一丝忧郁的色彩，有些执拗，而这种执拗也渗透于其余情感关系中。比如“我”与姐姐陈小朵，既具备了解之同情，又充满了鄙夷。何晓吟的沉默与坚忍，与陈小朵的泼辣无理，形成鲜明的对比，我们或可发现，何晓吟与陈小朵，没有交集的两个人，某种程度上，在“我”的心里具有同样重要的分量，她们都是在一种近乎扭曲的孤独与绝望中，寻找温暖和爱意，她们都是需要被救之人。陆秀荔在描写何晓吟的时候，各种细节近乎流淌的诗意，尽管着墨不多，却全然是一种人生若只如初见般的体验。“我边走边喊何飞的名字，眼睛却被他们家晾衣绳上的衣服吸引了，其中一件粉红色的棉胸罩，像是初春田野上的第一朵野花似的，跳跃着进入了我的眼帘”，每个字句都仿佛敲打人物心灵的鼓声，正是在这些细小的地方，而不是在那些宏大宽泛的事物上，个体得到了恰如其分的位置。

詹姆斯·伍德在《不负责任的自我》这本书中言及冗余细节的重要，尤其对塑造人物的真实生活，冗余细节在拒绝遗忘中，抵达了记忆的深处。在我看来，《海棠汤》中多有旁逸斜出之处，细节如藤蔓滋生，游走之地，世情随之显现，譬如在《光明寺》这一节提到“寄名”，“拜个师父，捐些香火钱，剪一簇头发做个剃度的仪式，就能得个法号，就算是佛家弟子了”。进而语带讥诮，“我每次看到这个仪式就想笑，悄悄说这像是黑社会拜码头”。紧接着师父圆慧出场，他教育“我”说，“你要多用眼睛，少用嘴巴”，虽然只有短短的几行，却勾起了我们对一种失落的乡土文明的回忆，让历史与现实在不经意间汇聚。由此，我或可发现，作家没有将小说事件进行一种有意识的排列，而是各个事件与整部小说有种潜在的关联，哪怕是各种闲笔与议论，这些关联不断交缠成为叙事的内在动力。譬如奶奶吴月明，从一开始那个青涩的卖草姑娘到最后死于某种根深蒂固的封建观念，一层层渲染，其死亡由此具有摄人心魄的力量。那些冗余的细节，给予了叙述者就不同事件的不同程度的解释、融汇、拼接，由此产生一种共鸣效应，并且形成了共鸣之外的第三种解释。

诸多的共鸣与回想，让整部小说呈现出某种回忆录的效应，当然，我们可以根据回忆来讲述故事，但回忆本身不是故事，这部小说的各种形象之所以让人感到丰盈，乃是有细节作为背景，并且在生活世界中具有某种延续性。因此，尽管有些细碎散乱，以至于那种戏剧性表现出某种创伤记忆，《招魂》与《吴琼》这两章，似乎在弥合这种伤痕，然而“我”的内心洞若观火，始终在注视与审视那些没有完成的青春记忆。因此，只有我清楚其中每个人平凡而百转千回的人生，戏剧性被表现为一种内心的拉锯战，特别表现在《秘密》这一章。陆秀荔以一种异常冷静的笔调，让吴琼云淡风轻地讲述自己的不幸遭遇，隐秘的伤痛被凝固成一次由信任而带来的倾诉。为了让戏剧性降至寻常的角度，这种倾诉甚至夹杂着欲望的因素，由此更加突出普通人的人生境遇。这让我想起张爱玲写作《传奇》的目的，“在传奇里面寻找普通人，在普通人里寻找传奇”。

无论是哪一种叙事模式，其写作观与现实观均不可避免地发生着密切的联系。陆秀荔将普通人（小人物）的人生挣扎与彷徨，以丰饶之笔细腻地表现出来。任何一个渺小的人物，在小说中，其个体之温饱、存在之尊严，都应该得到应有的关切，而不能偏离其应处的位置，我们应该爱这些人，就像爱我们自己。懂得了他们的喜怒哀乐，也就是读懂了生活本身的残酷与温热。我觉得陆秀荔想要以这样的叙事方式来探讨成长与失乐园之间的问题。“我”看到死亡的阴影（丧命黄泉的何飞）、传统的崩塌（那个你以为最爱的亲人却是一个有罪之人），以及恋情的终结，而这一切是不可遗忘的，就像一个个伤疤印刻于心头。生长、衰老与死亡，这本无可厚非，然而，“我”已经真切地意识到，成长有时候是被迫的，不按照自由的意志生发，并且必须真正站到现实的位置，必须面对歧路与彷徨。“我想起来了，那上面有一块瓦片，刻了我的名字。但是瓦片千千万万，个个都在夕阳下闪着金色的光芒，谁知道哪片是我的呢？”面对成长，我们无法简单地以一种道德的标准来还原这个荒诞且残忍的世界，尤其在这些片段发生在既有的伦理秩序发生变异的时刻，切身体己又遥不可及。我想起小说的前半部分，充盈着一种日常的诗学，生气勃勃，相对而言，有种混沌却比较完整的幸福感。此时，作家仿佛站在生命之外的位置，去回看生命本身，除去精准的描摹与时代感，呈现出诗性的氛围，那么多未知的谜团安静地躺在远处，因为尚未坠入成年人的失乐园。

在我看来，这部小说中所要抵达的失乐园，乃是在一种怀旧、出世的心理背景之下，被迫做出的开放性姿态，因为无可选择，“太阳快要落山了，在身后洒下了万丈光芒，把我的影子照得又高又长，伸出手仿佛就能够到大雄宝殿的琉璃屋顶”。“屋顶”当然是无法触及的，但我们在小说中读到了其中的意义，那是一种执念，希冀在现实与理想之间建立起某种认同关系，以实现对平庸的超越，因为如果不存在一种永恒的、超越时间的执念，那么也就不会存在凌驾于实际生活之上的现实。

也许，陆秀荔这么做，正是为了接近少时的乐园，接近那界限不明的平庸之美。《海棠汤》写出了在我们还未破茧成蝶时，稚嫩外表下的心灵秘史，黑暗与光明交织成不确定的朦胧时刻，以及那些很快会过渡为更加确定、清晰的时刻。在这样的时刻，戏剧性退居幕后，普通人走向幕前，展现他们被封存掩埋的时间。这些时间不可修饰，因为平凡即永恒，因为任何时候，泥泞与星辰同在。

立足土地的写作

——周荣池作家论

成朱轶　南京师范大学文学院

周荣池是80后"里下河作家群"中的青年作家，主要进行乡土文学创作，著有长篇小说《李光荣当村官》《李光荣下乡记》、中短篇小说集《大淖新事》、长篇散文《一个人的平原》《村庄的真相》等作品。可以说周荣池的创作一直在坚持农村这个母题，他曾离开农村，现在又用笔回望农村，其中有浓郁的故乡情结，更多的是通过记录来反思农村现状的，以缓解当下农村的焦虑。同时，周荣池的创作立足土地，但并非局限在农村，例如关于农村青年成长史的小说《爱的断代史》，另有文学评论集《一个人的批评》。周荣池的创作正处于上升期，如果说长篇小说"李光荣"姊妹篇是其乡村题材写作的起步之作，那么长篇散文《一个人的平原》的出现则是一个显著的标志。

一、农村母题：坚持"当下"的乡土写作

一开始的现代文学中，乡土文学一方面展现农村的破败闭塞以及农民的无知愚昧，如《阿Q正传》；另一方面也展现了自然平静的乡村田园风光，如《边城》。当然也有将二者结合在一起的作品，如《故乡》。笔者认为，周荣池的乡土写作继承了中国乡土文学的传统，他的创作将乡土文学的两个方面有机地结合在一起，展现了21世纪初农村的复杂性，淳朴中有落后，发展中有弊

病，现实中有无奈。

创作的真实感。《李光荣当村官》《李光荣下乡记》属于现实主义作品，长篇散文《村庄的真相》《一个人的平原》更是作者对少年时期农村的真实回忆。作者创作的来源就是记忆或是工作当中的真实经历和所见所闻。现代文学中的乡土写作起点很多是对故乡荒芜的痛惜和迷茫，从而生出对故乡的重构，这种重构往往是精神上的幻想。周荣池的乡土写作基本上没有天马行空的想象，文字都是落在实处的，小说情节、细节都来源于真实生活。因此，作家对文本的介入程度很高，小说中的李光荣有作者的影子，着重体现在李光荣和作者人生经历的重合上。作者童年或是工作期间在农村的经历也融入小说细节当中，小说具有强烈的真实感。小说中的李光荣是以一个城市居民的身份来介入农村的，人物心理充满了城市和农村的冲突，作者虽然出身农村，但是多年的城市生活经验也导致了他和乡村的疏离感。李光荣虽是虚构的小说人物，其中也包含着作者对乡村的回归。另外，散文《村庄的真相》中的一些人物和事件成了小说角色和情节。这种现实和虚构的重合证明了作者将现实生活中的人与事作为小说的素材。例如老根子和沼虾养殖事件，赌博风气席卷村庄，以及最后的惨烈结局，等等。

切合社会现实。在内容上，作者创设的人物身份是村干部——事件是由土地流转、房屋拆迁、留守妇女儿童等社会热点问题而生发的。在结构上，根据布雷蒙叙事序列，《李光荣当村官》《李光荣下乡记》中的叙事序列是相似的，即提出一个前途未卜的问题，之后人物付诸行动，最后成功解决问题。例如《李光荣下乡记》中的美食节事件，问题是美食节需要清真厨师小和子出山但遭到拒绝，行动是李光荣、薛小仙等人游说小和子失败，二歪子用激将法劝说，结果是小和子参加了美食节并且在业余组比赛中拔得头筹。“在初级片段内部的功能有两种意义，即改善和恶化。”①小说中的问题基本上都被成功解决，叙事序列都是向改善的方向发展的。另外在短篇小说《一路春风》中作者写到了“老人摔倒扶不扶”“大学生救人落水身亡”“乡村教师带病上课”等社会问题和好人好事。这应该会使很多读者认为这是对主流意识形态的谄

① 李幼蒸：《理论符号学导论》，社会科学文献出版社，1999年，第408、409页。

媚。但笔者认为,进行乡土写作的作家很多,但是坚持"当下"乡土写作的作家太少了。写"当下"会面临很多阻碍:一是现实社会的压力,二是这些公众过于熟悉的事件难以写得精彩。但作者有勇气将这些人人皆知的问题和事件写进作品当中,这是对现实中国农村的呈现,也为"当下"乡土写作提供了一条新的路径。笔者也在犹豫是否应该将这两部小说归类为主旋律小说,作者作为一个基层干部,他的视角是相对独特的,但无论如何小说都是个人不同心境的写照,这样的归类也显得过于苛刻。

农村母题的扩展。20 世纪 90 年代以来,中国处于前现代、现代和后现代三种文化模式共存的状态,农村与城市之间的交流越来越紧密,这体现在人口流动、乡村城镇化、中西部开发等现象上。农民不再囿于一亩三分地,农村中的大多数年轻人成了城市中的异乡人。当然,城市中的一部分人也来到了农村,或是工作,或是建设。他们构成了一批介于农民和居民之间的流动群体。曾经,"作为非政府、非组织的乡绅阶层,在中国乡村社会结构中,有一定的权威性,在民众中有相当程度的文化领导权。它的被认同已经成为乡村中国文化传统的一部分。家长、族长、医生、先生等,对自然村落秩序的维护以及对社会各种关系的调理,都有不可替代的作用"①。乡绅这个身份已经在"文革"时期消逝。但是,"近年来学界开始探讨新农村建设中'新乡绅'的作用,周荣池这些作品中的大学生村干部李光荣、乡镇干部、传承乡土文化的老教师、具有现代管理理念的乡镇企业家、新农民正是对'新乡绅'形象的最佳诠释"②。

周荣池的创作基本上是现实主义的,从现实取材能增强文学的真实感,但也有重复的现象出现。读者如果阅读作品多一些就能够了解作者的写作方向和内容,这会降低读者的新鲜感。写作具有个人性,但读者也有权利去再次创作,作者在树立读者意识的基础上,可以在农村这个母题上进行再次创新。

---

① 孟繁华:《百年中国的主流文学——乡土文学/农村题材/新乡土文学的历史演变》,天津社会科学,2009 年第 2 期,第 98 页。

② 郑润良:《"新农人"形象与新乡土叙述(新作评介)》,人民日报(海外版),2017 年 7 月 5 日第 7 期。

二、回归土地:在农村的文学现场

周荣池说:“我在二十岁之前没有离开过这里,后来求学归来又扎根于此,所以我的写作是‘在乡的’。”①作者熟悉农村,热爱土地,农村是作者写作的支点,也是作者坚守的文学现场。他在农村,写农村,写农村的现在,也回望农村的历史。

直面农村的衰落。农村在现代化进程当中已经被历史抛在了后面,成为一个被改造的空间。其中被改造的有事物,也有人的心态。《村庄的真相》中,作者回望童年和青少年时期的农村记忆,刻画农村消逝或是正在消逝的事与物。“它们不应该被忘记,而应该大张旗鼓地被书写,因为在不断加快的城市化进程中只有书写才能拯救它们,有些事物也许永远只能存在记录之中了。”②作者将自序命名为《废村》,在散文结构上采用了前文叙述过去,结尾阐发议论,有时也穿插在前文的叙述中。作者在结尾处常有如下慨叹:“草木枯荣本是季节秩序,可是村庄最终丢弃了这本诗意的台历,人们不再用它们去记忆时序,连根拔起的时间也荒芜在了汽车呼啸的路边,没有人知道那些坚硬的土地下曾经埋藏过许多顽强的故事,那是村庄最深沉的根系,是被现代化掩藏的美丽真相。”③邵晓舟老师在与作者对谈时评价:“周老师的作品就像一个墓碑,把村庄那些不能回来的往事一个个刻在青石板上,我们可以去凭吊、触摸它,但它再也回不来了。”④草木的消逝意味着作者少年记忆的消逝,面对这样一件悲哀却又无能为力的事情,作者的笔触是克制的,冷静客观的语言更能激发读者的共情感。

老根子是农村现代化进程中的守旧派。他在小说中拒绝开挖田地,养殖沼虾,以及他人恳请伐去遮挡空气流动的树木,这些表现是迪尔凯姆的“失

① 夏琪,周荣池:《土地是我最大的写作现场》,《中华读书报》,2017 年 7 月 5 日,第 11 期。

② 何晶,周荣池:《我要写出里下河土地的光荣》,《文学报》,2017 年 5 月 18 日,第 4 期。

③ 周荣池:《村庄的真相》,江苏凤凰文艺出版社,2016 年,第 167、214 页

④ 王澄霞,鲁敏,黄德海,等:《落纸为安:作家和他们的“真相”——“江苏文学新秀双月谈”周荣池、汤成难专场》,《雨花》,2017 年第 11 期,第 108、107 页。

范”。老根子是农村老人的缩影,“归根结底,他们遭遇到的是空前的身份认同的困境,是阶级和阶层二次分化的窘迫”①。而对于作者这样的年轻人,“当乡土文学遭遇到工业文明和后工业文明的诱惑和压迫时,作家主体就会表现出明显的双重性:一方面是对物质文明的向往,另一方面是对千年秩序的失范痛心疾首。”②笔者认为,作者确实是处于这样一种尴尬的境遇,在《村庄的真相》中他写道:“我们都想着要离开,都想把故乡抛在身后,越走越远。”③年轻人害怕贫穷,渴望改变,离开农村是一个极好的选择。作者另一部长篇小说《爱的断代史》并非只是小明子的爱情史,更是小明子在离乡与还乡的反复中回归乡村。其中以周杰伦的歌曲名作为每一个章节的题目体现了城市文明对乡村青年的冲击。小说体现出作者在文学上回归乡村、故乡和土地的意识。年轻人的流失和老年人的迷惘是农村精神面貌的衰落。作者面对农村的现状是哀而不伤的,他想要做的是面对困境来做力所能及的疏导工作,最好的方式就是写作,在创作谈中作者提道:“我爱我的村庄,我为他书写并不是因为我要回到过去,只是想用我自己的笔为未来描摹一些物象留在心底,这样我们的行走会更加地诗意和坚强。”④

书写农村的巨变。农村的弊病在周荣池的笔下是没有掩饰的。在《李光荣当村官》中,读者可以看到村干部互相推诿责任、形式主义泛滥、领导隐瞒问题,报喜不报忧、官员中饱私囊、村民聚众赌博、环境脏乱差等现象和问题。如果小说存在虚构的因素,那么散文基本上是作者对过去农村现象的真实回忆,例如《儿老子》这篇散文集中体现了作者一家和村主任一家持续几十年的矛盾和纠葛,村主任和外来人形成的天然对立引发了之后不断的算计、争执和打架。同时作者提道:“《草木故园》里的农村虽然并不是虚构的,但也是经过我选择与修饰的,这种修饰正是我那一阶段写作中感觉到不安甚至痛苦的地方。在写作的过程中,我逐步意识到美好之外还有村庄的真相,而这些真相并不全是美好,更有诸多的现实问题。”⑤因此在《村庄的真相》中,作者在直

---

① 丁帆:《中国乡土小说生存的特殊背景与价值的失范》,《文艺研究》,2005 年第 8 期,第 6 页。
② 丁帆:《中国乡土小说生存的特殊背景与价值的失范》,《文艺研究》,2005 年第 8 期,第 6 页。
③ 周荣池:《村庄的真相》,南京:江苏凤凰文艺出版社,2016 年,第 167 页、第 214 页。
④ 周荣池:《我生命和书写的底色(创作谈)》,《散文百家》,2011 年第 6 期,第 57 页。
⑤ 李晓晨,周荣池:《在乡土中找到写作的价值与意义》,《文艺报》,2016 年 9 月 30 日,第 6 期。

面农村现实问题时用白描的手法书写逐渐退隐的农村。

作者显然是喜欢用“光荣”这个词的。李光荣这个人物,《光荣的三荡河》以及作者在创作谈中不断地提到“光荣”。“这份光荣属于父母,属于我辈,属于南角墩,也属于脚下这片黑黝黝的土地。”①作者从小生活的农村正在发生着巨变,回望逐渐消逝的农村事物是其创作的初衷和起点,而书写新农村是一份光荣和担当。

挖掘农村的文化底蕴。在《李光荣下乡记》中,李光荣作为第一书记肩负着文化扶贫的重任,他在菱塘乡协助村干部举办了美食节、开斋节和古尔邦节,创建诗词之乡,开展“学好人”“寻找回乡”等活动。除了对传统文化、节日和民族历史的再现,在回汉两族交融的民族村中,我们看到伊斯兰教、佛教文化和谐共生,回、汉两族生活融洽。民族、宗教、传统是这个混居民族村的文化血脉。

《诗经中的里下河》是散文集《草木故园》和长篇散文《村庄的真相》原稿的一部分,《草木故园》中收录了六十几篇散文《诗经中的里下河》,长篇散文《村庄的真相》中引用了大量诗经,如《鄘风·载驰》《周颂·思文》;诗句,如范成大的《祭灶词》《四时田园杂兴·其二》;典故,如“史书上说伯夷、叔齐耻食周粟,隐居到首阳山采薇作食”②。作者从地域的角度将中国传统文化融入他的作品中。

三、舒缓散漫:语言特色和叙事模式

通过阅读周荣池的小说和散文,笔者认为散文比小说写得更加出彩。这与作者散漫的语言特色和相对平缓的叙事模式有关。文学是语言的艺术,语言是文学作品的血肉,叙事结构则是文学作品的骨骼。舒缓散漫的语言和叙事是周荣池文学作品的一大特点,也造成了一些缺陷。

里下河语言特色。作者在散文和小说中有意识地运用了里下河的方言、

① 周荣池:《光荣的三荡河》《散文选刊(原创版)》,2019 年第 2 期,第 36 页。

② 周荣池:《李光荣下乡记》,江苏凤凰文艺出版社,2017 年,第 161 页。

歇后语、俗语、民歌、号子和戏文。例如《李光荣下乡记》第四章插入了大段表演唱《逛新城》以及劳动号子，《村庄的真相》“手艺”一章引用了木匠的吉利话，“年关”一章引用了麒麟调，老扬剧《王樵楼磨豆腐》也出现了多次。这些里下河特色语言是作者创作的一大特点，但有时也拖慢了行文节奏。

除此之外，周荣池有一部中短篇小说集《大淖新事》，是对同为高邮作家汪曾祺《大淖记事》的致敬。在“文革”之后，“汪曾祺的《受戒》，以及后来的《异秉》《大淖记事》的出现，对‘寻根文学’的出现，有很大的作用，我在《意象的激流》里，说他是一只寻根小说的头雁”[①]。20 世纪 80 年代，汪曾祺用极大的勇气让文学回归传统。现在的社会面貌已经和 20 世纪 80 年代有了巨大差异，但周荣池坚持用里下河的风土人情、特色语言作为小说和散文的血与肉。批评家汪政在《大淖新事》一书序文中指出：“不管是内容上还是艺术上，荣池都在向汪老致敬。汪曾祺说，写作要有益于世道人心，荣池是做到了。”作者在《今天，我们为什么怀念汪曾祺?》一文中提到了汪曾祺作品的人性美、风俗美和汉语美。笔者相信，作者一直在向这位前辈看齐，这不是指作品的模仿，而是对写作初衷、写作传统的继承。

并列式叙事模式。作者文学创作舒缓散漫，除了语言上的原因，还有叙事模式上的因素。小说中的叙事模式基本上是并列式。《李光荣下乡记》这部小说的前身是纪实文学《回回湾记事》。纪实文学重在内容，不需要太多的叙事技巧。但是经过改动，并列式的小说结构使章节之间处于一种被割裂的状态，每一章的人物与事件没有很紧密的联系。“由于每一章所聚焦的人物都会有所变化，各章之间的内在关联与黏合度其实并不紧密。从结构的角度来看，这些章节都是由于视点性人物李光荣的所谓‘文化扶贫’活动而被串联在一起的。”[②]笔者认为，这也是纪实文学改编为小说的痕迹残留，作者用李光荣这个人物贯穿小说始末，但是与李光荣的文化扶贫工作有割裂感，在语言上也没有将李光荣的爱情融入小说主体内容中去。作者也很敏锐地意识到

---

① 王尧：《在潮流之中与潮流之外——以八十年代初期的汪曾祺为中心》，《当代作家评论》，2004 年第 4 期，第 118 页。

② 王春林，周荣池：《长篇小说〈李光荣下乡记〉地域风情与人性善的书写》，《文艺报》，2017 年 7 月 7 日，第 7 期。

这个问题,“更何况主人公李光荣在这个里面就像是冰糖葫芦的竹签,他串起了诸多的果子,加上糖汁的包裹似乎形成了一个整体,但是这些个体故事之间是有隔膜的”①。

《李光荣当村官》则运用章回白话小说式的目录,天然地将章节之间分割了。“诸初级序列结合成等级结构单元‘复合序列’或‘角色’,结合方式有三种:初级片段的串联、初级片段的相互蕴涵,以及两个初级片段的同时发展。”②可以说,这两部长篇小说都运用了初级片段串联的叙事模式,情节的相对独立会使读者有一种短篇小说集的错觉。

作者谈到《村庄的真相》时,惋惜道:“当时这些文章要经过报纸连载,而报纸的容量很有限,因此每一篇我是按照一千字来写的,所以一开始是平行的罗列,比如说写花的时候就全写花,从上到下没有什么关系。后来我就想怎么样通过章节把它们串联起来,但是改东西比写东西更难,所以有些生拉硬扯。”③另外笔者认为,并列、串联的叙事模式一部分来源于周荣池作为基层作家平时写公文的习惯,公文的最大特点就是形式整齐、内容清晰。这种叙事模式可以使文本更加清晰,但也让文本形式流于单一。

而长篇散文《一个人的平原》(该书获得江苏省第七届紫金山文学奖,其中篇章《节刻》发表于《美文》杂志,获三毛文学奖)的出版则将其农村题材写作在内容、形式和意蕴上推到一个全新的境界。张堂会在《文艺报》上撰文《乡土写作的困境与突围》指出:“作者自觉规避了那种表演式的乡愁写作,写出了生活的艰辛与沉重,以及生活重压之下的世道人心。作者没有去营造一种古典的田园牧歌情调,而是逼近生活的真相,以客观的方式呈现一种原生态的乡土生活。比如,乡土的哲学纯粹而又有些残忍,乡民们在贫穷和饥饿的底色上,演绎着生命的荣枯消长,这是平原上的一种日常。”④这无疑是乡土题材写作的一种全新的探索和获得,而在对平原文化的守护上,周荣池也以发展的眼光进行着自己在文学范畴内的努力。刘恋在《丰厚的遗产获得》一

---

① 周荣池:《土地始终光荣》,《文艺报》,2017 年 7 月 7 日,第 7 期。

② 李幼蒸:《理论符号学导论》,《社会科学文献出版社》,1999 年第 1 期,第 408、409 页。

③ 王澄霞,鲁敏,黄德海,等:《落纸为安:作家和他们的“真相”——“江苏文学新秀双月谈”周荣池、汤成难专场》,《雨花》,2017 年第 11 期,第 107、108 页。

④ 张堂会:《乡土写作的困境与突围》,《文艺报》,2020 年 7 月 27 日,第 7 期。

文中指出:“《一个人的平原》体现对文化的守护与延绵。这里的‘文化’既指里下河文化,更指大运河文化。正如汪曾祺正式介绍‘我的家乡高邮在京杭大运河的下面’,自觉自然地把高邮纳入大运河的序列中。作为同乡,作者亦然,大运河、里下河、三荡河,渐次聚焦圈定出家乡南角墩,而其外延尤其是文化意义上的外延,又可反向廓出,大运河是最广的那层。”①而在《文学报》的《我愿为里下河村庄立传》访谈中,周荣池将这种“努力”表达得更为清晰:“我们有很悠久的乡土传统,同时我们的文学有深刻的乡土基因,但我们并不能简单地认为乡土就是我们当下或者说文学的优势。乡土是中国众多文化内涵和特征中的一个领域,乡土文学也是一个独特的场域,我们书写、礼赞乡土的同时,也要注意到现代表达和表达现代的问题。不能一味地以回望与记录为手法,而是要‘风物长宜放眼量’,看到眼下,更要看到未来,不能将传统变为包袱,而应在阐述和传续的过程中让它变得更具有适应性、丰富性、现代性,这样的乡土以及文学才有生命力。”②

综上所述,周荣池乡土文学的创作继承了前人传统,也有自身特点。他回望农村,回归故乡,记录农村过去的面貌,同时立足土地,坚守当下,写下中国当代农村的现实——他为当下的乡村现实创作了一个纸上的标本,为当代文学的乡土题材书写提供了某种模本,也成为一个青年作家内在的精神来源与根本。

① 刘恋:《丰厚的遗产获得》,《文艺报》,2020 年 7 月 27 日,第 7 期。

② 何晶,周荣池:《我愿为里下河村庄立传》,《文学报》,2020 年 4 月 9 日,第 4 期。

词语破碎处，无物存在：《东课楼经变》与其他

吴雅凌

我一再想起意大利人皮拉内西(G. - B. Piranesi)的建筑迷宫。

十六帧冠名“想象监狱”(Le carceri d´invenzione)的铜版画，巴洛克宫殿的十六个场景碎片，如疯人梦魇，天马行空地编织着无穷尽的时空结构之谜。

这 18 世纪中叶的世界洞穴想象在博尔赫斯的小说《永生者》中再现：

到处是回廊无出路，高窗不可攀，巨门通到一间密室、一口井，不可思议的楼梯朝下倒装台阶和扶手。另一些楼梯凭空插入壮观的墙，旋转三两圈，不接通任何所在，在幽暗的穹顶中断。

《东课楼经变》中的少年在寻常校园一栋楼中看见的，与文学传说中的永恒城邦多么相似。为什么不呢？年少时我们每一个趴在课桌上不都听见了宇宙的洞空回音吗？何况神秘的东课楼，“最复杂的建筑”，“最需要探究”的迷宫，“没有任何游侠能够勾画东课楼全图”。对少年游侠来说，禁止入内堪比塞壬的诱惑，不完整地游荡在里头，那就是了，睁眼看那看不透的世界洞穴。

“……我打开某一个教室中的小门，眼前居然出现了半层旋转楼梯，阶梯仅仅我的脚掌那么宽，没有扶手，它攀着一根木柱转向另一扇锁着的矮小木门，像一个化石海螺的切面——陡峭、精巧，通往没有出口的顶端。”“房间皆极小，有一间窗户没关，满铺不晓得哪一年飞进来的树叶与鸟羽……倒数第三间的地板中央竟是陡峭阶梯，沿路而下乃至一处宽大空间，四面无窗的，仅对面墙上镶一扇用老式锁锁住的小门……”

但我想起皮拉内西的迷宫想象，原因与其说是与上述细节的偶然相似，

不如说是相形之下的分别呢。在布满分叉小径的文学花园里,不妨做一点对称性迷惑的辨识努力。

博尔赫斯小说中的人物出发寻找永生城。他走进那座直接仿效皮拉内西构想的空城,眼前的景象吓坏了他,让他反感。古老的永生城早毁了,在原有废墟上造出第二城邦,犹如对老城的非理性反驳。一个怪诞影子,一种肆心的模仿。那太迷惑人的宫殿建筑是反建筑的,嘲弄世界秩序,可怕如一堆逻辑破碎的华丽言辞,或一头怪兽不住疯狂繁殖出新的脑袋。“它的存在污染过去和未来,甚至危及星辰。有它在,世上无人能勇敢幸福。”

不止博尔赫斯,尤瑟纳尔也同样深受“皮拉内西的暗黑大脑”(Le Cerveau noir de Piranèse)吸引——凡有求知欲的,谁不被吸引呢?她注意到画中的人影如蚁般散落在太大而虚无的空间中,永无相遇的可能。皮拉内西毕生驳斥西方建筑的希腊宇宙论精神起源,不是偶然吧,他的迷宫如一朵恶之花,华丽地预示文学中的现代性危机。

《东课楼经变》理当有另外的统绪。小说中暂时有效地,“四面水泥”的巨大灰色现实被牢牢锁进噩梦。东课楼是少年玩时间游戏的迷宫,“新奇的,无限延伸的世界”,忒修斯般的游侠出发了,眼眸清澈,如明珠初华。牛头怪阿斯特利昂褪去巴洛克模样,“又得意又伤感”,一心希望被找到。阿里阿德涅的线团成了一群欢脱四散开的白鼠收不回来。时间游戏不是原路走出迷宫,而是相遇,是消息往来。是打字机打下一串无厘头字母,嗒嗒嗒嗒,“向和我一样的游侠传递讯号”;是执着地想从收音机的雪花噪音中,从一屋故书的字纸鸣叫中接收到什么;是在迷宫中遇见另一个时间的自己,“打招呼,或目不斜视走过去,就这么玩一个时间游戏好不好?”

因为有忒修斯,也就有一同去历险的小伙伴佩里托奥斯,一路用和 Naga 喋喋不休的对话编织隐身武器。并且浑然天成地从游戏中生出越长大越难得的信心:“是哪里偷跑出来的你们?是和我一样在走的你们啊!”

《东课楼经变》的世界想象是否存在某种几何学秩序?某种文学的自然正确?我尝试对偶遇的每个现代作品提出这个问题,把线头抛向也许存在也许不存在的文学迷宫。算是另一种版本的时间游戏吧。

好比博尔赫斯醉心于迷宫建筑常有的对称性叙事。虚实的镜像经由无数次重复交错，构成无穷尽的世界可能。“两位国王和两个迷宫”，标题一目了然。克里特迷宫里的牛头怪阿斯特利昂发现，世间万物均可以数到十四个之多，也就是无限的意思。孩子们在小径分叉的花园指路，每逢交叉路口往左拐，终能抵达迷宫中心。在《永生者》中，正如众多其他小说，有两座城、两条河（一条让人永生，另一条回归有死生命），洞穴人是永生者的化名，而默默跟进城的奴隶阿尔戈斯，更像是沙漠日头照在主人公荷马身后的影子。小说中的荷马忘记他是荷马，让人想到博闻强记的富内斯，遗忘，或者记忆，均系对无限概念的试探。依据迷宫的对称性原则假以推算，人人有可能是荷马，而洞穴之外是某个更大的洞穴。

乍看《东课楼经变》单篇，恰恰没有这种对称性结构。小说共有五部分，谋篇相当失衡。第一部分很长（共22节），乃至超过后四部分的总章节数（第二第四部分各4节，第三第五部分各3节）。章节号很有趣。东课楼被拆前的记忆，一点一滴，从1.1讲到1.8，从1.91讲到1.99，讲也讲不完似的，又从1.991到1.995……记忆的长线接了又接，终于在结尾放出一只星样风筝。从第二部分起，学校图书馆先被拆。第三部分拆到大礼堂，第四部分轮到东课楼了……4.3小节讲最后一次进东课楼，但记忆不肯停，追加4.3小节讲倒数第二次进东课楼……如此，心绪百转千回地，在每个交叉路口往左拐，终于在迷宫中心撞见那只叫作拆除东课楼的牛头怪。在别的地方，他名叫生病。是呢，《佛说Naga救疾》与《东课楼经变》在章节编排上互相成就某种对称性。

而迷宫之外有更大的迷宫。从学校出乐园般的，到城里游荡。夜里坐轮渡赴江心岛屿黑市。三路公交环城线，浮光掠影过南阴阳营、玄武门、鼓楼、大行宫、四牌楼……一个个有名无实的地点如攥在手心的记忆线头。

地点一直都会在，哪怕被全盘摧毁，它也会留下地标，我们仍会讲这原先是某处某地。地点收集记忆，我从这里走过，如此简单便生成了一段记忆，别人也一样，地点一视同仁。最后，我们对某一地点有共同的记忆，而同一地点也拥有我们的各种记忆。

三人逃学去夫子庙、花鸟市场、江南贡院，货郎自然找不到，干脆钻进流动帐篷里看场马戏吧。《朝天宫》更早一些地印证某种黑色幽默：“我走进这城里更大的地下迷宫，才知道如此这般时间游戏还可以玩得更high，更压榨精力直至一滴不剩。"

因为失去的不止一座东课楼,还有整个城市和曾经的生活方式。

在图书馆丢弃的书堆中找到阿西莫夫小说上册,为了下册去南都旧书店,"像是固执要往地图上面再拼一块"。书没找到,翻出一张本城防空洞手绘图。地图上的东课楼似有一条隐秘通道,接通整个城市的地下世界。但不止一栋楼一个城市呢!旧书店俨然一座小型皮拉内西宫殿。书籍秩序被取缔为废品收购程序密码,原有的线索一律失效,叫人"好茫然蹲于一座废纸山的山峰",嗡嗡嗡,连字纸鸣叫也混乱听不清了。迷宫简直无处不在,偶得的地图,拼命找也找不到的阿西莫夫……在某个十字路口犹豫片刻,分分钟撞见牛头怪。

据说阿西莫夫的银河帝国灵感来自吉朋的《罗马帝国衰亡史》,我想起这套英文版历史书曾用皮拉内西的帝国图景做插画。另一条迷惑人的线索,通向没有出口的某个迷宫回廊,是这样吗?

文学迷宫的秩序问题,最终要落实到词语上。

放眼望去,词语指向被拆的、被丢弃的、被错待的,"被目光流失,被时间恣意窃取的"。集市上的残缺的塑料假人;墨迹消失只看见打红叉的作业本;跳杆比赛上连连失败的选手;实验室里鱼的红色眼泪,因为目睹其他鱼被解剖的现场……眼泪,倔强忍住的"没有意义的眼泪",却是珍珠般的眼泪啊,混带雨水、尘灰、乡下生病的奶奶煮荷包蛋的甜滋味……在朝天宫握住一枚行将消失的玉琮,上了手赶紧递回去。又或者手心里一只行将闭眼的鸟儿,在特别伤感的黄昏。词语让时间停顿,事后才知,原来那就是郑重地告别了。但词语指向的困难在别处,恐怕从来如此。关乎多与一,从不计其数的永在"喧闹重组"的词语,到也许存在也许不存在的那个特定的词语。

每次我都会问自己,你的本心在哪里?你想挥出什么样的剑?是把自己包裹在无效的词语里,觉得一阵轻松,还是……?

……当你预备写一些什么,那便是不诚实的开端了。我有意要变坦率,却仍忍不住穿插一些废话,哪,讲话本就是掩饰的过程,那写算是什么呢?对我们害怕之物的遮盖。

这两段相互矛盾的坦白道出了文学隐身侠的双重志向——既要如传说

中最贤明的米诺斯王,搭建词语的迷宫,安顿世人心头的恐惧虚无,也要如英雄忒修斯,勇敢走进去,在每个交叉路口往左拐(也许过分坚定了),抵达迷宫中心的牛头怪(也许认错了),挥出剑……

困难重重。且不说破与立的辩证术,以及天生如何兼具老人的明智和少侠的果断,困难首先在于整体与细节的现实紧张。如果说,在看见世界洞穴的全貌以前一切挥剑均属徒劳,那么,没有每一处“拐弯、暗门以及缺口”全力以赴重复犯错,又如何在迷宫中摸索行进?何况每个十字路口有可能被固定成了终点,让人心安理得地停住脚步……

那挥出的剑想必难以用词语形容,连博尔赫斯也踌躇了。在《阿斯特利昂的家》中,牛头怪毫无抵抗地倒下了,致使忒修斯没有挥剑的真正机会。作为与之对称的小说《刀疤》,同样出自牛头怪的自述,那个名叫 Moon 的男人脸上永远烙着一道月影般的血印。有魔性的却苟活了下来,永远如此。而挥剑的人被钉死在城邦广场,如丧家犬,做了喝醉士兵的射击靶子。真的,不要相信全身而退的剑侠,和真正的对手交锋过后还能干净、坦然:“早晨的阳光在青铜剑上发亮,那剑上没有一丝血迹。”

而其他众多小说如《永生者》,只限于搭建词语的迷宫,那结尾处的自我申辩显得好虚弱:“快结束时,记忆中的形象全消失了,只剩下词语……词语,移位残缺的词语,援引他人的词语,这是时间和世界留下的可怜施舍。”以限度为名,捕捉从指尖逃逸的,成了最被津津乐道的经典阅读经验。

但也有诗人格奥尔格掷地有声:“词语破碎处无物存在。”好一句有魔性的话!为了解释它,海德格尔曾煞费苦心。它出自《词语》的结尾诗行,收入格奥尔格生平最后一部诗集《新帝国》——标题呼应皮拉内西的世界洞穴想象,是偶然吗?

那带定冠词的大写的“词语”(das Word)指向何处?是普遍意义的“词与物的回响和倾听”,如海德格尔所言,灵在其间易动,指向最值得思索的世界奥秘,还是人心中那个特定的洞穴里的必然光照,如最后一颗珍珠,倘若它也破碎了,有限的意义世界将消失在黑暗中?在这些叫人想破头的问题上,差一步就是悬崖峭壁啊。

我想起小说中惊鸿一现的钱崇学两次讲起机器人三定律。是隐身侠的秘诀吗? 绝口不提那个与先知但以理几乎同名的机器人,他自行琢磨出零法则,从银河走向更大的洞穴。在和 Naga 对话的尽头,佛告赤马,无有能过世界边……如果机器人是生病的身体和生病的文学迷宫,那么志向高远的堂吉诃德是对的,他冲向风车挥出剑,那一刻有真实的微光在词语中。

王锐小说浅论

李　冰

2002年王锐出版首部长篇《别让阳光照到我》(以下简称《阳光》),令人惊艳不已,产生了一定的轰动效应。她的重要小说作品还包括另一部长篇《谁说那些年的青涩不是爱》(以下简称《青涩》),以及近年来发表的一系列短篇小说。在其创作实践中,王锐延续着以林白、海男和虹影等为代表的女性叙事的当代文学传统,并以独特的想象力和创造力构建了当代女性的生存现实,在审视这种现实的同时加以批判和鞭挞;她还秉持着一种较为激进的写作姿态,先锋文学的血脉在其作品中清晰可辨。依据王锐不同创作时期小说文本呈现出的不同形态,以及创作风格的差异。本文试从以下三个方面加以论述。

一、从青春写作到女性叙事

《阳光》是一部愤世嫉俗之作,宣泄那种由对现实的不满以及青春期骚动所引发的不安和渴望的情感。“阳光”乃世俗之光,“别让阳光照到我”即是对世俗的蔑视与反抗。主人公黎蒙不满于现实之黑暗与丑恶,便用一种嘲弄的态度加以评判,并保持距离,成为一个格格不入者。小说有对现实的各种困惑、思考、议论和反讽,充分展示作者的睿智、才情与尖锐的批判精神,是一部充满青春期激愤之情绪的小说,那些揭示人性虚伪、批判道德败坏、展示生存真相的话语随处可见。

整部作品洋溢着浪漫主义色彩：主人公带着玩世不恭的劲头在校园混日子，谈恋爱，去西藏旅行，毕业后到医院工作，又因不合时宜的正直导致离职，浪迹于南方某个城市……主人公尽管身陷困境，遭遇苦难，却充满着乐观。然而，小说又是直面现实的，直面生活的沉重与黑色。无论你曾经多么放任不羁，多么具有反抗精神，终究会屈服于生存压力，即便如曾经的蛊惑者老查，也要面对现实之压迫做一个剃头匠，在被少年欺侮之时不仅隐忍且强颜欢笑。

主人公黎蒙是名青年男子，也是小说的叙事人，因而小说呈现出的是男性的视角，充斥着男性的话语。小说女性意识的匮乏令人惊奇，这或许是王锐的写作策略，刻意回避女性作者的身份，因而趋于认同男性的话语？小说中几位女性角色除舒萱这个人物比较有个性，小雪、冯小玉等显得消极被动、温顺谦恭。她们对“我”有着强烈的情感，而“我”则毫无愧疚地跟她们交往，爱恋舒萱的同时，却又导致小雪怀孕且不幸身亡。显然，这些女性角色往往出于男性写作者的臆想，我们可以将其看作是对男性写作的戏仿和嘲弄。王锐这种刻意追求非女性视角的写作姿态，既是对男性话语的批判，也是一种彰显女权的另类手段。

《青涩》写作手法与《阳光》一脉相承，但主人公兼叙事人是一位女性，小说视野有所收缩，聚焦于恋爱和婚姻。主人公不再格格不入于整个世界，而是对抗父母的意志及传统婚恋观。然而这种对抗遭到了失败，恋爱是不带任何功利性的纯粹精神之交融，婚姻则需要对交往对象进行衡量、推敲、预测和推演，以获取世人所谓的“幸福”，“我”终被同化，成了一个世俗的人。

这部描绘“爱情”的小说从女性的视角审视世界，探讨了男女之间，包括恋爱、友谊或各种暧昧关系的可能性。至此，王锐的写作深入女性的世界中去，这或许更为契合一个女性写作者的身份。《青涩》出色地描绘出了一位女性的复杂心理，她的追求、欲望和艰难的抉择；小说还为我们展示当代社会各种观念相互激荡下的恋爱奇观。这部小说同样充满了反讽和黑色幽默的话语，批判的锋芒依然锐利。在小说后半部分，随着小生的出现，主人公的生活变得顺利和美好起来，反叛的精神突然消失——“我”与小生成功恋爱、结婚，成为一个再普通不过的女人。这实在是一个反讽性的结局，作者是为了告诉我们，人生的悲剧性就在于你终究会被生活打败，然后屈从和随俗，泯灭个性、放弃真爱和梦想，成为芸芸众生中的一员。

二、从消解情节到重构现实

《阳光》这部小说，可以说是建立在絮叨的话语之上，作者既不关注情节，也不关注时间，文本呈现出的是一连串的片断，从上学到工作，再到流浪，其间并不缺乏一系列的重大事件，但作者刻意回避传统的现实主义写作方式，既没有深入事件的欲望，也缺乏追问人性、寻求意义的兴趣。在王锐笔下，事件只是作为“话语”的载体，她只关心如何去“评判”，用嘲讽的话语对抗世界，因而将情节分解得支离破碎。比如小说开头说弟弟不幸死了，这个事件对后面的情节并无多少影响；室友的死亡、蓝湄的死亡，特别是小雪的死亡等，本可以成为催人泪下、引发思考的重要情节，但在作者笔下，只作为构建小说话语的“道具”，撼动人心的悲剧力量及其深刻性被逐一消解，小说的深度则在“我”的话语中被呈现。王锐无意建立小说文本的纵深，随着时间的流逝，一个个人物消失了，并未留下太深的痕迹，有些仿佛没有存在过，所以，翻开小说的任意一页，都可以进入小说中去。这部小说以平面化和零散化的面貌呈现出了生活本身零乱琐碎的质地，而叙事的话语尖锐、深刻与睿智，则成为这个情节破碎的文本的支撑。这是王锐写作的冒险之举，也是其小说创作先锋性的一种体现。

《青涩》的情节虽有起落有转折，但布局比较随意，王锐并不打算建立严谨的小说构架，人物的出场与消失都很自然，就像现实生活中那样。王锐刻意经营的仍然是遍布小说的尖锐深刻的话语，表现出主人公对生活的极度不满，也对生活的极度失望，为掩盖无力反抗的悲哀，转而加以嘲笑与蔑视。

然而，在后来的一系列短篇小说创作中，这些冷嘲热讽的话语消失了，王锐不露声色地构建了异常坚硬与冷酷的现实——女性所面临的极为阴森的生存现实。

《缸中人》让人看到了以爱的名义编织成的牢笼是怎样扼杀了一个年轻女性的自我。当哲珠的理想被激发，她身边的亲人却联手加以绞杀，她曾拥有的所谓幸福本质上是在他人或明或暗的指示下的对自我的压制。哲珠生活能力的低下，也是母亲一手造成的，她追求理想的能力早已被剥夺而不自知，悲剧早已注定。她不过是按母亲的愿望而“制造”的一个巨婴。当哲珠醒悟后，却无力改变，绝望而去自杀。

已经不年轻的田碗，装扮怪异、语言刻薄、性情乖戾，这些皆源于她从小被父亲薛恩哲虐待而留下的创伤，她同样是父亲按自己的期望而打造的试验品(《不知》)。薛恩哲是田碗的压制者、掠夺者，而田碗要反抗压制胜过父法，却被送到了精神病院。真正的精神病人是父亲，但是，“他们说，只有病了的人，才会说自己的亲生父亲是精神病!”这种荒谬显示出父权的牢不可破，它是笼罩在女性头上打不破的“诅咒”。

《郎骑竹马来》的女主人公面对季安臣的胆大妄为，压抑的欲望被唤醒。她明明知道是一个陷阱，本不该去季安臣的宿舍取耳环，然而还是去了，造成了不幸的后果。取回耳环其实是屈服于欲望的一个借口，她对季安臣的迷恋，本质上是对“新自我”的迷恋，这个“新自我”是在季安臣的追求中逐渐形成的。王锐似乎在告诉我们，女性尚未形成一个坚实有力的自我认同感，而处于一种精神上的依附状态，女性的构建依赖于他者，即男性，女性能否真正独立是很可疑的。女主人公“出事”后离婚，丈夫尽管还爱她，却无法再接受她，这其实是丈夫无法忍受在男权社会中被污名化的独善之举。至于季安臣，一个情场老手、浪荡子、自恋狂，以引诱女性为乐事，却被男性主导的社会轻易放过，既没有受到惩罚，也未承担后果。

这些小说让我们看到王锐对女性命运的哀愍，对无力挣脱阴森境遇的失望和悲哀。王锐在这些短篇小说中构建了女性处境艰难的现实。这种艰难处境的成因，一是社会皆由男性占据主导地位，男性拥有绝对的话语权；二是在历史中形成的女性对这种主导地位的无意识认同。

三、从生活表象的评判到深层心理的批判

《阳光》和《青涩》这两部长篇小说采用的是第一人称叙事，极大地方便了作者的介入，对生活的黑暗和人性的丑恶嬉笑怒骂，一些过于机智和深刻的话语不时跳脱于情节之外，让人感受到作者急于表达的欲望；在后来的短篇小说中，作者则将批判的锋芒隐藏在小说所呈现出的现实当中。王锐塑造了一批情感细腻、内心复杂、命运多舛的女性形象，她们充满了渴望，被种种欲望驱使，性格多少变得有些怪异，却又不失其真实性。小说是从寻常处切入女性内心世界，将其种种隐秘与挣扎一一演绎出来，直入人性的幽暗之地，揭示人性的黑暗、可鄙和可笑的同时，亦反映出这些人物对生活所怀有的恐惧和绝望。

在名为《善美啊》的小说中，人性中的恶被演绎到极致，背叛与算计、爱情与仇恨、嫁祸与谋杀交织在一起。小说的叙事者——善美，最终我们得知，她才是谋杀昔日男友的推手或合谋者，同时也是一个伪装的好人——她的讲述极不可靠，真相究竟如何，难以分辨。主要人物之间或许存在过爱情和友谊，却是一种竞争关系，并怀有刻骨的仇恨，用极端的手段报复彼此，谁也不是赢家，一起坠入了黑暗的深渊。

“母女冲突”的主题在《青涩》中就已出现，到了《缸中人》，这种冲突达到极致。哲珠自我意识觉醒，却被限制和压抑，她发现自己丧失了行动能力，无法逃离母亲那种近于病态的爱，导致精神崩溃。小说中的母女关系是令人窒息与绝望的。同样作为女性的母亲，成了压抑女性的帮凶；而作为反抗者，哲珠则以流产的方式来否定自己出走的可能。流产看起来是偶然的事件，但从根本上讲，是她在无意识层面已经认同于母亲对自己的否定。在卡夫卡的《判决》中，我们也能发现这种认同——儿子遵从父亲的判决投河自尽。这两个人物在深层心理上有共通之处，但王锐从女性的角度出发，另作了一番阐释。

《不知》中的田碗无法挣脱被父亲驯化成招摇撞骗的工具的命运，在父权

的压制与压榨中,只能自暴自弃。“我”在了解田碗不幸遭遇后扔掉薛恩哲的书乃是一种象征,对父法的蔑视与鄙弃。田碗怪异的打扮绝不是用来取悦男性的,她对“我”那种“易嫁风”的嘲弄,不仅是对女性特征的蔑视,更是对女性身体和身份的否认,且呈现出两种可能性:一是反抗加诸女性的特征标签;二是期待转化为男性身份,比如宣称自己是个强奸犯,隐然表现出对男性特征的认同,对男性权力(父权)的体认。

《门闩》所描绘的女性内心情感,是王锐小说中最复杂最曲折多变的。对“原罪”的恐惧令周小宁失去爱情和美好的婚姻,她竟然用自毁的方式来惩罚自己。而所谓“原罪”,本就是加诸女性的莫须有的罪名。这种恐惧扼杀了周小宁的生活,导致她的叛逆行为,并走向极端——压在作为男性的“我”的身上,不让“我”挣脱,等待他者破门而入。这是对他者摆出的一副挑衅的姿态,给他者一个“震惊”。她自然知道后果是什么,却直接给予了无视——对他者的无视和对将受男性主导的社会舆论的“惩罚”的无视。这是对世俗社会的报复,也是对自己犹疑与迟疑行为的自我惩罚,还是一种以“身体行为”方式大声宣告的对“原罪”的蔑视。从另一个层面来看,小说也表现出人的孤立状态:每个人之间都隔着一扇门,上面还有一个“门闩”,人与人之间永远无法相互了解相互信任,只有用想象和臆测的方式去了解对方,人们所以为的“了解”只不过是一厢情愿的“自我”的投射,与真相或本质相距甚远。

最后,我还想说一说《黑暗料理》这篇极度“黑暗”的小说,它也许不是王锐最好的小说,却是最富探索性的一篇小说,试图开掘无意识层面中的“某些真实”——极为隐秘和有悖伦理和人性的东西,这也是对不可描述之物进行描述的一次探索。小说中的男人为了避免被前妻夺走女儿,不惜亲手掐死了女儿,这种行为已经令人惊骇不已,然而做父亲的又将其火化成灰,并加以食用。这种乖谬的行为难以理解,如果强加解释,或许可以看作对女儿的爱无法安放,将女儿的“存在”内化为自身的一部分。

小说中男人和几位女性的关系,还可以看作男女之间各种关系的隐喻:胖女人“肥大得像地母之类的女神,令他感到安心”,是“母性”的象征;郑颂莲则是以竞争的姿态出现在他面前的女性,他无力抵挡,逐渐丧失主导地位;而女儿,是他以为能够控制和拥有的女性,扼杀女儿,是面临失去做出的狂暴且绝望的挣扎。这一系列的丧失,是以男性为绝对主导的社会心理所无法容忍的,对于男人来说是不可承受的。小说揭示了人类社会积淀下来的心理现实:以对女性的施虐获得男性的自我认同与自我满足。

有趣的是,这篇小说里男人的前妻叫郑颂莲,不免使人想起苏童《妻妾成群》中那个最终精神崩溃的颂莲。王锐笔下的郑颂莲是个胜利者,她的能力与智商明显高于男人,一次次打败男人,令男人走向疯狂。这个郑颂莲可以看作苏童笔下颂莲的镜像,王锐将苏童对女性的书写反转过来。此外,这篇小说充满想象和诗意,还有着一种极度的不安以及疯狂和颓废,其美学风格与苏童那些以女性为书写对象的小说有某种共通之处。

在王锐的小说中总有很多残酷的东西。无论是父女、母女、夫妻,还是恋人、朋友之间,都存在着紧张的关系:控制与反控制,相互敌视,心中充满怨毒,毁灭他人以及自毁的倾向,脉脉温情下隐藏的残忍和自私,以爱的名义扼杀理想、灭绝人性,等等。因而她笔下的人物不同程度地带有一种病态的心理,受着死亡冲动的支配。死亡是人类无法克服的终极界限,然而这些人物却要挑战这个界限,以达到最终的反抗。他们承受着种种伤害,但又沉浸于伤害的痛苦之中,其中有一种快乐,乃是痛苦中的快乐,所以他们并不遮掩或刻意遗忘,反倒时时抚弄着创伤,从中获得快感和愉悦。王锐对这种深层心理的洞察和揭示,令我们更深刻地理解她笔下女性角色的“怪异”特点和所处阴森境遇中的女性的痛苦与不幸。

王锐有着深刻的思想,有着直面现实的勇气,从探索人性的深度到写作手法的多样化,她的小说日益变得更加尖锐、厚重、从容和圆熟。王锐对小说艺术的追求是虔诚的,也是非常富有成果的,她凭借丰沛的想象力和独特的创造力构建起了具有个人特色的女性叙事话语。可以预期,通过大量的写作和更为深入的探索,王锐势必跻身于那些成就卓然的女性作家队列之中,成为当代中国文学的一个坚实的存在。

独特的视点　另类的演示

——汪夕禄小说管窥

易　康

近年来,汪夕禄的小说引起了人们的关注,究其根本是因为真实,真实地坦白内心世界,哪怕是极其隐秘的,而这常是基层作者的短板。一些本土作家往往缺乏虚构的胆气,囿于所谓的"真有其人""确有其事"的窠臼。有的甚至试图通过"纯方言"的写作来实现想当然的真实,其结果不是缘木求鱼,就是弄巧成拙。更重要的是,此类写作最终束缚了手脚,扼杀了想象力。由此可见,汪夕禄在他们当中应该属于独行者,而这种独立满可以使他成为里下河文学中独树一帜的人物。

如果由此而觉得汪夕禄写小说是闭门造车、凭空虚构,那就大错特错了。在他的作品里,同样具有基层作家常见的地域因素,具有浓郁的里下河平原的乡土气息。首先,汪夕禄小说所展示的是农家子弟的精神世界。《迷楼》里的那个涉世不深,且初到县城的青年的青涩和迷茫,或多或少带有点自传性,至少是精神上的自传。小说结尾处的那句"可是南京太大,我无法找她",不仅表现出精神上的失落感,更多体现了一个"土生子"对外面世界的认识。无独有偶,《李雅的爱情》里的李雅,虽然被作者刻意地设计成"城里人",但她处于一隅的困境,却跟农村人更为相似。她的生存空间的狭小,面对着荒诞的俗世,正是乡镇生活的展示。跟《迷楼》一样,《李雅的爱情》在小说的结尾再次涉及地域问题:"她要到外面去,不管是哪里,只要离开小城。"

由这两则小说,我们可以发现,汪夕禄的作品不仅是自身的经历的书写,更多是对这种经历的思考，以及通过虚构来实现“跨地域”的尝试。一个要出去，一个忌惮出去，这似乎是一对矛盾，但又像一种循环。然而可贵的是，汪夕禄在创作中没有简单重复上述内容。他还不断赋予地域以寓言性，以此来拓展地域在小说中的文学意义。从一定程度上讲，汪夕禄多篇小说里经常出现的八桥镇就是诸多寓言开始的地方。在《复仇》这则小说中，汪夕禄是这样描述他的八桥镇的：

八桥镇以桥为名。由于河多，镇上总共建了八座桥。那些桥建于不同的年代，都有自己的名字，但是人们习惯于叫他们为一桥、二桥、三桥、四桥一直到八桥，就像一个家里的八个兄弟。

与我们大家所熟知的鲁迅笔下的鲁镇一样，八桥镇绝对不仅仅是一个地理概念，而且是寓言的栖息之所。在这个虚构的空间里，人们在成长或者经历沧桑，在获取或者丧失以往，在释放或者陷入困境。《水妖》是“八桥镇”系列中最具代表性的作品。小说中的“我”和谢美芹是就读于八桥镇初中的同班女生，是“最无忧无虑的一对”。然而，故事在“我”遇到了水妖，并且深受其困扰后，情势开始发生变化。汪夕禄在这篇小说中，是这样向读者呈现水妖这个灵异之物的：

它身上全是绿色的水草，如果不是因为出现得诡异，它甚至是漂亮的，绿色的头发还滴着水，就像刚在河水里洗过一样……一双水灵灵的、幽深的、带着笑意的眼睛……她身上向下淌着绿色的水，当然那不是绿色的水，那是她身体映出来的颜色，水是透明的。

暂且不论水妖的寓意，单就其外表而言，水妖就很有特征：水，绿色的草。虽然是妖，却“甚是漂亮”……由此可见，汪夕禄在给予小说意象的寓意之前，先赋予这些意象明晰的水乡特质，使得读者自然而然地将超现实的现象与现实的人和物联系在一起。这一方式，在汪夕禄的小说里不止一次地出现。《青云》中的蛇跟水妖实属异曲同工，它们既是奇异的存在，又是里下河水土的另一种再现，并且成为人物无法挣脱的羁绊。

《水妖》中“我”与美芹之间的关系看似单纯，实则错综：“我们”是好友，美芹招男生喜欢，成绩统考第一名；“我”无奈地充当着“护花使者”的尴尬角色，而且进入初中后成绩每况愈下。于是“我”对美芹的感情就这么微妙起来。故事的重大转折是来自一次“我”提议的穿越管道的游泳,而美芹却因此溺水身亡。此后“我”的生理、心理开始发生变化,并已经“赶上她了”。行文至此,反复出现、不断搅扰的水妖的寓意就不言而喻了。

我们可以把《水妖》看作一则成长的小说,也可以当成是一个人从未成年到成年的心理体验。有意思的是,这一切大多是通过“水妖”这个意象帮助实现的。而水妖的特质,她的栖身之地以及周遭的环境都充满了浓厚的地域色彩。《青云》可以算是《水妖》的姊妹篇,青云这个人物也是在成长中实现自我认知,水蛇这个意象同样具有寓意,而有关蛇的描述同样来自作者早年的生活体验,那就是一个农村孩子对自然之物的种种遐想。

汪夕禄在这一类小说中展现的独特之处就是,将带有寓言性质的故事投放在他所熟稔的里下河平原的大环境里,使得作品在具有寓意和哲理的同时,也具备了很强的形象性,充分发挥出小说形象思维的特质。水蛇、水妖出现和逝去看似扑朔迷离,其实它们在小说中的位置却是比较清晰;这也正是作者匠心独运所在。

读过哈代的小说的读者就会发现,汪夕禄小说里的里下河区域有点像哈代笔下的威塞克斯郡,而那些河流沼泽则与爱敦荒原颇有几分相似。它们不仅是自然景物,还是小说中的重要角色,它们与作品中的人物相互作用。或许正是这种相互作用,汪夕禄的小说才不是简单的地域风俗的呈现,也不是虚空、漂浮的说教,而是具有多重指向的文学作品,能够让读者根据各自的经验,获得不同的审美感受。

语言是汪夕禄小说的又一特色。如果汪夕禄小说中的人物、意象、环境的表现有其成功之处的话,那么大半得益于他的语言。在为数不少的基层小说作者群中,汪夕禄的语言是很使人们眼前为之一亮的。他既没有通过俚语投机取巧,也没有用“翻译腔”哗众取宠。这固然跟阅读、训练有很大关系,但也是其感知独特,表述不落俗套的产物。

汪夕禄的语言只要一涉及自然景物便有了一种力量。这种力量来源于累积,这不仅是认识上的累积,也是情感上的累积。在农村度过童年、少年、青年的汪夕禄无疑对家乡的水、土有着特殊的情结,这些情结绝非爱或恨、依恋或厌倦那么简单,应该是“剪不断,理还乱”的那种。汪夕禄语言的出彩之处,就是深入地体现出这种复杂性。如果说汪夕禄笔下的河流沼泽真的像哈代的爱敦荒原,那么它们在小说中便不仅是起情绪的烘托、心理的暗示的作用,它们是变化的、发展的,一如人的性情和命运。哈代的爱敦荒原在四时的轮替、阴晴风雨中变幻着,与小说中人物的遭遇息息相关。而汪夕禄的小说语言,正是在这样的变化与发展中时常表现出不同凡响。我们再来看看《水妖》中相关的描述:

刚刚经历过暴雨清洗的小河显得生机勃勃,河水虽然还有些浑浊,水边的植物却绿得发亮。不远处秧田里的秧苗似乎也醒棵了,不再是无精打采的样子,纷纷挺着腰杆,在微风的吹拂下渐成绿浪。

而在另一种情境中,《水妖》中的河则是:

河床裸露了出来,在太阳光的照射下,整条小河就像一个久病不愈的人忽然走到了阳光下,真是要多难看有多难看……一条河没有了水,它就什么都不是。河床上的污泥散发出带着腥味的臭气,失去河水掩护的石码头,就像一个有怪癖的小偷的住所被曝光了……

汪夕禄运用拟人的方式,使得河流以及周围的景色完全人格化了,使得在一般作者手中程式化的乡土景象变得厚重有力,且变幻莫测,寓意深远。这当然是反复淬炼所致,也是他对小说语言功能的独特感悟的结果。这样的语言无疑释放出了活力,打开了广阔的叙述空间。在《野儿》这则小说中,作者写到少年时代玩耍的一种"击竹"游戏,而游戏的场地是一片沼泽:

沼泽地水草丰茂,有浩渺的水面、无边无际的芦苇。那些芦苇极其柔韧,随风起伏,很难瞄准,而且即使瞄准了,射中了,芦苇也可能利用自身的柔韧和风的力量将箭的力量化于无形,直接掉落于水中。

在此,沼泽与人的行为融合在一起,自然景观再也不是孤立地存在,再也不是起着烘托作用的配角,而是以不可知的力量左右着人物的行为。同样是沼泽,在《巡回展览》中则是"经过几十年的野蛮生长,已经成长为一片低浅清澈的湖荡",这跟汪夕禄小说中诸多人物的成长似乎形成了某种契合。

如果说,将景物人格化是汪夕禄小说语言的特色之一,那么拟物则是汪夕禄小说的另一个特征。同样属于成长类型的《1991 年的洪水》,虽然不算"八桥镇"系列中最好的作品,但小说中关于女教师李小米的描写,却显现出汪夕禄将人“物化”的用心：

李小米不是八桥镇的名字，也不是上海城的名字。它娇小、可爱，不会来自乡村，也不会来自都市，它一定出自小城青砖老巷中某个芭蕉滴雨的院落……李小米老师正以诡异的姿势趴在水面上，白色的裙子就像睡莲一样浮在水面上。

在此，李小米是庭院芭蕉，是浮在水面上的睡莲。这些描述在尽显美感的同时，依然遵循作者在作品一以贯之的地域性。更重要的是，此类文字使得人物际遇的改变跟自然景物的变幻形成了几近完满的勾兑。在《小夕的黄昏》中，小夕的面皮“就像八桥镇古寺檐角上风铃，经不住风，一吹就叮当作响”，作者用峭拔的语言实现了近乎诡谲的描述。作者在此绝非炫技，而是用由此及彼的手段，将“人”与“物”维系在一起。在《水妖》和《巡回展览》中，那披着水草、水藓似的绿色怪物，实质是将“人”与“物”合而为一的点睛之笔，也正是因为这种认知，汪夕禄的语言才会使作品有力度、有深度。此外，汪夕禄还努力追求小说形象的历史感：“小河很安静，偶尔有鱼儿跳出水面，激起一点点涟漪。我感到一股仿佛来自远古的虚空。”这些追求给作品增强了厚重感，而这些厚重感深植于乡土，更深植于作者的内心。是这片里下河的乡土，使得他语言充满张力。

汪夕禄不仅有独特的审美取向，还有相当的创作野心。在坚守自己的创作领域的同时，也在寻找突破。他的《洋楼》《问》《四牌楼》《兴化县衙》等作品便出于这样的寻求。在这一系列的小说中，无论是洋楼上的大家闺秀，还是抗日锄奸的义士，还是游走四方的江湖中人，都体现出了作者试图拓展自己写作领域的渴望。然而，与以乡村为背景的作品相比，这些小说则略显文弱，略显“气血不足”。不仅如此，一旦玩起小资情调，汪夕禄小说中的人物便不那么自然，描述也缺乏力量了。

在诸多的文坛逸事中，安德森对福克纳的帮助与引导一直为世人津津乐道。安德森对福克纳的忠告“必须要有一个开始写作的起点，一个地方”，同样适用于今天有志于创作的我们。应该说，汪夕禄以往创作的成功之处就是找到了自己的“起点”，接下来的事就是如何夯实基础，从这个起点出发，走向更为广阔的写作空间。

汪夕禄长期从事基层文化宣传工作，在并不宽裕的业余时间里，一直坚持读写，坚守自己的文学梦想，其执着、勤勉为其同道者所感奋。在以后的时日里，汪夕禄如果能更多一些沉淀，更多一些积累，扬长避短，锲而不舍，定会取得比现在更大的成绩，定会成为里下河文学一颗令人瞩目的新星。

点点是伤心泪

——读严孜铭《对局》

王宏图

正因为世间有太多难以确定的事，才有了打赌，将自己的荣誉、财产乃至身家性命押上，为了证明自己的先见之明。打赌也是不少文学作品富于刺激性的起因，远的不说，德国大诗人歌德的长篇诗剧《浮士德》一开头便是上帝和魔鬼梅菲斯特有关人性的那场打赌。正因为有了它，梅菲斯特才得以堂而皇之地去引诱皓首穷经的浮士德博士，带着他走上体验人生诸多境界的漫漫征途。

严孜铭的小说《对局》中隐含的故事框架也是建立在一个打赌的基础上。和《浮士德》一样，打赌者可不是凡夫俗子，而是阴曹地府中手握大权的判官——玄衣人和他棋局中的对弈者。他们打赌的对象是唐代长安名妓霍小玉死后化为冤鬼，会不会向负心人复仇，而毫不留情地伤害其他女性？霍小玉生前与陇西书生李益相恋，两人情投意合，但碍于两人社会地位悬殊，终不能喜结连理。分别之后，霍小玉苦苦思恋着李生，悲恸欲绝。在流干了最后一滴泪水后伤心而死。

熟悉中国文学史的读者不难发现，上述故事并不是严孜铭的独创，而是采自唐代传奇小说《霍小玉传》。将昔日脍炙人口的故事传说加以改写，在百余年的中国新文学创作上，不乏先例：前有鲁迅《故事新编》中对女娲补天、嫦娥奔月、大禹治水等传说的重新书写，后有苏童、叶兆言、李锐、蒋韵等人对孟姜女哭长城、后羿射日、白蛇传等故事的新颖叙述。而严孜铭的这篇小说也可归之于经典重写这一脉络。从情节上说，她大体沿袭了唐传奇小说文本，但在叙述方式上则采取了富于现代色彩的技法。

不难发现，小说全篇的叙述以第一人称“我”展开，而“我”则是伤心而死的霍小玉死后变身的冤鬼。出于对李生负心的怨愤，她临终前发誓，死后要化为厉鬼到李益家作祟，使其全家上下不得安宁。果不其然，她兑现了她的誓言。人们看到，李益与卢氏成婚后不久，便因小玉的鬼魂插足，其夫妇间渐生龃龉，和睦不再，最后以李生休妻而告终。日后再娶的美妾营十一娘也难逃被离间的厄运。自然，作者做了不少富于想象力的发挥，玄衣人和对局者的打赌自不待言，她还让小玉的鬼魂附身到李益的妻妾身上，借他人之壳还魂，与李生重新相会。这不仅渲染出小玉的悲愤与一往情深，也折射出李生在失去霍小玉后的失落与迷惘。

作品的结尾也颇耐人寻味。李益命中不得享其天年，一怒离家后竟冻死在雪地中，而打赌的结局也豁现而出。让人意外的是，小玉的鬼魂放弃了复仇，让营十一娘有足够的时间逃跑。这并不是因为她一时发了慈心，而是领悟到卢巧玉、营十一娘和她自己有着同样的命运，在男性中心主义的社会中，她们都是任人欺凌宰割的牺牲品。甚至作为罪魁的李益，就个人品性而言并不是恶魔，他也是这个男性霸权至上的社会体制下被驯服的羔羊。

综观全篇，严孜铭充分发挥了想象力，将女性的心理感受予以细腻的描绘，全方位地展示了其悲欢喜怒等多种复杂的情感。这一特长在她先前的作品《会飞的鸟巢》《有谁认识他》《日日夜夜》等中都有不俗的表现，尤其在《会飞的鸟巢》中对刘寇兰打胎前后的心理刻画相当传神，让人难以忘怀。

严孜铭同学就读于复旦大学的创意写作专业，她是其中的佼佼者。在多年的教学实践中，我发现不少同学并不缺乏想象力和生活经验，但经常苦于找不到合适的题材，找不到让自己灵感喷涌飞翔的出口。在此，严孜铭的这篇小说提供了一个范本。由于采用的是“故事新编”体，所以不用煞费苦心地去寻觅题材，只需在现成的文本基础上重新拓展，发挥想象，将自己的体验感知与情感灌注其间。这不失为初学写作者的一条有效路径。

在大地与天空之间

——张佐香散文创作论

李 超

张佐香是里下河文学的后起之秀,她的散文诗意隽永、清新雅致,创作势头强劲、辨识度高,是一位非常值得关注的青年作家。生于20世纪80年代初的她,长期在淮安里运河畔读书求学,里下河广袤的土地和连绵的河水不仅滋养了她的身心,也深深影响了她的文学创作。她的散文既有女性如水的细腻和敏感,又诗意地将对故乡风物的吟咏和人类生命的本体价值思考结合起来,呈现出思想性、艺术性相得益彰的文学图景。读罢掩卷,仿佛有一种穿透纸背的精神力量在心间缓缓升起,如饮山泉,如沐春风。

她年纪轻轻就已是中国作家协会会员,出版有散文集《亲亲麦子》《鲜花照亮了我的房间》《在时光的回声里漫游》等多部,在《散文》《散文选刊》《中国校园文学》《北京文学》《雨花》《延河》等省级以上文学期刊上发表作品百余万字。其散文集《亲亲麦子》《在时光的回声里漫游》分获第三届、第四届叶圣陶教师文学奖主奖和提名奖,专题散文《纸上庄稼》获孙犁散文奖,散文《在拙政园的回声里漫游》获首届中国徐霞客地学散文奖等。

一、大地上的草木诗经

阅读张佐香的散文,扑面而来的首先是她浓郁的诗意。张佐香早年是位诗人,写有不少优秀的诗歌作品。但是她散文的这种诗意,除了语言本身的书卷气之外,主要与她的散文意象和意象中蕴含的原乡意识有关。

土地、庄稼、乡村,是张佐香散文书写的重要意象。张佐香出身于普通的农民家庭,又做了多年乡村教师,她一直以农民的女儿自居。父母的宽厚、隐忍,乡村生活的自由、恬淡,深深影响了她。她在散文《大地上的特殊植物》中把“地气”比作“大地生长出来的特殊植物”,并坚信“只要双脚和泥土接触就能够接上地气”①。大自然生动、充沛的元气,让她的心灵与土地,以及土地上的一切生命产生了联系。

把接“地气”作为散文写作的出发点,张佐香开始了她对故乡一草一木饱含深情的文学吟咏。她的草木吟咏没有停留在对故乡草木的客观描写上,而是把人与草木在生命意识和生命精神的维度上统一起来,探索人与自然的相处之道,并从中领悟出“人在大地上诗意栖居”的可能。在《茶思啜香》中,她从“茶”字的特殊构造出发,开始她对人与草木关系的解读:人在草木间,进而得出“茶是大地孕育的诗情”和“茶如人生”的结论。她的散文很多直接是以草木为标题的:《稻子》《亲亲麦子》《梦见月亮的南瓜》《青菜胜花》《梨魂》《睡莲》《智慧的石榴》等等,其对草木的深情可见一斑。她在散文《稻子》中写父亲插秧,在《亲亲麦子》中写母亲割麦,都用到了“优美的弧线”这个词,然而无论是“插秧”还是“割麦”都是农人辛苦的劳作,不过张佐香却关注于“优美的弧线”,并直言“看母亲割麦是一件赏心悦目的事”。作为农民的女儿,张佐香何尝不知道农忙的辛苦?但是她与土地和自然建立起独特的心灵联系后,农忙便不仅仅是一种为了生计的被动的劳动,而且是人与自然建立联系的诗化生活,这仿佛正契合了那句名言“人充满劳绩,但还诗意地栖居在大地之上”②。

这种对故乡草木诗意化的描写,还隐现着割舍不断的原乡意识。与现实的地理原乡不同,作家们的心灵原乡,是用语言文字构造自己的精神家园。在张佐香的笔下,故乡、土地、草木可以说已经成为大自然的同义词和具象

---

① 张佐香:《鲜花照亮了我的房间》,二十一世纪出版社,2016 年,第 49 页。

② 海德格尔:《人,诗意的安居》,郜元宝译,上海远东出版社,2011 年,第 91 页。

物，对自然的亲近是与其内心深处的原乡意识分不开的。她在《池鱼思故渊》中说：“人类同大自然的关系，就像‘羁鸟恋旧林，池鱼思故渊’。当我们的灵魂焦灼、烦闷和痛苦的时候，会更加渴望和眷念大自然的景致。在草木花香与鸟语流水营造的心旷神怡的妙境中，努力寻找一片宁静、安详，来安置疲惫的心灵。”[①]在这里，她将人与自然的关系比作羁鸟和旧林、池鱼和故渊的关系，其原乡意识就非常明显了。大自然于她意味着宁静、安详，意味着舒展、自由，意味着心灵的家园。她在散文中一再写到外婆的枸杞、奶奶的艾地、母亲的棉花等，将乡间草木与亲情结合起来，故乡的一草一木，成了作者打开原乡之门的钥匙，对故乡风物的一再吟咏，就是作者思乡之情的一次次释放。经由那些故乡大地上的草木言说，作者仿佛回到了故乡的土地，感受到了大地的温度和亲人的关爱，所以她的散文散发出浓郁的温情气息。她在《隋唐之水》中对滋养自身的里运河礼赞有加，称她是古城淮安的“眼波”和“灵魂”。在《绿野放牧》中她说自己是个草根性十足的女子，对草木的喜爱源于故乡的那一片绿野，并把绿野称为自我放牧心灵的圣地。这里，对张佐香而言，草木的意义，就是生命的住所、心灵的归依，就是故乡。

里下河地区特有的乡土文化和风土人情，构成了里下河文学书写的重要主题。张佐香的散文对乡土、草木的执着，既传承了她的高邮乡邻汪曾祺的平淡自然，又有传统文化精神的浸润，还有她本身对人与自然关系的独特体悟，她对故乡的吟咏是发自骨血的、与生俱来的。她对自然草木的深情礼赞，蕴含着独特的生命哲学的内心体验，饱含着她立足大地、仰望天空的精神追求。

二、仰望天空的精神追求

德国哲学家康德在他的《实践理性批判》一书的结论开篇就说：“有两种东西，我们愈时常愈反复加以思维，它们就给人心灌注时时翻新、有加无已的

① 张佐香：《在时光的回声里漫游》，万卷出版社，2017年，第57、258页。

赞叹和敬畏:头上的星空和内心的道德法则。”①灵魂的震撼是直抵文字内核,并指向道德和人格的。古人将“道德”和“文章”相提并论是有深意的。作家的精神境界达到一定高度时,就可以和宇宙万物相通,获得一种生命精神,形成自己的精神系统。精神系统一旦建立,文学就会无处不在,看什么都具有文学要素:四季轮回、日升月落、鸟语花香、市井百态,这些都会化为文学。

张佐香的散文对“精神”格外重视。她在自己的创作谈中坦言:“散文已成为我精神领地里的一处寓所,是具有东方情调的美好的心灵田园。红尘炽烈,物欲横流,身如茧缚。我以读散文和写散文的方式,为自己的心灵垦殖一方精神领域的绿荫和净土。”②在散文《仰望天空》中,她又写道:“人类之所以要昂扬头颅,大约是为了仰望天空吧。在许多日子的许多时刻,我常常独自一人长久地仰望天空。我被那无限的神秘、辽阔和苍茫深深地震撼着。我对天空中的日月星辰敬畏着,思绪被牵到无言无思之境,似乎在那心凝神释间,那个小小的我已融入无垠的宇宙之中。”③对于头顶星空的仰望,让她的作品充满了高洁的精神力量,难怪散文家余秋雨称赞她的作品“有一股大道正气”。

这种精神观照,首先体现在她的草木情怀里。她对乡间植物的吟咏,无不体现着内心的精神力量。写豆架,她凸显它攀缘向上的姿态(《豆架是一种心境》);写向日葵和开花的树,偏重它们传递来自天空和大地的双重温情(《思想着的向日葵》《凝望开花的树》);写菊花和兰花,更推崇野菊和深谷幽兰,洋溢着对自然、自由生命状态的向往(《野菊恋东篱》《兰韵》)。无论是乡间普通的豆架、花树,还是进入传统文化经典意象的梅兰竹菊,在她的精神观照下,都成为凝聚了高洁精神的文学意象,拥有远超草木本身的精神力量。

张佐香散文的精神光芒,还闪耀在她对文学大师故事的历史书写中。文学是人学,文学作品自然应以人物为中心。读史著文,既是今人对古人的叩问和拜访,又是古人对今人的灵魂拷问。不同于一般的名人书话写作,她一开始就避开了故纸堆里捡拾旧闻的窠臼,从生命体验出发,带着理解和敬畏

① 康德:《实践理性批判》,关文运译,广西师范大学出版社,2002年,第158页。

② 张佐香:《营造心灵的田园》,《散文百家》2010年第11期,第54页。

③ 张佐香:《在时光的回声里漫游》,万卷出版社,2017年,第57、258页。

重返历史现场,与古人相遇,以心会心,以灵魂感受灵魂,以真诚抵达真诚,生发出具有深广的宽度和厚度的历史哲思,提炼出超乎时代的人生感悟,留给我们的不仅仅是掌故、知识和文化,更是生命、心灵和精神。翻开大唐史,她不关心什么帝王,她的目光首先落在了诗人王维身上,只因为王维诗中的静美气质与她内心深深切合;她用“大唐一壶酒”来写诗人李白,悟出李白对酒的陶醉,既有最漫无边际的喜悦豪情,又隐藏着最深不可测的忧伤惶惑,还原了一个完整的李白形象;她用小说的手法来写陶渊明这位“让菊名满天下的人”,仿佛跟在诗人身后,一路陪他上任、归隐,带我们一起领悟名利尘网对于人生的束缚和精神自由的重要性;她写屈原与《天问》、司马迁与《史记》、嵇康与《广陵散》,均表现出内心坚守胜过外在肉身的价值取向。她没有采用工笔技法,对人物进行面面俱到的描绘,而是采用写意的手法,遗其貌取其神,抓住关键细节,泼墨重彩,写出人物的个性和灵魂。因为,她坚信只有从灵魂深处绽开的生命之美和精神之美,才能照耀灵魂。

历史如沉默的山川,时间的河流穿过峰峦叠嶂奔腾而去,我们站在现实的出海口已然无法回眸长河与山川的全貌。但是沉默的历史,绝对是丰富的宝库。张佐香的散文为我们打开了时光隧道,让我们经由纸上的故事,穿越岁月千年,与古人在历史长河中相遇,她诉说古人的名士风流,点染出内在的生命精神,让我们在灵魂的对话中被感动和照亮,萌生出向上向善的追求和精神冲动。

三、独树一帜的美文风格

散文易学而难工,并不是一种轻松的文体。看起来,散文天马行空,自由随意,大至天文地理、沧海桑田,小至家长里短、柴米油盐,都可以娓娓道来。但是,散文不能只散不文,而“文”则是指文采、文体和风格。优秀的散文应该是有着独特风格的美文,要妙语迭出,结构精妙,气韵绵长。

张佐香散文的独特风格,首先体现在语言的精致上。张佐香有着颇为深厚的古文功底,从她对屈原、李白、王维、苏轼、曹雪芹等文学大师的历史追忆中就可见一斑。她的文字功底,体现在遣词造句上就显得颇为雅致。在《竹思》中,她这样写道:“乡村蜿蜒的河堤上有一片竹林,翠竹丛丛,亭亭玉立,枝叶婆娑。节疏干直,刚中带柔,枝繁叶茂,葳蕤嫩绿,成簇成丛生长。”[①]两句话中七八个形容词,全是四字词语,连续排开,读来朗朗上口,颇有气势。她还善用比喻、拟人、排比等修辞方法,写景抒情,尽得其妙。文学离不开修辞,古代文学一度曾被称为修辞学。在《树是线装书》中,她这样写树:“有些树挺拔健壮,枝繁叶茂,身姿匀称;有些树枝叶横向平伸,像杂技演员全身上下夹无数翠盘,一盘一篇皆通体透绿与地面平行;有些树枝干虬曲嶙峋,表皮呈漆黑粗糙状,却有历经沧桑威武不屈之美。树们无不呈现出向上的张力,豁达的气势。”[②]短短两句话里排比、比喻、拟人等数种修辞手法信手拈来,写景状物,层次分明,抒情达意,节奏和谐,尽显精致之美。此外,她的语言还具有绘画美,不仅“文中有诗”,还“文中有画”。无论是《竹思》中写竹,还是《树是线装书》中写树,除了语词的可圈可点外,她还能用语言为我们织就一幅生动的画面。她的语言精致流畅,又取舍得当,收放自如,宛如一幅水墨画,当着墨处出笔如泼,当守白处又惜墨如金,她笔下的景物不是客观静态的,而是融入了她的精神观照的动态意象,一山一水、一草一木,都气韵生动起来,传神写照往往就在一词一语间。那思想着的向日葵、梦见月亮的南瓜、恋东篱的野菊、开花的树、遐想的柳絮都通过自身独特的动词来修饰,而这些动词都指向内在的生命精神,这是张佐香从“以目观物”到“以心观物”的收获。

张佐香的独特的美文风格,还体现在结构的精巧上。结构是文章的谋篇布局、统筹构思。张佐香的散文传承了冰心、朱自清等为代表的美文传统,又吸收了杨朔、刘白羽诗化散文的精华,还借鉴了史铁生、张承志、余秋雨等为代表的文化散文的经验,把事、景、情、理、趣、味、境融为一体,形似与神似兼备,既有画外之境、弦外之音,又显得质朴平实。她的散文题目一般都极富有诗意,容易引起读者的阅读兴趣。开篇往往擅长使用开门见山的破题法,直接提出观点。中段一般围绕主旨开展景物描写或追忆先贤。最为可贵的是,

---

① 张佐香:《亲亲麦子》,江苏文艺出版社,2013年,第123、130页。

② 张佐香:《亲亲麦子》,江苏文艺出版社,2013年,第123、130页。

她在文末“卒章显志”式的对散文主旨的哲思升华。不同于小说通过故事情节和人物成长的升华，散文的哲思升华只能靠一字一句地推动，靠作者的心跳、呼吸和品格。张佐香的散文形成了“物质—精神”的递进推演结构模式。开门见山地亮明主旨后，她即大幅着墨写景状物抒情，极尽描摹酝酿之功，最后对文章主旨进行升华，结构紧凑，形式完整，推演缜密。升华中，她总能以小见大，异中取同，水到渠成，毫无违和感。比如在《思想着的向日葵》中，她开篇就亮明观点：向日葵是最有思想的植物，接着就写向日葵的生长状态，从春天、夏天写到秋天，写完向日葵的一生，她转向了画家凡·高画布上的向日葵，由此进入文化象征中的向日葵，最终经由象征进入精神的存在。这种层层递进的散文推进模式，使她的作品深受语文考试命题者的青睐。近年来，她的散文作品有30多篇被中高考试卷设计为阅读理解题，这应该是与她作品风格分不开的。但是这种近乎考卷体的美文模式也限制了张佐香散文的创新，她的散文意象过于传统，散文语言精致近乎雕琢，有“文胜质”的倾向，散文结构缺乏转合，情感体验不够丰富，对生命意识和生命精神的过于强调，也妨碍了陌生经验的植入，看多了往往容易引起阅读审美的疲劳。

但是，张佐香的散文无疑是优秀的文学作品。她以诗意化的草木意象，带给我们智性化的阅读体验，她书卷气的精致语言、考卷体的经典构思，留给我们的是来自大地与天空的双重温情和甘美。散文评论家范培松在《论散文的三重境界》中这样界定有品的散文：“有品的散文重的是‘文化自我’，是作家心灵自由的放纵。‘文化自我’是品的内在灵魂。‘文化自我’离不开散文作者对自我及社会历史的执着探索与反思。”①张佐香的散文，无论是书写现实的乡间草木，还是历史的名人风流，都注重内在生命体验的开凿，那些大地上茂盛生长的草木以及草木下掩埋的历史名人，都散发出耀眼的精神光芒，照亮我们现实的生活，给我们以生命的启迪和情感的洗礼，是当之无愧的有品的散文。

---

① 范培松，张颖：《论散文的三重境界》，《江苏社会科学》，2012年第1期，第154页。

落深渊之底，唱青春之歌

——钱墨痕小说论

刘以宁[①]

写幽微的关系、躁动的人心，在鲜活的现实之幕前，现实生活中的人事都能够成为钱墨痕创作的来源和元素组成。他渴求故事，他是故事本身，某种意义上，这也许就是年轻作家的本质，在成长中发现创作的原料，他们所经历的生活成为养分和源泉，而这时的作家是生活的忠实的记录者。可贵之处在于，钱墨痕发现它们，记录它们，思考它们；同时触碰一切，试探一切，怀纳一切，钱墨痕作为作者，他和他的故事与生活一同成长。

在怪异恐怖的疗养院用手环进行“电休克疗法”治疗病人的杨院长，被残暴的父亲判定有网瘾的我，读者能很自然地联想到轰动一时的社会新闻事件。类似的，《立夏》写在疫情进入常态下，一个生病发烧的等待被确诊的过程；《鱼被淹死在海里》由一桩师生恋的东窗事发入手，探讨高校环境中的师生问题，也贴合近年来的热点话题。钱墨痕不止于此，他关注的不是这一事件本身，而能够进入其中，写大的时代、社会、事件中几被裹挟和淹没的小人物，代入被假设却理所应当真实存在的人当中，写他们的内心和情感，描摹他们的画像，凭借作者本人强大的共情能力塑造他们，同时，塑造群体的剪影，为更宽广的时间范畴中的社会做切片。

---

① 刘以宁，1994 年生于北京，北京大学中文系当代文学博士生。

《胡不归》的故事发生在怪异的精神疾病疗养院,小说的主体是精神病患之间的对话:“世上没有意义的事情多了去了,若是因为没意义就都不去做了,这个世界还能称之为世界吗?我们早就不吃人种出来的粮食了,不穿手工衣物了,还有若干亿农民,他们难道做的也全是无意义的活计吗?”“他们当然是无意义的了,你知道这世界上这么多人,总要让他们有事情做,可他们能做什么呢?饱暖思淫欲,宁可让他们生产的东西烂掉、废掉,也比让他们闲着好。”作者在这里寻找生活的意义、生命的意义,乃至人生存在的意义,好像是消极悲观的,却在虚实之间,不惮于残忍和恐怖地还原现场,把所谓疗养院中的精神病患的生活和精神世界展现出来。

用对话结构故事是钱墨痕经常运用的技法,形成其创作的一种典型特色。在不足万字的一篇小说中,钱墨痕铺设了很多线索,用我和“话友”大篇幅的对话,以及精神病人的呓语来宣泄不确定的情感,和对于更重大命题的怀疑与质询,同时推动一个颇具先锋意味的故事情节前进,这是一位年轻作家极大的野心和自信。

《三手折耳》里苏安和比力关于寻找女友出轨踪迹的谈论;《立夏》中周傲和警察、护士做的行动流调溯源和轨迹核查;《七十五亿次心碎》里旅途中兄弟间的插科打诨;再如《梦见一只午睡的大象》,这篇小说几乎全部以对话来支撑,“我”和“潘西”的一段关于彼此近期生活状态的互通有无是正在进行时的线索,作为小说外层的框架,加之潘西转述的她在地铁上和未婚姐姐萍水相逢的谈话内容。题目“午睡的大象”在对话的间隙指向不明的间或出现,有象征意味,大象是浑然厚重而安静的庞然大物,它偏偏还在午睡,这种不能撼动、不可亵玩的气场就更重了。“午睡的大象”在时间线索穿插的、接续不断的对话中出现,那种人对现实一切可知可感,却又无力干涉的矛盾感就越重。

《胡不归》中有很多对照关系:虚构的小说和新闻事件之间的虚与实;出自病人之口讲述的整个世界和历史的真实与幻象;我的父母和院长、护士长的善与恶;消失的001号和不知所踪的父亲,滑动的能指与所指。作者把这一对对矛盾存在的关系称为“世界上有很多悖论”,借“我”来发现,作者是无意搞明白这些悖论到底如何形成,其背后真相又到底如何,对于“我”,是我不想搞明白,就像不想从疗养院出去。钱墨痕借用这家精神疗养院和病人的框架，将这些困惑，与生活中固有的那些悖论和矛盾和盘托出，连珠炮似的倾泻出来——也许我们本就无力分辨真实与虚假——我们在历史的长河里短暂而渺小地存在，在小的家庭单位中，在广阔不知边际的世界上，我们都是某种意义上的精神病患。

到了《鱼被淹死在海里》，鱼和海这一对互相依赖的对象被钱墨痕借以寓意人和环境，行为选择与道德困境问题，这不仅仅是对照，而演化为两种对立统一力量中间的边界书写。我们如何去判定善恶、是非、好坏，特别是在某些特定的条件之下，这似乎难以解决。钱墨痕在这篇小说中发出不少作者的声音，口诛笔伐，激昂意气，“可是这也未必是真相啊，你也只是道听途说”。最终奇奇怪怪的药片治疗不了高潮后的抑郁状态，人们无法克服力比多在体内的作用，钱墨痕看起来是对黑白边界的区隔认识与跨越行动无奈和失望了，可是贯穿在小说里的应该属于作者本人的疾呼骗不了人，那些诘问、怀疑和意气是属于钱墨痕的。

除了小说结构上的关系，钱墨痕小说中最吸引人的就是人物之间微妙的、多样的关系塑造。说不清的，幽微而又动人的关系，往往处在矛盾的中间态。涉及男女的小说里写人物往往侧重写关系，结了婚的是夫妻关系，偷情的是情人关系，当然也有父子关系、婆媳关系，等等，这些都是侧重于写人物关系的类型，而并非“程度”。《微波炉里的猫》中我和拉拉、月月都有着被定义了等级的关系：“之前我听说过一个理论，说当一个人遇到一个人的第一眼会把人分成五个等级，所处级别的不同会决定你们的相处方式。第等级别是陌路人，第四等级是同学、普通朋友。再往上是可以交心的好友，第二等级是灵魂伴侣或者说走心的炮友、情人。第一等级是婚姻伙伴。”月月在“我”发问后的关心，“我”单方面陈述出的喜欢，造成她看似处在第三等级，然而向第五等级滑落，月月在这儿的设定，被指向繁杂的日常和恼人的琐事，工作、相亲、贷款；而拉拉处在第二层，我们能够对话，且对话的内容处在形而上的维度，不指向任何可能会落入具体情境的令人烦恼的现实，更可能是，一旦这种关系落地，拉拉同样会成为月月，将会向着低级滑落。所以，“我”与拉拉彼此心照不宣地停在更进一步的关系面前，当有人试图将屏障打破时，那种需要小心维护的、处在中间态的、脆弱的关系瞬间瓦解。

《山海》中方海生和前男友李悦在二人分别结婚后重逢。违背道德的出轨行为好像是一定会发生的:“她觉得太早了。在大堂犹豫了两分钟又返回了房间……换了一条跟内衣配套的内裤,一副内敛一些的耳钉,给腋下、手腕、脖子重新喷了一遍香水。最后从抽屉里拿出一个小罐子,在内裤上滴了一滴。它能保证不管发生什么,到明天这个时候,内裤仍是清新的味道。”作者用一连串的动作和细节描写一名女性赴约前的独角戏,对于细节的细致入微的聚焦,是钱墨痕作为男性作家对女性和男女关系的细腻把握。二人的越轨行为好像在开篇就注定,读者从那时起就等待着它的发生。但方海生又全程处在矛盾中。她突兀地说“我不跟你回去”,但是“她不想把夜晚过成这样,她轻轻勾住了李悦的右手,顺势把左半边的身子贴在李悦的身上”。方海生和李悦就像两个争夺玩具主权的孩子,明明今夜他们是彼此仅有的玩伴。方海生和丈夫之间因为生活中一条买不到的鱼而争执,实则二人婚姻中的罅隙已深;与初恋李悦不断试探,身体不断靠近纠缠,又不时后退躲避,初恋是方海生的短暂逃离现实的避风港,但她也好奇再进行下去会发生什么,或是在确定到底会不会发生。以方海生为中心,两个男人、婚姻内外、一明一暗的两对关系朝着两个方向生长蔓延,丝丝盘绕,你好像知道小说的结局,又不确定,随着情节发展,读者的心也不断被撩拨。

发表在《青年文学》的《哈奴曼和阿普萨拉》写的是一对似是分手,却分得不明不白也不知双方是不是想挽救的情侣同游柬埔寨的经历。二人关系之外有第三个人,即旅游包车司机莫先生,他既是二人关系的观察者、情节的推动者,又逐步介入二人的关系当中,试图用自己的力量撼动他们。旅程结束在莫先生的家中,莫先生妻子和家庭出现,前景不明了的情侣关系和看似牢固的夫妻关系在异国的家庭空间中被并置,四人心思各异,他们各自和彼此之间将会走向哪里却并不明确,小说在这里戛然而止。小说的三个主要人物就像在包车里的状态,“平衡重量似的分开坐着”,分庭抗礼,三者之间的互动和关系发展于整趟旅程当中,在每一个景点之间。小说结构紧密而规整,其中时间在两天之中,包车走了几十公里,但是关乎爱情与亲情,情感状态的讨论横跨十数年。虽然莫太太最后时刻才现身,但实际上这里两对国籍、地域、环境等完全不同的伴侣相互映照,去描述同一种爱情关系。故事在异域的环境下发生,展开的是一幅同中国完全相异的画卷,而女主人公起初也格外讶异于莫先生的早婚、多子等情况。可随着哈奴曼和阿普萨拉二人感情走向的渐渐明朗,莫先生开始以成熟的过来人身份于其中调停,效果是明显的,以数次在小说中出现的合影场景为证:“这次的合照很顺利,还有个细节莫先生也注意到了。在那张照片中,阿普萨拉小姐把手轻轻搭在了哈奴曼先生手上。”也就是说,纵然有极大不同,但是对于男女爱情关系来说,总有一些一定奏效的东西在起作用,鲜花、合照、晚饭、雨夜,花费时间和心思地相处、倾听与沟通。

《立夏》借疫情暴发的外壳,将之放置在特殊情境中来写一对不那么美满的母子关系。母亲中年失去丈夫,独自抚养两个儿子,执拗地追求“公平”;小儿子长在哥哥的光环下,自认为更听话、懂事,却不知如何表达对母亲的关心和爱。虽然每一次二人总会和好,但母子碰到一起就会出现种种埋怨和彼此的不理解。关照疫情又不直写疫情,而是把视角放在疫情又一轮卷土重来时的首发病例身上,写病人的工作生活,特别是背后特别的母子关系。周傲和母亲因为疾病而被迫走近了,可能会发生什么改变,周傲发现妈妈脆弱的一面,母亲发觉儿子暗暗地努力;也可能什么都没变,周傲开口也只是说“那粥,还挺好喝的”,但终归是说出了。

这对母子的关系在疫情当中是特殊的,又是一个小小缩影,每个读者好像都能在钱墨痕的写作中找到哪怕一丁点自己和父母关系的写照。正是这种特殊性和普遍性的结合,使得关系的塑造更加感人和真切,让这篇小说更有探照真实的力度。

钱墨痕小说的永恒主题是关注迷茫的年轻一代的生存状态。也基于此,他笔下的人物经常在寻找说话的对象。《胡不归》里“我”找话友,和不同代码的病患诉说自己的身份困惑;《微波炉里的猫》中,“我”的种种选择也是出自找到一位可以说话的伴侣的情感需要;“我”有女朋友,还是留恋和拉拉的暧昧关系正源于此。年轻人的痛苦,也大抵来自“没人说话”。

《凡·高先生》的故事发生在杨旺和提供特殊服务的姐姐事毕后,杨旺享受着姐姐的按摩，回忆自己的成长。“就拿我知道的说，大二那年他加入了摄影社，他想要一台单反，把电话拨给了母亲。”小说第二部分，叙述者“我”的声音出现，成为替杨旺发声的人，这是一种颇为成熟的技巧运用。作者在这里引入一个“我”，将讲述者的身份具象化了。而这个“我”到底是谁在小说结尾前都不明确，成了故意埋伏的悬念，并且由我来讲故事。叙述既在故事之中，极大提升可感度和可信度，又实现了全知叙事，情节推进自然流畅。杨旺来会所寻乐、上学考研复习、毕业工作的时间线在小说中穿插，画面交错，使得这篇小说情节饱满，故事浓度很高——压抑和无力感则越重。《山海》中有着高度相似的情节和技巧。庄之山被好友强哥带领第一次尝试特殊服务。其过程不像《凡·高先生》中生动、详细，是靠着两个时间、两个空间内的对话填充的。其一是小姐服务过程中的问询和动作指导，其二是庄之山在强哥订婚和新人有关结婚、新房、彩礼的现实的讨论。

杨旺童年就在现实生活中实现自洽的人，小洪歇斯底里骂他把小猫臭臭害死，他笑了出来；老黑提供内部消息带他发财，他不甚“感冒”；好友怀疑他对生活的期待，向他推介蹦极，他也下意识推托说“我挺好的”。庄之山在和特殊服务技师云雨时走神“愣在那里”，结婚买房和彩礼等的现实焦虑裹挟他的思绪，也摄住他的身体。“你从来就没有自由过，从小被你妈管着，现在又被自己束缚。你自己想要什么，你真的知道吗？随便找了个工作，也不想着往上走，老婆也是随便找的，你能不能对自己负点责？”这是老黑怒斥杨旺的话，实则更像钱墨痕对这一类像杨旺的人的质问。看似是“自洽”，可以接受一切，可以任性“躺平”，代价是失去了激情、斗志和对生活的任何一点兴趣。又或者，这实则是每个人身体内，昂扬战斗和消极颓圮的两个自己之间的对战。

钱墨痕写的年轻一代的男女，都是处在不同场域中的，具有不同社会属性与身份的人，他们在不同的场域中被各方力量不断拉扯，不断地自我寻找与自我怀疑，小说的张力也正在其中。“我”是青年作家，因此在文学圈和出版界跋涉；我是一名初来北京的研究生，因此在偌大的高校中孤独和迷茫；我是一个普通的男人，我在女朋友和暧昧对象中作情感挣扎。各个场域中“我”都存在，但属于我的位置在哪里呢？这似乎是难以确定，始终在改变的。于是年轻人的困顿、迷茫更深,每一场域内部的力量让他们难以逃脱,在各个场域的缝隙中巨大力量也在不断挤压着、裹挟着他们。钱墨痕写此状态中的年轻人为尚佳。

例如:“我想问一下大家,你们是如何寻找对生活的期待感的?谢谢了。”《微波炉里的猫》中我在和拉拉失去联系时,以一种看似高深的探究生活意义的姿态发了一条朋友圈,向潜在的更多话友抛出话题,即便这需要屏蔽很多不同场域中人。“发这种互动型朋友圈的好处是评论的会比点赞的人多。”“可能我压根就没指望从朋友圈中获得什么答案,我身边有种人特别无聊,他们会关注谁给自己点赞谁不给或者谁一直给一个人点赞然后忽然就不给了。我觉得他们特别可怕,我快跟他们一样了。”朋友圈这个复杂的由关系织成的网将其中的人紧紧束缚,我们都有这样的心理和现实经历,钱墨痕将之写了出来,前提是他能够发现这种现象的古怪。

《跑啊,鸵鸟!》中主人公海煮鱼遭遇生活挫折,求职不成,面临毕业不知何去何从,在户口、前景、工资几重条件下在大城市中找不到自己所属的位置。这种境况几乎是每个刚刚毕业,即将走出学校的青年人都经历过的,钱墨痕自然不例外。他所做的是用创作者的眼光和想象,将自己正在经历的这一阶段和阶段中的人事百态记录下来。在普遍性之外,主人公的特殊性是他们身为青年作家的不得志,然纵使现实处处碰壁也仍旧对文学和写作抱有一腔热忱,“海煮鱼的追求有点奇怪,托马斯哈代写过一篇小说,小说里写了一个叫裘德的人,他一生在读书,渴望成为更好的人。他一生在与命运搏斗,哪怕最后也没有成功。东黑没记错的话,海煮鱼很爱这种朴素的个人英雄主义,如果做不成更大的英雄,他宁愿做裘德,那是他心中最牛×的事”,毋宁说这种古典主义英雄精神也是钱墨痕本人的追求。在他小说的字句间,总能发觉来自具有普遍性的青年人,以及独特性的年轻作家的“不平则鸣”。从导师、编辑的刁难,到情感失落、找工作失败,同辈无端的压力,再到身处大城市带来的漂泊感,和内卷的社会对年轻人的挤压与冲击,自我和整个群体未来的不确定性,这些不平的情绪和反省、思考都从作者肺腑生发,从一个个人物之口滔滔不绝讲出,成为钱墨痕小说内在密实的肌理。

事实上属于年少青春的困境迷茫和那一点心思在主流文学中被很少提

及，青春主题写作的难度在于往往正值青春年纪的人写不好，技巧成熟的大作家又不屑去写了。钱墨痕的关注点却正在这里。更可贵的是，他写的是自己和周围人事，挖掘生活本身，他自己作为戏中人进行创作是更加不容易的。掌握对真实生活攫取的程度和进行艺术加工的尺度，比天马行空的想象本身还要困难。所以，钱墨痕进行了这种创作的尝试，写青春、写年轻一代，写他们的迷惘，并涉及更深层次的对生存与意义的追寻，使得年轻的作者和他的小说具有某种必要性和现实意义，成为作者自身的观照与年轻读者们的参照。

同样因为相同的年龄、相似的身份和相仿的经历，我一直觉得我没法更好、更适宜地评价钱墨痕和他的小说。许多篇目的灵感和故事草稿我都听本人亲自讲解过，不少人物原型我也熟悉，所以如果需要我对钱墨痕的创作进行梳理，对他的创作进行些评价的话，我一段时间内都“近乡情更怯”般不知道从何处下笔。但强行开始写，在这个过程中，我逐渐意识到，那种竭力试图保证的客观性，一定程度上也会抑制评论中抒胸臆的部分。换句话说，如果对作家和其作品本身没有纯粹的，发轫于兴趣、本能、冲动的情感驱动，又如何能够为之写出椎心泣血的好文章呢？

来自同辈人间的写作和评论、批评与赞扬，或者就像钱墨痕在其小说中无数次搭建的场景：好友相对而坐，喝酒谈天，在一场豪饮中，吐露内心的期盼或苦闷，这一切是正在进行着的互动，将是对个人、青年一辈和整个文坛有益的。于是，一个个钱墨痕从他的小说中走了出来，包括我自己，坐在他的对面，坐在他的身边，他们为深渊困顿而歌哭，为未来而满饮此杯，他们摸爬滚打后，带着浑身血泥重又去屠龙。

这种互动性和进行时也正是“当代”的重要意涵。因为有许多个像钱墨痕一样的青年作家，他们对生活的观察，对写作的倔强坚持，让当代文坛依旧保持生机。此刻，这并不是一句空洞的吹捧之语，而代表着未来的无限可能。

新媒体时代文学写作的多元探索者

王玉琴

中国从 1994 年以域名“.cn”加入互联网以来，传统的文艺创作发生了深刻变化。新世纪初步入文坛的青年写作者，是最早拥抱信息时代思维方式和创作方式的探索者。几年来，郝景芳的小说获得美国科幻小说奖“雨果奖”，黄孝阳提出了“量子文学观”[①]，青年作家思考世界、介入文学的方式已经与传统媒体时代有天壤之别。

在其中，生活在里下河地区的江苏 80 后作家陶林，从 2000 年开始写作，创作小说、评论、诗歌、散文各类体裁的文学作品 800 万字，涉猎纯文学写作、网文写作、专栏写作、编辑出版、自媒体节目多个方面。2010 年之后，陶林在“爱智网”“天益思想库”“博客中国”“凯迪网络”等网站开设专栏，发表时评、政论，参与多项网络热点文学的讨论，引起较大反响。陶林纵横多家网站写作，并曾打趣地自称是“从未来穿越而来的写作者，一个伪装成常人的超时空探测器，神经末梢被智能化，与未来的终极 AI 相联通”[②]。近年来，陶林以先锋而深邃的姿态，奉献了《一场世界性的争论》《光阴》《少年幸之旅》《队伍》等几百万字、具有鲜明个人风格的作品。

陶林的创作，含蕴新媒体时代的多声部声音，与中国互联网和新媒体的成长同步，反映了信息革命时代青年作家独特的成长轨迹。所谓新媒体，即

① 黄孝阳:《新现实中的“量子文学”》,《文艺报》,2018 年 4 月 16 日,第 3 版。

② 陶林:《少年幸之旅 · 牧野大战》,江苏文艺出版社,2017 年。

以数字技术为基础,以网络为载体,以互动传播为特点的、覆盖所有人际信息传播的媒介形态,也常常被称为“数字化新媒体”。在一个信息加速度又在不断期冀“慢下来”的新媒体时代,走进陶林和他的作品,一方面可以检视作家个人文学风格的渐进式成长,另一方面也可以看出互联网进入中国以来文艺生态的改变和文艺价值观的开放性建构。

一、《一场世界性争论》:互联网时代的网民忧思

生于1982年的陶林出生于里下河地区阜宁县的一个工人家庭。老家靠近学校,12岁时家里开了一间租书店。20世纪90年代早期,县城青年人的阅读类型还是武打、言情等通俗小说,学生家长又喜欢购买经典作品。父亲为了培养年幼的陶林读书,让陶林先行阅读书商兜售的各种书,购进何种书最终由陶林做选择。博览群书的海量阅读,积淀了陶林的跨学科知识和语言文化素养。进入盐城师范学院中文系之后,陶林接受了系统的文学训练,创作了《晦暗交叠》《鸽声入梦境》等长篇和中篇小说,其中《鸽声入梦境》发表于《青年文学》,《晦暗交叠》改名为《莞与翔文》发表在天涯论坛、爱读文学网上。大学毕业之后,凭借着出色的写作能力,陶林被招聘到了一家医院工作。在医院从事宣传组织工作之余,陶林开始了先锋探索小说、影视剧本、文学评论等多文体写作。2011年,他的中短篇小说集《一场世界性争论》进入江苏省作家协会·壹丛书出版计划,在江苏文艺出版社出版。迄今为止,陶林先后出版了《莫言的故事》《丁香岛之恋》《少年幸之旅》《队伍》等多部长篇小说、文学传记作品,成为《凤凰周刊》《新京报》等专栏作家,进入江苏省作协首届“名师带徒”计划,成为江苏省作家协会主席、茅盾文学奖获得者毕飞宇的小说门徒,获得过紫金文艺评论奖、长江杯文艺评论奖等多种奖项。陶林的写作,深受新媒体时代信息传播方式的影响,以波诡云谲的想象和深入浅出的智识建构为特色,在先锋小说艺术和中国历史的文学性书写方面进行了有益的探索。

《一场世界性争论》是陶林2006年发表于《黄河文学》的一篇中篇小说,

是年陶林24岁。这一年中国接入互联网12年,网络文学诞生8年,“自由、平等、兼容、共享”的互联网理念已经深入人心,互联网已经成为青年人交流的重要方式。《一场世界性争论》作为陶林早期较具影响力的中篇小说,无论是作品中主人公的生活方式,还是作品中的核心情节,都已经带有鲜明的互联网时代特点。信息与媒介,既成为主人公欲望的推手,也成为作品情节推进的动力。不同文化背景中的网民与基因科学家之间的信息共享、即时交流,使得小说故事产生了一种奇诡的先锋实验效果。

作品中小说的男主人公危滔,工作是地铁维护员,休闲方式是“玩电脑、上网,约会各式各样的美女”,与危滔网恋的是“爱的铜锣烧”和“鸟飘零”。“爱的铜锣烧”是主人公危滔的同学、同乡,代表着纯洁、忠贞、道德但老实巴交的女子。“鸟飘零”则是风骚迷人、与“我”及时行乐的自由女性。危滔在“爱的铜锣烧”和“鸟飘零”之间举棋不定,感觉遭遇到了“世界级难题”。在解决“世界级难题”过程中,危滔又参与到网络上一场关于“阳光面包”计划的“世界性争论”中。在小说中,危滔通过网上搜索,完成了“阳光面包”基因计划的脑补:“阳光面包”计划推进者哈罗德志认为,通过研究可以使人通过光合作用获得营养而生存下去,从而解决世界性饥饿问题。那么这个“阳光面包”计划是否推行呢? 相关报纸、网络在征集网民意见。危滔以选择“A”表达了支持的意见:危滔还为此兴奋了几天,感觉自己的意志推动了历史的进程。这是危滔成人以来,唯一一次使用过投票表决权,决定一场世界性的事务。

“世界性”,成为陶林这篇小说的重要关键词,正在于互联网时代青年人对于世界的一种主体认知态度。现实世界中,作为青年人的“小我”是很难找到存在感和主人公意识的。但在虚拟世界中,“小我”变成了“大我”,个人参与的“小天地”成了“大世界”。陶林通过危滔这一青年主人公的形象塑造,反映了互联网语境中一代青年的心灵世界和精神面貌。在作品中,男主人公危滔无论是爱情还是思想,其人生的聚焦点都与互联网信息产生了复杂的交集。危滔对支持“阳光面包”计划的投票后,获得了荒诞而幽默的伟人成就感,并做出了与“鸟飘零”重修旧好的率性选择。

在《一场世界性争论》这篇小说中,陶林以敏锐前卫的先锋姿态,关注了新媒体和互联网对青年思想行为方式的影响。作品中,手机信息、手机记事录、报纸、QQ空间、互联网等共同构成了青年危滔的信息空间。互联网交流和互联网信息参与了小说主人公危滔的工作、爱情和人生追求,切切实实地影响了他的各种人生选择。小说的最后,危滔回归现实和传统,将“鸟飘零”送走而接纳了“爱的铜锣烧”——“世界性难题”最终按照现实语境进行了解答;“阳光面包”计划的科学家哈罗德自杀——“世界性争论”也回到了现实的原点。作者对主人公及各种事件结局的设置,反映了作家对互联网时代复杂性的反思:一方面它推进、参与了人类社会的复杂进程;另一方面作为一种新兴的信息科技革命,人类对它的认识、接纳和驾驭,还有许多不确定性,将面临一个个纠结、辩证、螺旋式反复的动态过程。

二、《丁香岛之恋》:新媒体语境中的异域想象

以互联网为标志和数字技术为支撑的新媒体,因其开放性、自由性、互动性和虚拟性,正在日益影响着人们的日常交往和信息传播。正如麦克卢汉在《理解媒介》中所说过的“我们塑造了工具,此后工具又塑造了我们”[①]。新媒体,改变了我们的生产和生活方式,也带来了新的文学转型,带来了文艺创作和传播方式的根本性改变。可以说,新媒体语境赋予文学创作一些新的特征,如创新性、可塑性和未来成长性。陶林的《丁香岛之恋》就是这样一部具有创新性和成长性的作品。

《丁香岛之恋》是陶林创作于2012年、出版于2016年的一部作品,也是中国首部反映援助非洲事业的长篇小说。小说中的“丁香岛”指的是非洲东部坦桑尼亚国的“桑给巴尔岛”,此岛以盛产丁香而被称为“丁香岛”。《丁香岛之恋》由24个关于丁香岛的故事而组成,如“遥远之岛”“白色之岛”“芳香之岛”“千门之岛”“斋月之岛”“巅峰之岛”等。在《丁香岛之恋》中,陶林再次创设和利用了一个独特的媒介语境,讲述了一个关于爱情和远方的现代故事。小说采用大故事套小故事的模式,以男主人公李奇微参加某一卫视相亲节目《相亲 & 相爱》为开篇,陆续讲述李奇微与相亲节目中24位女嘉宾对话

① [加拿大]马歇尔·麦克卢汉:《理解媒介——论人的延伸》,商务印书馆,2000年,第4页。

之后的故事。与每一位女嘉宾的对话，都是一个引子，24位女嘉宾如同24座岛屿，对应着男主人公在丁香岛的一段经历。《丁香岛之恋》集电视相亲、异域风情、极地探险、跨国之恋、医疗体验与灵魂对话于一体，向读者展示了新媒体语境中当代青年寻绎远方和情感皈依的心路历程。

由于《丁香岛之恋》向读者展示了“桑给巴尔岛”各个不同的侧面，作品中关于桑岛海滩、珊瑚、酷暑、雨季、花季、斋戒等方面的描绘栩栩如生，满足了读者对东非名岛的阅读期待，带给读者真实丰富、细腻有质感的阅读体验。读者很容易以为，这是一部基于作家真实援助非洲经历的艺术再创造。事实上，《丁香岛之恋》中的核心情境丁香岛之旅，并不是作家的亲身体验，而是作者通过新媒体手段收集各种资料，进行虚拟仿真体验后虚构出来的作品。作品里的每一个章节都鲜明地体现了新媒体语境带给读者的“互动”感和“虚拟”感。站在相亲现场的主人公李奇微，如同一个被女嘉宾启动问答程序的“机器人”。作品对电视相亲场景的再现，其意义并不在于主人公和24位女嘉宾的“相亲”过程，而是利用了“电视相亲”这一模式，创设一个“跨国别”“无边界”的小说叙事情境。在某个女嘉宾“熄灯”之际，熄掉的是相亲现场男女之间的爱情缘分，开启的却是男主人公个体的异国生活记忆。作品通过巧妙的问答设计，将现实虚拟化、程序化，而将主人公的记忆世界复活和还原出来。

《丁香岛之恋》与传统小说创作的不同在于，传统小说重视作家的生活经验，强调小说家世事洞明而又人情练达，像巴尔扎克所要求的，具有“蜗牛般眼观四方的目力，狗一般的嗅觉，田鼠般的耳朵，能看到、听到、感到周围的一切”①。而《丁香岛之恋》倚重的，不再是作家个体有限的生活经验，而是作家在自身体验基础上重组互联网媒介信息所获得的综合创意能力和虚拟仿真力。在“互联网+”时代，未来的写作将逐渐向无边界写作迈进，数字化新媒体技术拓展了写作者和虚拟世界的联系，人的创意思维能力在新媒体技术支撑下将得到更多的开掘。

因此，《丁香岛之恋》中关于丁香岛的“非洲形象”，以及李奇微和美国姑

① 凌焕新：《写作新教程》，江苏教育出版社，2009年，第47页。

娘克里斯蒂娜之间的“非洲之恋”,是80后作家陶林基于数字化新媒体技术而创设的一种想象性情境。由于新媒体技术的支撑和作家自身巧妙的组织设计,文中的很多场景都具有身临其境的逼真效果。例如文中《巅峰之岛》对乞力马扎罗夜空的描绘:

李奇微靠着一块巨石,躺在海拔近五千七百米的地方,眼中是一片灿烂的星空。他一生中从未看到过如此壮观的星空。因为头顶的大气层稀薄,天上的星星无比明亮与繁多。这里看到的群星绝不闪烁,如同一只只凝望的眼,瞪着,注视着大地。银行绚丽多彩,七彩斑斓的星云穿插其中,在天际缓缓淌过。金星和火星从群星中脱颖而出,块头大了两三倍,变成了小米大小的圆球,红火明亮,耀眼夺目。

乞力马扎罗山是非洲最高的山,亲自登顶确实有助于作家产生丰沛的感受,然后将这种感受付之笔端。但是在现代互联网语境中,作家通过资料收集、视频资料观看、特定的游戏方式或虚拟仿真情境,也可以获得一种沉浸式体验,从而捕捉到特定情境中的心理感受。在高等教育和科学研究领域,对于极地环境考察和各种灾难性的应急处置,已经大力开展虚拟仿真的课程开发,未来这种虚拟仿真场景的开发和运用,将会更加广泛而深入地与文学写作结缘。

深受互联网和新媒体语境熏陶的陶林,通过《丁香岛之恋》中的创作实践,丰富了传统意义上的写作,也更大程度上释放了想象力,叠加了小说复杂的故事性和人物经历的传奇性,带给读者多重时空交错的阅读观感。需要警惕的是,新媒体时代的小说写作在强调故事性的同时,也容易带来经验的碎片化和弥漫性的传奇化,从而影响人物内心世界的丰富性、人性混沌性方面的探索。

三、《少年幸之旅》:“智能之子”的时空穿越

2014年以来,媒体融合上升为国家战略,媒介融合意识渐渐深入人心,国家层面提出了要“建立以内容建设为根本、先进技术为支撑、创新管理为保障

的全媒体传播体系"①。全媒体传播与现代人的日常生活联系越来越紧密。作为较早切近互联网创作的陶林，认识到文化知识传播的新突进，制作过"小陶盐罐""作家陶林知道"的自媒体短视频，深知"网生一代"的阅读趣味。从2016年开始，陶林聚焦青少年阅读群体，投入大量精力创作长篇历史科幻小说"美在三部曲"，《少年幸之旅·牧野大战》，就是由江苏文艺出版社在2017年出版的系列小说中的第一部。虽然是一部聚焦中国历史的小说，陶林为了导引青少年以探究的态度认识中国文明史，也在这部小说中输入了科幻小说的元素，并借助于少年幸这一贯穿作品始终的人物，讲述了西周时期周人励精图治、战胜殷商、夺取天下的历史进程。

由于注入了科幻元素，《少年幸之旅》的叙事时空前后跨越上万年，不同文化和文明中的人物，借助于特定的跨时空叙事进入各种对话和冲突之中。读者阅读《少年幸之旅》，被作者牵引到各种历史空间中，成为各种历史空间的见证者和探索者。小说开篇，从晚清时期1854年南中国海中的兰芳共和国和荷兰舰队的一场海战开始，在这场海战中，一个神秘人物阿幸翁登场，整部小说就从阿幸翁的故事开启。阿幸翁即3000年前商周时期的牧羊少年。阿幸翁面向海战中幸存少年们讲述的故事，奇诡荒诞而科幻。故事中有一个从未来而来的陌生人，他有来自未来世界的、由牛顿亲自打磨的三棱镜，未来世界里万事万物的总和就在这三棱镜里。为了得到这面三棱镜，牧羊少年以自己的死亡作为交换，获得了三棱镜的同时也具有永生的能力。由此，牧羊少年经历了商周时代各种原始部落的纷争而大难不死，一步步走进未来的中国历史进程。作家在少年幸的奇幻旅程中，将超级人工智能、夸克体生命、星际大战、平行时空等智能化未来融入历史书写中，反映了陶林试图沟通历史与未来、东方与西方、现实时空与心理时空、人类世界与超人类世界的写作野心。

在《少年幸之旅》中，作者塑造了具有异能的少年幸、周文王、周公旦、苏妲己等历史人物形象，将《封神演义》中的人物进行了现代化和现代性的重塑。作者化用历史上周公解梦的典故，将文中的周公旦塑造成可以自由出入他人梦境的"梦师"，他可以在梦中看清所有人的面目，却永远走不进自己的

① 唐绪军，黄楚新：《中国新媒体发展报告 NO. 11》，社会科学文献出版社，2020年，第11页。

内心。少年幸也是一个充满矛盾性格的人，一方面他不谙世事，追求纯朴的母爱和男女爱情，追求一片属于自己的草原；另一方面他又不断地被卷入各种莫名的大事件中，身陷囹圄、身不由己。作为“幸”，他获得了各种幸运，也被赋予了各种枷锁。作为历史的见证者，“幸”贯穿在中华千年文明史中。陶林通过塑造少年幸这一带有神话性和科幻性的人物形象，将地理知识、历史典故、朝代更迭、思想交锋融会在少年幸的旅程之中，使得读者在阅读之时，一方面获得了知识，一方面获得思接千载、视空万里的想象力。在故事推进过程中，小说还塑造了暗夜使者“路修罗”这个陌生人形象。路修罗将某些计算机源代码、源素码、操作系统植入幸的神经系统中，因此，少年幸俨然是搭配了智能系统的“智能之子”。书中出现的现代化的泰坦联合公司、智能防务供应商等语境，暗示了少年幸被植入了神奇的人工智能系统。少年幸这一形象，并不仅仅是文学语境中通常的灵异形象，而是因人工智能的介入，蕴含了神秘机器人的元素，充满了奇趣。

《少年幸之旅》作为陶林独立创作的长篇历史科幻小说，涵盖的知识如同百科全书，其气象万千的历史图景，生死攸关的灾难挑战，纵横捭阖的超时空想象，神秘莫测的心理梦境，以及贯穿中西的知识科普，使得作品集文艺性、知识性、科学性于一体，充满山重水复的历史动感。阅读这部作品，读者如同坐过山车，被带入一个庞大的知识之网和跨时空、跨文化的叙事节奏中。因此《少年幸之旅》这一作品，是典型的计算机时代和数字化语境中的写作成果，其充盈的知识性、想象性、游戏性和时空的多维性，丰富了已有的文学传统，为如何开辟适应新世纪以来数字化语境中的历史科幻小说和儿童科幻小说提供了有益的借鉴。

四、《队伍》：直面历史与人生的时代交响

综观陶林20年来的作品，可以看出他是一个可塑性强、写作兴趣多元的青年作家。陶林写作的可塑性、开放性体现在他既能顺应时代之变，关注新媒体与现实的关系，也能追溯和反思互联网时代之前的中国社会现实，从历

史和现实的时代交响中,探究民族、人生和人性的真实。因此,陶林的作品既有先锋探索意味的《一场世界性争论》《丁香岛之恋》等具有时代感和媒介感的现代风格的作品,也是现实性和现代性风格交融的作品,如他与黄孝阳合作的长篇小说《队伍》,他的“天平镇”中篇系列小说《刻风的人》《写水的人》《捕火的人》等。不仅如此,陶林还是一个具有一定文艺评论素养的青年评论家,他与许海峰合作的长篇传记《莫言的故事》(2013),在《艺术广角》上发表的《博尔赫斯的遗产》《守望未来与宿命逃逸》等,从文学文化的多个方面,探究了文学的内蕴以及文学未来的发展方向。陶林在创作与批评之间的不懈努力,使得他能够在不同题材、不同风格之间进行灵活的转身,也使得他与不同作家之间的交流合作成为可能。

《队伍》是陶林和黄孝阳合作的一部长篇抗战小说。这部作品在合作过程中,第一作者黄孝阳不幸于2020年12月底去世,陶林背负着黄孝阳的创作梦想日夜在纸上耕耘,终使这60万字的长篇小说云开见日,先在《作品》2021年的4至8期进行长篇连载,又在十月文艺出版社出版。《队伍》这部长篇小说既呈现了黄孝阳“量子文学观”的创作理念,书写了一座“量子之城”,也融合了陶林20年来聚焦历史和现实的书写经验。更为重要的是,回归到了陶林熟知的“里下河”文化的故土中来。黄孝阳所谓的“量子文学观”,就是“把量子力学理论当作启示和比喻,尝试就‘作为当下的现实与未来’的叙事,在理论与实践层面提供一种可能性、维度及自我辩护”①。用一种通俗的说法,即打通科学与文学之间的壁垒,呈现不确定性和戏剧性景观中具有复杂维度的人,一种艺术化的隐喻。这一书写立场,和陶林重视从历史和文化的纵深中呈现复杂人性的写作思想是不谋而合的。

从写作题材和内容来看,《队伍》聚焦于1940年到1941年之间“中华民族最危险的时刻”,并且在形式上归于乡土,传承红色文学传统,无隙地与“里下河文学”传统相对接。艺术地书写了“江北平州”的黎有望、吕天平、白露等一系列热血青年在各种武装力量对峙中组建“队伍”抗击日军的艰难历程。对于两个从未有过战场或参军经历的青年作家来说,要从庞大的历史记忆中

---

① 黄孝阳:《新现实中的“量子文学”》,《文艺报》,2018年4月16日,第3版。

传递“亡国灭种”时刻性命攸关的民族感和视死如归的生命情绪，复现日伪、汪伪、国民党政权以及各种地方割据势力盘根错节的战时语境，呈现出血雨腥风的战场和谍影重重的生存险境，并在错综复杂的时代语境中塑造不同“队伍”中的复杂人性，是一种极大的创作挑战。所幸的是，《队伍》这部长篇抗战小说最终能够克服种种困难而最终完成，创作这支“队伍”没有因为黄孝阳的骤然离世而功亏一篑，作为后继者的陶林所体现出来的挑战和担当是难能可贵的。“队伍”精神，不仅仅是抗日的民族精神，也是一种文学立场和写作担当。《队伍》如同双重献祭，与复杂的历史风云交会，与艰难的写作精神呼应。

《队伍》这一抹风景，直面历史的伟力，呈现的是苏北军民螳臂当车式的抗战史和心灵史。作品中的语言凝聚着诗意和激情，比如，“‘死’这个字，渐渐浮现出傲慢的身影，在这块布满石头疙瘩的丘陵地带上迈着阔步，接连踢倒几个惊慌失措的士兵。”《队伍》的人物行动和叙事情节，也是盘根错节、伏线千里，将人物置身于中共、国军、汪伪、日伪、土匪交织的复杂语境中腾挪跳跃，人物相互之间充满疑虑，呈现出正义、智慧和奸诈、邪恶的较量，人物的每一句话和每一个行动都与复杂的环境和场景形成相互掣肘的关系，如主人公黎有望和“江北王”韩光义之间，地下党吕天平和日军小野行男之间，黎有望和韩光义之女白露之间，或是对手之间的攻伐，或是情侣之间的相互试探。《队伍》通过主人公黎有望的转变和成长以及吕天平、白露、左月潮等一批共产党员形象，肯定了“吹尽狂沙始到金”的民族精神，弘扬了民族正义和历史担当。作品对苏北人民抗日史和抗战史的回望，圆融了传统战争文学的现实主义精神，也充满着对历史难度和人性复杂性的挑战与呈现。

伴随着中国互联网的高速发展，陶林的文学创作之路已经走过 20 年，逐渐进入了自觉和成熟阶段。20 年来，陶林的创作涉猎广泛，既和这个日新月异的新媒体时代同步，将新媒介思维融入文学构思，拓展文学叙事情境，具有创新意识和探索精神，也不乏对经典与传统的回望，积存和发扬经典叙事的传统。文艺作品作为人的审美意识形态，展现了社会进步的价值核心和驱动能量，每个时代，都有其意识形态视野的价值中心。从这个意义上来说，陶林的作品能够与时俱进，塑造了社会变革和信息革命中正在孕育和成长的时代新人形象,传输和反省了一代新人的人生观、世界观和价值观。在经过一段时间探索后,陶林又开始了对华夏民族史和革命现代史的回望书写,以一个当代青年作家的责任感,反思中华民族的精神给养,塑造出力挽狂澜、充满探险和抗争精神的少年幸、青年军人黎有望等人物形象。从陶林与新媒体的关系及其与黄孝阳、许海峰等青年作家的合作经历来看,陶林是一个善于从时代之变及他人之善中汲取营养的探索型、学习型作家。一个优秀的作家,当认真考量和反思自己的创作是否追随时代的脚步,是否引导读者树立正确的历史观、民族观和审美观,能否在多元纷乱、景象迷离的文化语境中提振民族精神? 陶林的创作,正是在这种种反思中前行,并经历了一个先放后收、臻乎成熟的探索过程。

微火尚存,或可燎原

——写在《中国作家研究》重新出发之际

叶　炜

2020年的《中国作家研究》比往年来得更晚一些。包括这一辑在内,本该早已送达各位读者手中,却直到现在才得以呈现。

倒不是单纯因为这场疫情。

深层的原因其实也蛮复杂。

一是因为我的工作调动,从2019年年初一直折腾到今年的3月,可谓是精疲力竭。在身心疲惫之下,我根本无暇顾及新一期的编纂。

二是因为与合作方合同期满,需要联系新的合作杂志社。而在继续选择与杂志社合作还是与出版社合作方面,又颇费了一些脑细胞。

继续与有关杂志社的合作好处当然是明显的,可以顺理成章地延续此前的编辑思路。但局限也是无法克服的,就是这个模式无法让《中国作家研究》具备进入集刊评价体系的基本资格。经过再三权衡,为了让《中国作家研究》有一个更好的发展,还是决定改变与有关杂志合作的老路子,走与出版社合作的集刊模式。

刚好,新的工作单位与省作家协会成立了浙江网络文学院,委托我负责做一点这方面的工作,并给予了一些启动基金。于是,把《中国作家研究》作为网络文学院出版物的想法就此诞生。本书的编纂和出版,同时得到了茅盾研究中心的大力支持。由此,创办五年的《中国作家研究》得以以新的姿态重新出发。

《中国作家研究》正式创办于2015年1月，其筹备起源于我担任召集人的中国长篇小说高峰论坛。这个论坛已经举办三届。当时《雨花》杂志的新任主编李风宇先生参加了首届论坛，谈起筹办《雨花》下半月刊之事，我们一拍即合。我当时的第一个念头就是办一本名为“中国长篇小说研究”的杂志。后来和时任地方作协主席的王建先生商量，最后还是决定名字取得延展性大一点，定为了《中国作家研究》。

经过短时间的筹备，《中国作家研究》顺利出版了，且得到了中国当代文学研究会的大力支持，同意将其作为学会的指导刊物。同时，学会的领导担任了编委会委员并主持相应的栏目。在学会的加持下，《中国作家研究》迅即得到了各级作协和高校中文系的关注与鼓励，影响逐渐扩大。

从2015年到2017年，《中国作家研究》一直以每月一期的节奏出版，在缺少足够人力的情况下，甚为辛苦。好在那时的经费尚不存在捉襟见肘的情况，承办单位加上协办单位两方合力，让《中国作家研究》一口气出版了三十六期。这三年，奠定了《中国作家研究》在当代文学研究界的影响力。

到了2018年，合作方发生变故，《中国作家研究》转而和老牌刊物《青春》展开合作。每期的容量翻倍，出版周期改为了一年四期，从而保证了年发稿量的不变。这样的合作模式一直坚持了两年。在这两年时间里，《中国作家研究》共出版了八期。

到杭州以后，我一直在为《中国作家研究》寻求一个更好的发展。很明显，继续走和有关杂志社合作办刊的路子已经不合时宜了，不利于《中国作家研究》纳入学科评价体系。借助浙江网络文学院的成立，加上出版社的支持，《中国作家研究》也得到了新生。现在摆在各位面前的《中国作家研究》，每年出版两辑，其定位基本不变，依然聚焦的是现当代作家作品与创意写作研究。所不同的是，从第一辑开始，将逐渐成熟的网络文学研究也纳入了学科视野，并将其增设为重点研究板块。明年还会增加华文文学传播、中国文学影视传播等方面的内容。在此基础上，调整此前的编委会，组建由浙江传媒学院张邦卫教授领衔的新的学术队伍。

重新出发的《中国作家研究》，或许和它之前的作用一样，不过是一点点的微火。且不说微火燎原,这微火若能烛照,哪怕一点点光明,我就心满意足了。

叶　炜

2020 年 11 月写于杭州